Sur l'auteur

Lauréat du prix Polar de Cognac en 2017, Michel Moatti est docteur en sociologie, professeur à l'université et écrivain. Après *Retour à Whitechapel* et *Blackout Baby*, *Alice change d'adresse*, *Tu n'auras pas peur* (prix Polar du festival de Cognac 2017) et *Les Retournants* ont paru aux éditions Hervé Chopin.

Du même auteur
aux Éditions 10/18

RETOUR À WHITECHAPEL, n° 5020
BLACKOUT BABY, n° 5057
ALICE CHANGE D'ADRESSE, n° 5193
TU N'AURAS PAS PEUR, n° 5370
LES RETOURNANTS, n° 5417

MICHEL MOATTI

LES RETOURNANTS

10/18

Grands détectives

créé par Jean-Claude Zylberstein

HC ÉDITIONS

© 2018, Éditions Hervé Chopin, Paris.
ISBN 978-2-264-07424-9
Dépôt légal : mars 2019

À Sarah
À Tim

« *La pâleur du front des filles sera leur linceul,*
Et chaque lent crépuscule, un lâcher de rideau. »

Wilfred OWEN
Tué sur le front de la Sambre,
4 novembre 1918

1

Front de la Somme – Août 1918

Ils avaient passé la nuit au petit poste avancé, à regarder l'arbre. Même dans le clair-obscur du ciel d'été, mangé d'étoiles, il se détachait des autres. Comme s'il luisait vaguement de l'intérieur. Maintenant, l'arbre était couché, cisaillé en deux par la mitraille et la volée d'obus qui avaient fouetté le no man's land. Et tous les soldats voyaient bien, dans la lumière rasante du matin de ce mois d'août, à quel point il était factice. Un simple tronc de carton-pâte minutieusement peint à la main par les artistes de la section camouflage. Tout le monde l'avait vu arriver de l'arrière, et tout le monde avait suivi sa mise en place, l'avant-veille, au cœur de la nuit noire. Un tube de pâte à papier doublé d'un blindage de 20 mm, et équipé d'une œillère. La visée était maquillée en nœud dans le bois, juste à la hauteur des yeux du guetteur que l'arbre dissimulait depuis presque deux jours. Et Peschelin – le guetteur – était encore dedans. Comme l'arbre, il était coupé en deux. On voyait nettement, à travers les quarante mètres qui les séparaient de l'arbre, son corps terriblement mutilé.

— Tu sais quoi, lança Vasseur, qui semblait abîmé dans une sorte de fascination pour l'arbre et son occupant, Peschelin : il me fait penser à une de ces marionnettes de Guignol.

Jansen et Bardais le regardèrent, sans rien dire. Vasseur ne s'était pas détourné pour parler. Il continuait de fixer Peschelin coupé en deux dans son étui de carton-pâte. Il répéta :

— Une marionnette... Ils te l'ont transformé en marionnette.

— Quand même, fit Bardais, mourir comme ça, taillé en deux morceaux, sur le nomaslande...

Il allait être sept heures, ce matin d'août, et la roulante n'avait pas encore paru pour apporter le café et la goutte. Le major Bois-Dieu, un des médecins militaires de la division, passa au pas de gymnastique. Deux brancardiers en chemise rayée de civils, n'ayant pas encore enfilé leur veste réglementaire, le suivaient.

Bois-Dieu, les découvrant ainsi vêtus, se mit à hurler en gesticulant :

— Enfilez-moi une vareuse d'uniforme, bande d'abrutis ! Vous allez vous lancer sur le no man's land en habits de civilisés[1] ? Magnez-vous le train !

Avec minutie, tout en braillant, le major déroula sur son biceps le brassard de la Croix-Rouge de Genève avant de déployer un drapeau blanc. Il sortit de la galerie et passa l'avant du torse hors de l'abri. Il agita le drapeau, comme un éclaireur qui prend possession d'une terre nouvelle. De la pointe de la hampe, il désigna le corps mutilé de Peschelin, cet arbre de carnaval qui avait volé en éclats entre les deux positions. Bois-Dieu resta plus d'une minute sans avancer, secouant sagement son drapeau. Enfin, il fit signe aux brancardiers de le rejoindre.

---

1. Civilisé, ou ciblot, ou civelot : civil.

— Vous venez donc, vous autres ? cria-t-il d'une voix curieusement modulée.

Les deux branquignols se regardèrent, et en se rentrant la tête au fond des épaules sortirent à leur tour à découvert. Les trois hommes se mirent en marche vers l'arbre et Peschelin.

Arrivés à quelques pas du mort, deux hommes sortirent des boyaux allemands : un officier et son aide de camp, à ce qu'on pouvait en juger par leur attitude et leurs positions. L'officier, qui se tenait légèrement en avant, gardait ses mains croisées dans son dos. L'autre tenait un revolver qu'il pointait d'un bras raide vers les trois Français.

Bois-Dieu se figea une seconde. Puis, sans avancer plus qu'il n'aurait dû, il salua d'un geste saccadé, en portant sa main à sa tempe et en fléchissant le buste.

— Un mort. Un mort à nous ! *Tod ! Ein Mann. Ein toter Mann...*

Bois-Dieu avait récité ces mots très lentement, par salves successives. En désignant encore une fois Peschelin du bout de son drapeau de la Croix-Rouge.

L'officier allemand fit un pas et salua Bois-Dieu à son tour. Il agita sa main en direction de Peschelin, d'un geste vague, qui disait tout autant « Que voulez-vous ! C'est la guerre... » que « Allez-y. Ramenez votre mort ». Bois-Dieu fit un signe de tête à ses deux branquignols pour qu'ils chargent le corps sectionné de Peschelin sur la civière. Tout cela leur prit plusieurs minutes, parce que le haut ne voulait pas venir, coincé dans son tuyau.

— Y vont te le sortir comme un bulot de sa coquille, gloussa Vasseur.

Enfin, Bois-Dieu ordonna le repli, qu'ils firent d'un pas ralenti, les uns par leur charge, l'autre par sa suffisance d'aristocrate.

Quatre minutes plus tard, le corps de Peschelin était de retour dans l'abri qu'il avait quitté l'avant-veille, en laissant ses musettes, ses litrons de vin, ses cent vingt cartouches et son masque.

Sur son passage, les hommes du rang laissaient fuir leur regard, fixant comme de pures merveilles les parois suintantes de l'abri. Ceux qui ne le firent pas se mirent à vomir, n'importe où, devant eux, sur leurs grosses godasses et leurs bandes molletières.

Tout au fond, on entendait la roulante approcher, avec sa clochette de ferraille.

Adrien Jansen regardait le front. Là où ils étaient encore la veille, près d'un kilomètre plus à l'est. Les sillons des boyaux creusés dans la terre meuble des marais dessinaient des serpentins grotesques, vus de leur poste élevé. Il essaya de repérer l'arbre factice dans lequel Peschelin avait été coupé en deux par les rafales de mitrailleuse. Mais rien. Pas une trace. Comme si l'arbre et Peschelin n'avaient jamais existé. Ainsi passait la guerre depuis quatre ans. Tout s'effaçait, sans délai. Jansen avait accepté cette vie somnambulique du front : des choses qui s'effaçaient, s'estompaient, graves ou dérisoires, peu importe. Elles n'avaient pas plus de consistance que la fumée bleue des bouffardes que l'on fumait alentour. Pour Jansen, la plupart des choses avaient désormais cette consistance furtive des vapeurs. Elles occupaient tout l'espace de ses songes et de sa vie éveillée. Devenaient des idées fixes, des hantises. Rien n'existait plus vraiment. La vie d'avant, les moments ordinaires d'un monde en paix. Croquer une tuile aux noisettes dans cette petite rue près de l'Horloge. Regarder passer un train sur un chemin de campagne, en attendant que la barrière se relève. Patienter chez le marchand de journaux pour acheter une plume et du papier buvard. Non. Plus rien. Des nuées, et des halos de brume. Seules demeuraient, statiques et consistantes, les morts les plus affreuses et les souffrances. Avec les gémissements des mourants. Et les rêves tourmentés des repos troublés par la peur et la nausée du vin acide avalé par litrons.

À quelques centaines de mètres de leur cantonnement, de l'autre côté du chemin de fer, les Anglais faisaient une bringue d'après-midi. Jansen entendait des éclats de voix et des rires. Il comprenait au passage quelques mots, mais l'essentiel lui échappait et s'évaporait dans la brume qui montait des marais, de l'aube au coucher. Une veillée d'armes. L'offensive approchait. « Les Anglais doivent avoir des chefs plus bavards que les nôtres, songea Jansen. Des chefs qui expliquent à leurs hommes où et quand ils vont mourir. » Jansen se tourna vers Vasseur, qui tendait l'oreille lui aussi, du côté des Britanniques. Des chansons, reprises en chœur, montaient à présent dans l'air tiède du crépuscule, tout empli de vapeur.

— Une veillée aux morts, grinça Vasseur. Tous ces types qui boivent, qui chantent, qui rigolent comme des abrutis, la moitié et plus seront en morceaux demain soir. Aussi raides que des bûches. Aussi froids. On ne dirait pas, hein, à les entendre...

Adrien Jansen se tourna vers son compagnon. Il faisait la guerre depuis des mois avec Vasseur, depuis la Meuse et les tueries sans nom des Éparges et d'Ailly. Et il ne connaissait que son nom. Jamais Vasseur n'avait indiqué son prénom ou quoi que ce soit qui puisse lui donner un peu d'humanité et de chaleur.

« Vasseur, c'est comme ça qu'on m'appelle », avait-il signifié aux gars de la section, Jansen compris. À force de recoupements et de déductions, Jansen avait reconstitué un peu du mystère de Vasseur. Le tout tenait en une demi-page de carnet : quarante ans à l'hiver. Lieutenant comme lui. Parisien. En temps de paix, Vasseur occupait une place de fonctionnaire-payeur au ministère des Colonies. Jansen le croyait plutôt intelligent, cruel, brutal au physique comme au moral. Et probablement psychopathe. Il laissa le souvenir de l'Argonne lui revenir. Un souvenir qu'il essayait de chasser depuis plus d'une année et qui refluait sans cesse, comme un mauvais repas qui ne veut pas passer. L'Argonne et le jeune Allemand aux allures de danseuse.

Ils avaient poursuivi leur chemin de soldat, entre tranchées et réserve, se rapprochant l'un de l'autre timidement, presque par défaut, se sentant tous deux étrangers dans le 31e, un corps composé essentiellement de gars de l'Est, des « Jurassiques et des Vosgiens, des primaires abrutis par la consanguinité et le vin jaune », répétait sans cesse Vasseur.

Ils commandaient quelques-uns de ces crétins des Vosges depuis avril 1915 et la bataille de Mort-Mare. Soit plus de trois années à les regarder tomber le ventre ouvert ou la tête fracassée, et voir se répandre leur cervelle, pas plus molle qu'une autre, à première vue... Et puis après, ces étapes qui devenaient des faits d'armes. L'Argonne, le Mort-Homme. 1917 et le bois d'Avocourt. Et puis l'Oise, puis maintenant la Somme. Depuis cinq mois, les pieds dans la glaise et la vase, dans les méandres du fleuve et de ses affluents, à l'est d'Amiens, à quelques kilomètres des

Boches, bien ancrés sur les crêtes, bien au sec sous les sapins dans leurs trous de marne blanche.

— Alors le maître d'école... Tu rêves ? lança Vasseur, dans un ricanement.

Jansen se tourna vers lui sans répondre. Machinalement, il fixa un sourire sur son visage. Un sourire qui voulait aussi bien dire la complicité que le mépris.

Adrien Jansen était un lieutenant de trente-six ans, et dans le civil, un instituteur de Rouen. Un de ces « hussards noirs de la République », comme les nommaient les journaux. Il avait cru, en sortant de son école normale, qu'il allait lui aussi évangéliser civilement les petits enfants de France. Un « évangile laïc et socialistard », comme se moquaient certains de ses collègues. Oui. Il en avait récité, en quinze années de carrière, des sornettes sur la patrie, la fraternité et la justice. Mais depuis, il avait vu comment les hussards, les vrais, se comportaient sur le front. Il les avait vus en petits groupes hilares trancher des têtes à grands coups de sabre et éventrer des soldats ennemis en riant aux larmes. *Hussard*. Il ne voulait plus entendre une seule fois ce mot-là. Depuis quatre ans, il s'était complètement détourné de la politique. La guerre lui avait imposé d'autres délices : l'alcool, à fortes doses. Et parfois en permission, à chaque fois qu'il pouvait, il fumait une boule d'opium ou, à défaut, s'intoxiquait doucement à l'élixir parégorique. Il en tirait des rêveries qu'il conservait farouchement au bord de son cerveau et qu'il feuilletait dans les instants de calme.

Jansen détourna le regard, et se remit à la contemplation du front, en contrebas. Il pensait au projet de Vasseur. Au projet fou de Vasseur. Et pas plus que la veille, pas plus que l'avant-veille, lorsque l'autre lui avait soufflé son idée, il ne savait quoi en penser.

2

6 août 1918

Jansen et Vasseur avançaient entre deux talus, sous les lourds nuages éclairés par un soleil ardent qui succédait aux averses. La brume s'était dissipée. On voyait loin, bien au-delà des lignes ennemies. Ils revenaient doucement vers le cantonnement de Dommartin. En contrebas, sur une route blanchie par la terre crayeuse, des dizaines de chars Renault glissaient à la manière d'insectes maladroits, pointant leur canon ridicule vers l'est. Au loin, un coteau noir, strié des couches blanches de craie. Une crête, dernier rempart avant les Boches. Vasseur se mit à parler. Il désigna le bois Sénécat, dont les orées, de part et d'autre, avaient été complètement hachées par les obus.

— C'est là que tu veux laisser ta peau, Jansen ?

Comme contrarié par l'absence de réponse de son compagnon de marche, Vasseur haussa la voix :

— Ils seront là demain, avec les uhlans... À nous attendre. Bien campés dans leur défense. Et nous, comme nous franchirons la crête, ils n'auront plus qu'à nous tirer comme des pipes à la foire...

Jansen connaissait aussi bien que lui ces régiments qui leur faisaient face, tapis dans leurs positions invisibles, sous leurs abris de grands ormes et de hêtres.

Des régiments parmi les plus terrifiants de l'armée du Kaiser. Les hussards de Saxe, la réserve bavaroise et surtout, le dernier carré des IIe uhlans du Wurtemberg. Ces types-là ne faisaient pas de quartier. Des véritables sauvages, tenus loin de toute humanité pendant des mois, privés de foyer et de toute douceur, maintenus en état d'alerte permanente. On racontait qu'ils donnaient des enfants morts à manger à leurs chevaux. Qu'ils empalaient leurs prisonniers sur leurs immenses lances de combat, décorées de leur fanion personnel. Il n'y avait plus à faire face, jugeait Vasseur. Il fallait se débiner.

— On ne s'est pas préservés de la mort pendant quatre ans pour crever avec une lance de uhlan dans le cul !

Adrien Jansen le fusilla du regard.

— Encore ! Ça fait des jours que tu me serines tes histoires, Vasseur...

— Ou pour claquer du béribéri, continua Vasseur, la langue toute bleue et les jambes gonflées comme des saucisses ! J'ai des vêtements. Un pour moi, un pour toi. Des bons habits de civil, qui sentent le propre et l'arrière.

Les yeux de Vasseur se mirent à luire comme ceux d'un chat.

— La belle, Jansen. *L'échappée belle*. Ensemble. Ce soir ou jamais.

Jansen laissa son regard planer sur le bois Sénécat, et, par-delà les faîtes, sur le no man's land d'où ils avaient ramené Peschelin. Pas un mouvement. Rien de vivant. Pas même un oiseau dans le ciel d'été.

— Ça va se passer maintenant, insista Vasseur. J'ai des informations de l'état-major. Des bonnes informations. Foch veut en finir. Voilà un homme qui sait ce qu'il veut, avec la peau des autres ! Il a choisi l'offensive. La grande. La finale... Celle où tous les survivants meurent, Jansen !

— Si tu sais tout ça, toi, Vasseur, les Allemands doivent aussi le savoir.

— Bien sûr qu'ils savent. Tu crois que tous nos mouvements sont passés inaperçus ? Et les troupes anglaises ? Et les Australiens ! Les Boches ont laissé Péronne et avancent de nuit sur Amiens et Montdidier, droit sur nous. Partout où ils passent, les uhlans laissent des cadavres accrochés aux branches... Et maintenant, ils viennent renforcer les lignes avant notre offensive. Ils savent que nous et les Tommies on va leur cavaler droit dessus et ils mettent tout ce qu'ils ont. Tu comprends ? Ils suivent les fleuves. Ils seront sur nous, dès demain matin. Ou à midi, mon gars ! Bien calés dans leurs abris. Et après-demain, quand le petit père Foch va nous botter le train pour qu'on sorte à l'assaut, ils seront là, à nous attendre, tranquilles comme pépère, à croquer dans leur chou cru. Et à midi après-demain, ces gars-là – Vasseur embrassa de la manche de sa capote pleine d'argile les soldats du petit poste, à huit ou neuf cents mètres devant eux – leur serviront de casse-croûte. Tu veux en faire partie ?

3

Ballerine

Jansen laissa le souvenir revenir, ondulant du fond de sa mémoire, comme un serpent venimeux qui avance sans bruit, gonflé de poison. Les images se bousculaient, chahutées par l'émotion qui ne s'épuisait pas, malgré les mois passés.

Il revit la charge en dehors de la tranchée, à l'est de Villers. Le corps-à-corps dans la poussière de blé et de paille hachée. L'uniforme gris de l'Allemand. Juste un uniforme. Jansen avait réussi depuis quatre ans à éviter de voir les hommes dans les habits. Il ne voyait de ses ennemis que leur uniforme. Toujours le même. Un uniforme vert-de-gris, animé de mouvements capricieux, comme des linges agités par le vent. Jansen avait tiré presque à bout portant dans la poitrine d'un paletot gris qui s'était immédiatement teinté de rouge sombre. Depuis quatre ans, il tuait des uniformes avec autant de détermination que d'indolence. Toujours le même ou presque. Quelques vestes noires de Prussiens avaient parfois brisé la monotonie de ses cibles.

À sa droite, Vasseur hurlait, comme à chaque fois qu'il montait à l'assaut. Des *Rhaaa !* sauvages et frénétiques, qu'il ne semblait pas contrôler. Il avait vu Vasseur plonger sur l'uniforme qui marchait sur lui, le Mauser en avant. Et soudainement, Jansen avait vu l'homme dans l'uniforme. Un visage. Un visage de jeune fille presque, avec ces yeux humides et ces joues lisses comme celles des poupées. Pour la première fois, il fixait le visage de l'ennemi. Pour la première fois depuis l'été 1914 et le Petit-Bois, lorsqu'il avait tué son premier uniforme. Il avait vu Vasseur lâcher son barda, encercler le soldat de ses bras forts comme des branches de chêne, le retourner plusieurs fois dans les airs, comme un danseur fait voler sa cavalière. Il avait vu voltiger le jeune soldat dans sa vareuse réglementaire, aussi frêle qu'une donzelle. Ses bottes tournaient au bout de jambes fines de ballerine. Et Vasseur l'avait jeté brusquement au sol, comme on se défait d'un bagage trop lourd. Il l'avait vu plonger sur le soldat, dont la bouche s'ouvrait sur un cri silencieux de terreur absolue. Puis Vasseur avait plaqué ses deux mains de tueur sur la poitrine efflanquée et plongé du menton vers la gorge du soldat. Il avait vu comment ses dents arrachaient des morceaux de peau puis de chair à même la gorge du soldat qui mourait déjà. Du sang jaillissait comme d'une fontaine, imbibant la vareuse de l'Allemand. Vasseur s'était relevé, comme un loup se déporte tout d'un coup de sa proie pour en mieux saisir la détresse. L'Allemand achevait de mourir, la gorge et la carotide déchirées. Jansen avait remarqué ses deux mains, de chaque côté de son maigre corps, qui s'agitaient encore un instant à la manière de deux martinets tombés de leur perchoir. Et soudain, sans que rien ne le laisse présager, Vasseur s'était couché sur le cadavre, avait sorti son sexe de son pantalon et l'avait porté sur le visage du soldat mort.

Il l'avait agité de quelques coups de poignet et bientôt s'était répandu sur les joues de sa victime. Malgré le fracas de la mitraille à moins de cent mètres à main droite, Jansen avait parfaitement perçu une sorte de râle humide. Cela avait duré une seconde ou deux. Vasseur s'était rajusté et l'avait regardé dans les yeux, le défiant presque de son regard de dément. Il fléchissait en même temps les genoux pour refermer ses boutons.

Était-ce raisonnable de faire équipe avec un type comme ça ?

4

En route !

Jansen balaya le sol de terre battue du cellier, à quelques mètres du corps de ferme qui leur servait de cantonnement. « Voilà, songea-t-il, ce sont les derniers préparatifs. » Les vêtements civils. Deux pantalons de toile bise, des liquettes de laboureur en coton passé. Une couverture roulée. Les musettes, avec leur contenu : chacun quatre topettes d'eau claire ; des biscuits de mer et deux boîtes de conserve que Vasseur avait réussi à troquer aux Anglais de l'armée Rawlinson. Deux couteaux de tranchée. Les revolvers modèle 1892 que la République avait généreusement confiés à ses lieutenants. Dix-huit cartouches dans leur étui de carton gris. Une boîte d'allumettes-bougies tempête. Vasseur possédait en outre une paire de belles jumelles allemandes, pillée dans quelque assaut. Voilà. C'était aussi simple que cela, une désertion !

Les deux hommes se déshabillèrent sans un bruit dans le cellier obscur. La nuit était parfaitement calme. Pas de bombardement ni de tir isolé d'un veilleur saisi de panique. Par instants, seule une fusée éclairante, tirée du côté du bois Sénécat ou de Castel, troublait la nuit de son feu blafard. Jansen vit l'ombre chinoise de Vasseur rouler son uniforme raidi de boue séchée et le fourrer derrière un gros chevron. Il l'imita et se glissa dans son habit de paysan, qui sentait le suif et la soude. Il se débarrassa de ses effets militaires, déroula ses bandes molletières qu'il enfouit dans sa musette, et rechaussa ses godillots. Dans l'ombre, ils se mirent en marche vers le nord-ouest. Sur leur droite, ils savaient que les autorités avaient installé un contrôle de la prévôté. Des gars besogneux et obtus, qui appliquaient les ordres sans état d'âme. Un « Qui va là ? », une sommation. Pas deux. Et feu à volonté. Ami ou ennemi, tout individu qui ne s'était pas signalé à la sommation prenait une volée de plomb. Garder le silence, c'était mourir à coup sûr. Se signaler, sans motif et sans titre, c'était mourir le lendemain, devant un peloton. Jansen et Vasseur obliquèrent vers la gauche. C'était du terrain mal connu, mais à coup sûr non gardé.

Très vite, les marais leur barrèrent la route. Dans une fondrière, ils abandonnèrent leurs papiers militaires et leurs derniers accessoires d'uniforme. Ils durent effectuer de nombreux détours pour éviter trous d'eau et vasières. Des tadornes et d'autres oiseaux diurnes dérangés dans leurs trous s'envolaient dans l'obscurité, en de vastes bruits de plumes. Plusieurs fois, les deux hommes furent obligés de rebrousser chemin pour éviter des bras morts chargés de boue et de limon puant.

— On va se retrouver par chez nous, à Dommartin, dans le cantonnement, jeta Jansen. On file vers l'est, à présent !

— Allonge toujours, mon gars. On avance comme des boiteux, mais on avance.

Vasseur consulta sa montre-bracelet au radium. Dans le noir absolu de leur fuite, les aiguilles ne luisaient plus que très faiblement. Il dut coller le cadran à son nez pour déchiffrer l'heure.

— Une heure vingt, mon gars, souffla-t-il. Dans même pas trois heures, debout les morts ! Début de la grande hécatombe…

Ils avancèrent dans la nuit. Soudain, Jansen sentit sous ses semelles qu'ils avaient retrouvé la route qui remontait sur Boves, puis Amiens.

— On va traverser des patelins, des trucs de rien du tout, si je me rappelle bien la carte, glissa Vasseur. Mais on peut croiser du monde.

— On va croiser du monde, cette nuit, demain…, répliqua Jansen. L'arrière est plein de monde. Des femmes, des vieux, des gamins et même des embusqués. On ne va pas pouvoir les éviter tous…

— Non. C'est pour ça qu'il va vite falloir se faire des têtes d'embusqués nous-mêmes. Des types qu'ont de bonnes raisons de ne pas se faire crever le buffet sur la ligne de front. Tu comprends ça, mon camarade ?

— Tu as une idée, Vasseur ? Comment on va disparaître du monde ?

— J'en ai plusieurs d'idées, gars. Je ne sais pas encore laquelle sera la bonne. Ça va dépendre des circonstances et un peu de la chance. Tant qu'on marche, on est vivant. Et après, selon mon idée, on s'évapore. *Pfft !* Et on réapparaîtra quand la guerre sera finie…

— Ben tiens ! persifla Jansen. *Pfft !* Te voilà magicien ? Tu vas nous faire entrer dans une boîte bien décorée, comme la femme coupée en deux dans les numéros de cirque ?

En prononçant ces paroles, Adrien Jansen repensa à Peschelin, déguisé en arbre et coupé en deux dans sa boîte d'écorce artificielle. Il poursuivit :

— Tu vas souffler sur ta main, et hop ! On ne sera plus là ?

— Exactement. Laisse-moi faire à mon idée, et veille seulement à pas nous faire repérer par des cultivateurs ou des grands-mères nichées derrière leurs rideaux. Première étape : arriver à Amiens juste avant le petit jour. Marche que je te dis, Jansen. Tant qu'on marche...

Jansen accéléra le pas, sans regarder Vasseur qui s'était justement arrêté pour débiter sa tirade. Il répéta :

— Tant qu'on marche ?

— On est vivant, compléta Jansen, d'une voix mauvaise.

5

Au pays des morts

Les bâtisses se faisaient plus nombreuses, plus denses. Serrées les unes aux autres comme des brebis apeurées. Les deux hommes aperçurent les toits d'ardoise d'un gros bourg.

— C'est Camon, lança Vasseur, qui essaya de reconstruire mentalement la topographie dessinée par la carte d'état-major qu'il avait consultée plusieurs fois lors de leur prise de quartier à Dommartin. Nous voilà à la confluence de la Somme. Autant dire que nous entrons dans Amiens.

Le jour n'allait plus tarder à se lever. Une ombre laiteuse avait remplacé la nuit.

— Quelle heure, maintenant ? demanda Jansen.

— Quatre heures dix...

Au même instant, loin derrière eux, un monstrueux roulement de mitraille et de canons légers s'éleva. Au bout de quelques minutes, les salves des batteries de 75, en tir rapide, se déclenchèrent. La cadence « effet de surprise », proche des quinze obus à la minute, confondait la canonnade en une seule détonation, continue et accablante.

— C'est parti, grinça Vasseur. J'avais raison ou pas ?

Adrien Jansen s'était figé, tournant instinctivement la tête du côté d'où venait le vacarme. Vasseur continuait, toujours de son ton acide :

— Ils font donner les tanks, sans préparation d'artillerie lourde... Écoute-moi ce merdier... Pense aux gars qui cavalent à côté des chenillettes, qui vont être pris par les mitrailleuses complètement à découvert...

— C'est nous qui sommes à découvert, Vasseur. Tout le patelin va être debout dans la minute.

— Pas question de croiser du monde maintenant, Jansen. Tout le monde se connaît, dans ce genre de bled... Et deux types qui marchent à rebours au moment où ça se met à cogner, ça se remarque.

— Là, fit Jansen en désignant dans l'ombre la silhouette trapue d'un corps de ferme dont une large moitié, affaissée, semblait avoir été soufflée par des obus.

Ils s'engouffrèrent dans une cour boueuse qui sentait le purin et la pomme rance. Ils distinguèrent une porte à demi dégondée, pendant de son jambage. Jansen s'engouffra dans l'ombre. Il craqua une allumette-bougie. L'odeur de cire brûlée envahit la pièce où ils venaient d'entrer : une sorte de salle à manger dévastée, aux meubles renversés ou estropiés. Jansen distingua une cheminée de brique, des murs couverts de salpêtre. Une pile de fagots de noisetiers serrés dans des cordelettes orangées. À droite, une ouverture donnait sur une autre pièce dans laquelle la lueur de l'allumette-bougie ne donnait pas. Une échelle de meunier pointait vers le haut, passant au travers d'un plancher dans lequel une large trappe avait été découpée. Au-delà de ce carré dans le pin noueux, l'obscurité était également complète.

Au sol, de la terre battue amortissait leurs pas. Jansen se risqua sur les marches et passa la tête dans le grenier, tenant sa bougie à bout de bras.

— Qu'est-ce que tu vois ? demanda Vasseur, qui se courbait sur l'échelle.

— Des cosses de haricots veinés. Des kilos de haricots, mon vieux. Si on trouve de l'eau pour les tremper, et du feu pour les cuire, on a à bouffer pour plusieurs mois !

— Quoi d'autre ? s'impatientait Vasseur. Laisse-moi y voir...

Jansen se jucha dans le comble et s'y mit debout. Déjà Vasseur le rejoignait. Les deux hommes firent quelques pas. Des sacs de meunier dégorgeaient de fourrage ; deux cagettes de bois contenaient de minuscules pommes de terre, à demi enfouies dans leur terreau. Une bassine de tôle émaillée, placée sans doute sous une fuite du toit, contenait une eau rousse. Des bouteilles vides et sales, opacifiées par la poussière, s'alignaient sous un réseau de toiles d'araignées.

— Voilà toujours des patates, hein ! lança Vasseur. Notre campement s'enrichit, pas vrai ?

Jansen redescendait déjà, laissant l'autre dans l'ombre du galetas. Dans la pièce qu'ils venaient de quitter, un jour gris commençait à entrer par une fenêtre placée au-dessus d'une pierre d'évier. Des couverts sales s'y mêlaient à un nécessaire de rasage et un peigne. Jansen s'approcha. Un plat recouvert d'un torchon humide exhalait une terrible odeur de poisson. Sous le torchon, des harengs vidés et aplatis dans du gros sel avaient été abandonnés là, sans aucun doute au cours d'une évacuation d'urgence.

— Ils ont filé, les embusqués ! Comme quoi tu vois ! J'étais pas tout seul à avoir des informations sur le grand final... À part le Poilu, tout le monde sait quand ça va barder et que le sang va couler, Jansen.

Vasseur tira une des chaises et s'y posa, satisfait. Il but à sa topette, sans s'arrêter.

Au loin, les tirs de canons courts et la mitraille continuaient, comme un fond musical dans un spectacle de fantaisie, auquel on finit par ne plus prêter attention.

En fouillant le cellier qui s'ouvrait dans la première pièce, Jansen découvrit une rangée de hautes jarres pleines d'œufs en conserve flottant dans leur bain de silicate de soude. Une odeur de caveau s'en échappait. La vue de ces globes blanchâtres, ondulant dans le liquide au sein de l'obscurité du cellier, le révulsa. Des bouteilles s'alignaient sur des claies de bois. Jansen fit basculer un des bouchons de porcelaine et en huma le contenu : du cidre à l'odeur vague de moisi. Il porta le goulot à ses lèvres. Le cidre avait un goût acide, celui de ces longues herbes que l'on cueille au passage et que l'on laisse infuser entre ses dents tout au long d'une marche. Mais il était frais et désaltérant. Il en but plusieurs gorgées, le trouvant chaque fois meilleur. Un garde-manger semblait avoir été vidé récemment, comme en témoignait une coulure de babeurre à peine figée.

Quand Jansen retourna dans la pièce principale, Vasseur s'employait à allumer un feu dans le foyer étroit de la cheminée. Il avait empilé un des fagots et une montagne de papier journal. Il en approcha son briquet tempête, une flamme vive s'empara du papier et contamina les branches minces qui le recouvraient.

— Tu vas nous faire repérer à des kilomètres, avec tes signaux de fumée, Vasseur !

— Penses-tu ! Ce bois bien sec ne fume pas... Et dans dix minutes nous aurons assez de braise pour griller ces harengs. Plus tard on goûtera aux biscuits des Angliches, mieux on se portera, pas vrai ?

— Les harengs ! Après la fumée, l'odeur ! Tu veux que toute la Picardie sache que deux déserteurs se planquent dans une maison à quatre kilomètres du front ?

— Écoute-moi bien, Jansen : tous ces embusqués se sont fait la valise ! Il n'y a plus un rat qui vaille dans le coin. Et j'aurais fait comme eux. Trop près des lignes pour ne pas risquer de se prendre une torpille d'un aéro-boche, ou une marmite de leur artillerie lourde... C'est pas un endroit où rester, quand le père Foch a décidé de suicider toute l'armée française... Allez... Aide-moi donc à préparer notre rata.

La matinée passa. Au loin, les bruits des combats ne faiblissaient pas. Les tirs d'armes légères ne s'entendaient plus, signe sans doute que les Allemands flanchaient et que le front reculait vers l'est. Mais les éclatements des obus et les vibrations des mitrailleuses ne semblaient pas marquer la moindre trêve. Leur vacarme était permanent, comme si les stocks de munitions étaient inépuisables et que tout cela pouvait durer jusqu'au Jugement dernier, sans la moindre suspension de séance.

Peu après onze heures, les deux hommes mangèrent les harengs noircis au-dessus des braises avec les patates qu'ils avaient laissées cuire dans les cendres brûlantes. Ils burent chacun une bouteille du cidre du cellier.

— On attendra le noir pour filer, fit Vasseur. On profitera de la nuit pour traverser Amiens. Le mieux est d'aller vers l'estuaire.

— Et à l'estuaire ? demanda Jansen. Et après ? On fait quoi ? C'est quoi ton idée, Vasseur ?

— On verra bien, gars ! Tu me chahutes avec tes questions ! Je suis pas « Réponse-à-Tout », nom de merde !

— Alors tu n'as pas plus d'idées que ça ? Ton idée de nous faire disparaître du monde dans ta boîte à magie, et tout le tralala... Tu n'as pas de plan !

— Mon plan, c'est de rester en vie, monsieur le maître d'école ! Depuis six ou sept heures maintenant, les gars du 31e avancent dans la gadoue, avec leur barda sur les épaules et les Allemands leur balancent dessus des tonnes de plomb et de ferraille... À cette heure, Jansen, la moitié ou plus des gars qu'on connaît sont morts ou salement amochés et vont crever dans leur merde, sans que personne autour ne fasse gaffe à eux. Tu en as vu gueuler, comme moi, des estropiés avec des morceaux d'obus dans le ventre ou des éclats de shrapnell dans la tête, qui gémissaient et qui pleuraient, et que leurs camarades ne voyaient même pas, emportés par la trouille, courant dans tous les sens, leur paletot plein de vomi... Chaque heure qui passe ici est une heure volée à la mort.

Jansen s'enroula dans sa couverture et essaya de fermer les yeux. Discuter avec Vasseur ne servait pas à grand-chose. Depuis qu'il le pratiquait, il en avait fait une certitude. Il se remémora sa pensée de l'avant-veille, à Dommartin : était-ce bien raisonnable de faire équipe avec un type comme ça ? Sauf que maintenant, la boule était lancée. Et qu'elle se pose ou non sur le bon numéro, plus rien ne pouvait l'arrêter.

— Écoute, Jansen. Écoute...

Adrien Jansen ouvrit les yeux en sursautant. Il avait dormi. Il s'était endormi, sans y penser. Jamais au front une pareille chose ne lui était arrivée. En quatre ans de guerre, il n'avait jamais fermé l'œil en dehors des moments de repos officiel. Pas le choix. Des pauvres diables qui s'étaient endormis aux petits postes avaient été jugés pour abandon et envoyés aux travaux forcés. D'autres même avaient été fusillés et enterrés dans des tombes anonymes. Les tranchées bruissaient de dizaines d'histoires en ce genre.

Il regarda Vasseur, qui était penché sur lui, le doigt en travers des lèvres :

— On vient, bordel de Dieu. J'ai entendu un vélo, là-dehors.

Vasseur avait sorti son revolver et marchait à quatre pattes vers la fenêtre au-dessus de l'évier. Il risqua un œil, comme lorsqu'il fallait jeter un regard hors de la tranchée, millimètre par millimètre.

Jansen entendit à son tour. Le crissement d'un pneu sur du gravier. Un bruit métallique. Puis un pas, qui se rapprochait.

— Nom de Dieu de bordel de merde, murmura Vasseur. Un *cogne* !

— Qu'est-ce que tu racontes ? fit Jansen, qui se leva d'un bond et, à son tour, s'avança en canard vers la fenêtre.

— Un putain de gendarme de bordel de merde. Il vient sur nous.

— Pas de fumée sans feu, et pas de feu sans qu'un gendarme ne pointe sa tunique.

— Je vais le sécher, murmura Vasseur, en levant son revolver.

— Tu es fou ! répondit Jansen dans un souffle. Ces gars-là sont rarement seuls. Si tu tires, tout le peloton va rappliquer.

Pour une fois, Vasseur sembla ne pas remettre en question son avis. Il se releva, marcha vers la porte dégondée et se colla contre le mur. Il eut le temps de faire signe à Jansen de ne pas bouger, et le gendarme entra dans la pièce.

— Qu'est-ce que tu fais là, mon gars, lança-t-il, en découvrant Adrien Jansen, assis à même le sol, le dos à l'évier.

— Je... Je me planque, rapport aux bombardements, tiens !

— D'où...

Vasseur avait bondi. Son bras se referma sur la gorge du gendarme, dont le képi vola. Ils se mirent à lutter, mais Vasseur avait déjà pris l'ascendant sur son adversaire. Il projeta le gendarme, tête la première, contre le montant de pierre qui entourait la porte, et, par deux fois, la cogna de toutes ses forces contre la maçonnerie. Un bruit déplaisant résonna, celui d'une planche qui se brise net. Jansen jugea que le crâne du gendarme avait dû se fendre comme une noix.

— *Rhaaa !* jeta Vasseur, en faisant tournoyer l'homme de même façon qu'il avait fait tourner le jeune Allemand.

L'autre, sonné ou déjà mort, pendouillait comme un chiffon au bout de son bras. Vasseur le fit basculer vers la cheminée où les braises achevaient de se consumer. Il y plongea le gendarme, tête la première. Sans forcer, tout lentement, comme s'il posait une carte d'atout sur la table de jeu, il lui écrasa le visage dans la braise du foyer. Les mâchoires serrées, il maintenait une pression terrible sur la nuque de l'homme dont les chairs grésillaient. Celui-ci n'était pas mort. À demi étouffé par les charbons brûlants, un cri terrible s'éleva. Le gendarme essaya de se débattre, les quelques secondes de son atroce agonie. Vasseur le lâcha. L'uniforme noir retomba de tout son long. On entendait la chair qui crépitait ; des flammes consumaient ses cheveux et commençaient à attaquer sa vareuse.

— Lui ou nous, mon pote, fit Vasseur. *Lui ou nous*. Chaque fois que j'aurai le choix et la force, ce sera lui. Ou eux. Peu importe le nombre. Je ne regarderai pas au nombre. Tu crois qu'ils regardent, eux, combien d'entre nous tombent là-bas ?

Et ce disant, il releva le gendarme mort et exposa son visage carbonisé. Un visage absent, noirci. Une grosse braise restait enfoncée dans une orbite éteinte, une autre pendait de la bouche, telle une langue ardente, couverte de fumerolles.

« La vache, songea Jansen. Plus question de travaux forcés, maintenant. Et sans doute même pas de peloton d'exécution. Ce sera la guillotine, ou rien. » Quelle que soit l'idée, quelles que soient les idées que ce fêlé de Vasseur avait fabriquées dans son cerveau malade, il fallait désormais aller jusqu'au bout. Tout au bout de la guerre. Et même après, est-ce qu'on laissait tranquilles les tueurs de gendarmes ? Non, en temps de paix, ce serait la même chanson. Nom de Dieu, ils avaient tué un gendarme. Ils avaient déserté à la veille d'une action et ils avaient assassiné un gendarme. Un rire nerveux secoua Adrien Jansen. Malgré les dizaines, les centaines de morts violentes dont il avait été témoin depuis la mobilisation, la mort saisissante et brutale du « cogne », comme avait dit Vasseur, le laissait frémissant et incertain.

— Rentre le vélo, Jansen, vite !

Vasseur s'essuyait le menton après avoir descendu un bon demi-litre de cidre. Il laissa filer un rot caverneux et répéta :

— Le *vélo*, bon sang ! C'est pas toi qui l'as dit ? Ces gars-là ne se baladent jamais seuls... Ses copains vont rappliquer s'ils trouvent son vélo à culbute devant la maison. Dépêche !

Jansen ramena le vélo. Vasseur et lui le dissimulèrent sous une bâche miteuse, près du foyer. Puis ils grimpèrent le corps du gendarme dans le réduit, à travers la trappe du plafond. Vasseur le fit avancer à coups de pied vers le fond du grenier, explora ses poches, en retira deux billets bleus de dix francs, une pipe et un canif. Il recouvrit le corps de toile de sac. Une affreuse odeur de graisse brûlée flottait dans l'air.

— Tiens, Jansen, fit-il en tendant une des coupures, un billeton chacun... On est associés, mon camarade.

Jansen prit l'argent sans un mot.

Ils burent encore à même le goulot le cidre tiède du cellier. Dans le lointain, le canon s'intensifiait encore.

— Ils allongent le tir, estima Jansen. C'est que l'Allemand recule...

— Eh bien nous aussi, camarade, on va continuer à reculer. Dès que le soir sera là, on poursuit vers la mer.

Jansen se trouva une place dans la mansarde, le plus loin possible du gendarme. Malgré l'odeur de cochon grillé, malgré le bruit des départs d'obus, espacés à peine de quelques secondes les uns des autres, il s'endormit dans le clair-obscur. Vasseur, allongé les genoux en l'air, la tête reposée contre un sommier éventré, taillait un bout de coudrier avec son couteau de tranchée.

— Vingt et une heures ! lança la voix rauque de Vasseur. Debout, Jansen. On a de la route.

Celui-ci s'ébroua. Il chercha à remettre ses souvenirs en ordre. L'endroit lui sembla d'abord parfaitement inconnu. Puis les images revinrent. Les œufs dans le cellier et le gendarme. Il essaya de ne pas regarder vers l'endroit où Vasseur avait repoussé le cadavre, mais il n'y parvint pas. Ses yeux balayèrent la pénombre, encore teintée des derniers feux du couchant qui entraient par la lucarne. Il ne vit que des semelles parsemées de clous rendus luisants par le frottement de la marche. Deux semelles parfaitement symétriques. Jansen essaya de reconfigurer le visage du gendarme, qu'il avait fixé pendant les deux ou trois secondes avant que Vasseur se jette sur lui. Impossible. Il ne voyait que les traits monstrueusement carbonisés par les braises que Vasseur avait tirés du foyer.

Sans un mot, Jansen se releva, et, par habitude, arrangea sa musette d'ordinaire. Vasseur, lui, était déjà prêt. En quelques pas, ils furent dans la rue.

Il n'y avait pas une âme alentour. Le village dormait déjà comme un seul homme. Ou avait été soigneusement évacué. Bientôt, ils furent dans les faubourgs d'Amiens. Ils suivaient la Somme qui les conduisait à la mer.

Ils accélérèrent le pas. Espérant se faire oublier dans les méandres du fleuve puis dans quelque campagne perdue.

Les canons s'étaient tus. Jansen connaissait aussi ces moments, en première ligne, quand les obus se calmaient : c'était souvent l'instant des charges et des corps-à-corps où seuls claquaient les coups de fusil tirés au jugé, des courses, des glissades dans la boue ou bien dans la poussière, selon la saison. Il avait tout connu de ces instants où le silence semble immense, après les déluges de bombes. Pourtant, ils étaient entourés de râles, du sifflement invisible des balles des Mauser et du bruit énorme des battements de cœur, qui remontait vers les tempes et emplissait de terreur l'esprit et le corps.

Ils traversaient Amiens. Parfois, dans les rues silencieuses, ils entendaient brusquement des voix, des chuchotements ou des clameurs de colère. Des altercations, des querelles, au fond de logements aussi noirs que les passages qu'ils empruntaient. Ils prirent par les berges, avançant tout droit sur les chemins de halage. Une sorte de réverbération planait à la surface du fleuve, rendant la nuit un peu moins épaisse. La double ligne du passage des roues dans la terre marneuse et des milliers de pas des chevaux dessinait une voie parfaitement lisible. Par deux fois, ils croisèrent des ombres, avec lesquelles ils échangèrent un grognement étouffé. À chaque pas, Jansen s'imaginait interpellé par des gendarmes prévôtaux, interrogé, arrêté. Il imaginait Vasseur sortant son couteau de tranchée et taillant dans leurs gorges comme il le faisait de ses bois de coudrier. Il entendait presque ses *Rhaaa !* de fièvre meurtrière percer la nuit. Mais non. Rien. Ils avançaient toujours.

Au matin, dans un brouillard qui hésitait à chasser tout à fait l'obscurité, ils entrèrent dans Picquigny. Le fleuve canalisé était fermé par une écluse aux allures de vaste tombeau, noire et hostile, dans laquelle les eaux se précipitaient en gros bouillons. Des ouvrières marchaient en petits groupes, se pressant vers les fabriques ou les jardins potagers. Des hommes, à pied ou à vélo, sortaient des courettes et des ruelles, émergeant de la brume lentement, comme des fantômes se matérialisant soudain dans le monde sensible. Il n'y avait plus de choix. Tant qu'ils ne trouvaient pas un nouvel abri, il fallait se fondre à eux. Marcher dans leur sillage, les accompagner. Feindre d'avoir, comme tous ceux-là, quelque chose à faire et un endroit où aller.

Après l'écluse, ils marchèrent dans la rue Au-delà-du-Pont, où la proximité de la gare avait attiré les bombes incendiaires des aéros. Tout un groupe de maisons n'était plus qu'une succession de tas de briques rouges, de pierres faîtières et de morceaux de zinc tombés des toitures effondrées. Le bombardement semblait récent. Des poutres achevaient de se consumer. Le quartier était désert, comme si le danger restait entier. Jansen pensa que les civils n'avaient pas tort, et que contrairement à ce que croient les bleus qui débarquent au front, les bombes retombent plusieurs fois au même endroit, comme si un trou d'obus dégageait une sorte de magnétisme qui, tôt ou tard, attirerait ses semblables.

Une sorte de café, à demi en ruine, à l'enseigne de La Montée du Camp, laissait voir par sa façade éventrée un grand bar de bois clair et des bouteilles, dégringolées de leurs rayons, certaines encore intactes.

Vasseur le poussa du coude. Il désigna le caboulot puis, levant le menton, les fenêtres de l'étage, dont plusieurs des pièces semblaient intactes.

— Essayons là… Si personne n'a pris les devants, on pourra s'y planquer un moment. Et puis c'est le genre de coin où on trouve du ravitaillement.

— Si personne n'occupe déjà la place, répéta Jansen.

— Alors tant pis pour lui, grogna Vasseur. Tant pis pour eux…

Ils entrèrent dans le café. Une odeur de brûlé, qui semblait accrochée à leur course, embouçanait toute la salle, occupée par des tables et des chaises de bistro

– éparpillées à la manière de quilles – d'un bout à l'autre de l'endroit. Plusieurs corps gisaient au milieu de ce désordre. Une vieille femme, en tablier sale, allongée les bras en croix au pied du grand bar. Du sang avait coulé de son oreille et faisait une auréole sur le plancher.

Trois hommes, d'âge mûr, avaient été tués par l'explosion d'une mine volante. L'un d'eux, encore assis au bar, la tête reposant sur le zinc, présentait dans son dos une terrible blessure d'où émergeait un copeau d'acier aussi large qu'une assiette. Les deux autres, le cul à même le sol, avaient été soufflés par l'onde de surpression et du sang coagulait sous leurs narines, témoignant d'une monstrueuse hémorragie interne qui avait pulvérisé leurs organes. Dans l'arrière-salle, ils découvrirent deux autres corps, deux souillons de cuisine écrasées sous le poids d'un plancher affaissé et d'une grosse poutre maîtresse qui les avait prises du même coup dans sa chute.

Dans la cour, au-delà de l'arrière-salle, parmi des futailles et des tas de charbon, deux soldats gisaient, morts de chez mort, appuyés contre une citerne de ciment tavelée de mousses. Au milieu de la cour, un trou d'obus, profond d'un mètre, racontait l'histoire : ces deux-là avaient été proprement décapités par les éclats fusants alors qu'ils pelletaient du charbon, sans doute pour en ramener quatre brocs à leur cantonnement, et que le mastroquet leur cédait au prix fort.

En s'avançant, Jansen annonça :

— Des chasseurs à pied de la 1re armée… Des gars qui sont morts hier par hasard au lieu d'aujourd'hui, sous les ordres de leur chef.

Les deux hommes se regardèrent, sans un mot. La mort les indifférait, désormais. Jansen haussa les épaules, Vasseur renifla.

— Tu sais quoi, Jansen ?
— Quoi donc ?
— Eh ben, voilà nos cadavres.

Adrien Jansen fixa Vasseur, dont un large sourire allumait le visage sinistre.

— Tu veux dire quoi, Vasseur ?
— Tu n'es pas bien malin pour un maître d'école, mon gars. On va leur laisser nos plaques et prier pour que leurs bobines ne soient pas retrouvées... Tu vois quelque chose qui ressemble à des têtes de chasseurs à pied de la 1re armée, par là-dedans ?

Vasseur se mit à fureter dans la cour. Déplaçant du bout de ses brodequins une planche moisie ou un casier à bouteilles.

— Non. Pas de têtes. Ni de chasseurs de la 1re, ni de danseuses hongroises !

Il se mit à rire de sa plaisanterie, en esquissant deux ou trois pas de valse.

— Ça ne marchera pas, Vasseur. Leur uniforme... Ils n'ont pas le galon, ni la veste de lieutenant, ni le baudrier pour le 92. On voit bien que ce sont des broutards du rang, pas des officiers...

— Imagine-toi, Jansen, comment on se fagote un après-midi du mois d'août à l'estaminet quand on n'a pas un chef à trois mètres de sa culotte : en bras de chemise et tête nue, sans harnais ni courroie ni barda, ni étui de 92. Aide-moi, gars...

Vasseur entreprit d'ôter la capote horizon d'un des décapités. Il en fit une boule qu'il fourra dans un sac de jute humide qui traînait à terre. Il chercha sur la poitrine du mort sa plaque réglementaire et l'arracha d'un geste sec. La plaque d'identité, qu'il ne prit pas la peine de lire, rejoignit le manteau du poilu dans le sac. Il roula les manches de la chemise du mort et, regardant son compagnon par en dessous, jeta :

— Jansen, nom d'un chien ! Occupe-t'en donc du tien !

Adrien Jansen déshabilla son mort, le débarrassa de sa capote et de sa plaque qu'il confia à son tour au sac poisseux.

— Ta plaque, Jansen !

Tout en parlant, Vasseur avait soigneusement fait passer sa chaînette autour de son crâne, et il la posa, tant bien que mal, sur les épaules du mort qu'il s'était préparé.

— Sans tête, la plaque glisse un peu, roucoula-t-il. Mais va pas t'en faire : ils identifieront ce gars en cinq sec... À toi.

Jansen abandonna à son tour sa propre plaque et, répugnant à s'approcher du décapité, la laissa choir à ses côtés, dans une mare de sang figé.

— Et maintenant, une bonne chopine pour se remettre en selle !

Ils explorèrent la cuisine, ramassant ce qu'ils trouvaient de bon ou d'utile. Du pain bis. Deux miches, intactes. Une gamelle de ragoût. Une odeur âcre de betterave à bestiaux et de bas morceaux, un bouillon constellé de bulles de graisse, des ronds de carottes flottant dans un jus suspect. Et du vin. Du vin à profusion, dont Vasseur but sans s'interrompre la moitié d'une bouteille à même le goulot.

— Tu ne bois pas, Jansen ? lança-t-il en exhalant un long soupir de satisfaction.

— À cette heure-ci, je préférerais un bon bol de café bien noir et bien chaud...

— Et une belle panière de croissants au beurre, avec de la confiture de fraise, monsieur le maître d'école ? ricana Vasseur.

Jansen ne répondit pas. Il venait d'apercevoir une haute cafetière émaillée, dont il souleva immédiatement le bonnet. Elle était pleine de café, qu'il suffisait de réchauffer. Il inclina la cafetière vers Vasseur, en penchant la tête de côté. Il s'approcha de la grosse cuisinière de fonte et, tâtant prudemment la surface, en estima la chaleur. Encore tiède. Il tisonna et ajouta des boulets, la faisant repartir en quelques minutes. Il y posa le café qui bientôt se mit à glouglouter.

— Café bouillu ! grinça Vasseur.

— Mais café vite bu, répondit Jansen, se servant un immense bol et en soufflant dessus avant de l'incliner sur ses lèvres.

Il but son café, puis un autre. Son regard croisait sans cesse les deux filles mortes, affaissées sous la grosse poutre, à l'autre bout de la cuisine. Ce ne seraient pas elles qui lui porteraient la panière de croissants. Le madrier de chêne leur avait proprement broyé la poitrine pour l'une et le ventre pour l'autre. La dépression au milieu de leurs corps était obscène. Jansen détourna les yeux, fixant désormais au travers d'une fenêtre sans vitrage l'arrière-cour et la perspective de la gare, désolée et noircie.

Jansen désigna du menton l'escalier qui desservait l'étage, épousant l'angle de la large pièce et tournant à angle droit avant de se perdre par-delà un palier.

— Vas-y voir, dit Vasseur. Ou bien veux-tu que j'y aille ?

Jansen s'étonna de la cordialité brusque de Vasseur. En voilà un qui laissait rarement le choix. Même entre gradés, il était souvent celui qui parlait et commandait. Adrien Jansen secoua la tête. Il se mit en marche et s'approcha de l'escalier, qu'il grimpa en se tenant tout près des murs, là où le bois ne grinçait pas. Il découvrit un papier peint défraîchi de fleurs et de treilles – autrefois rose et blanc, désormais d'un vague ton crémeux. Quatre portes de chêne ciré se succédaient sur le palier qui devenait couloir, éclairé par une fenêtre aux vitrages soufflés. Un lustre ouvragé avait chuté et s'était écrasé sur le plancher ; il reposait là comme une grosse fleur morte aux pétales à demi arrachés.

Jansen ouvrit les portes, une à une. Quatre chambres, identiques ou presque. Des chambres d'hôtel meublé pour voyageurs, à dix pas de la gare. Des chambres qui sentaient l'encaustique et le buis. Vides. Les lits n'étaient pas défaits. Jansen en déduisit que le bombardement avait eu lieu avant l'heure du coucher. Peut-être à la fin de l'après-midi, la veille. Oui. De leur campement, à Dommartin, ils avaient entendu des salves et des explosions, sur leur arrière. Des canons Krupp de 105, qui tiraient à plus de six kilomètres, avait-il pensé. Ou bien des bombes lâchées par des aéros, qui passaient sur les lignes en profitant du brouillard. Il ne se souvenait pas avoir entendu des avions. Mais ça ne voulait rien dire. Il avait eu la tête emplie de contrariétés, alors qu'il préparait sa musette de déserteur et ses vêtements civils.

Il revint sur le palier, glissant sans un bruit dans les pièces vides. Tout ce silence l'écrasait. Depuis des mois, il vivait dans le fracas, les rires, les cris. Pas un instant silencieux. Même au fond des bois, même au cœur de la nuit, il y avait des détonations, des staccatos de mitraille, des gémissements. Il fut pris d'une envie subite de revenir dans une de ces chambres, de quitter ses vêtements et de se blottir, nu, à même les draps de ces lits. Il tirerait les rideaux et bloquerait le verrou. Rien ne semblait plus désirable que ces chambres grises, inertes et à l'air légèrement corrompu. Rien ne serait jamais aussi délicieux que de s'y laisser dériver. Dormir. Dormir jusqu'à ce que le temps de la guerre soit fini, et que Vasseur, comme il l'avait promis, le tire de sa boîte magique.

Au détour du palier, Jansen tomba sur un minuscule cabinet de toilette, avec un miroir entouré de bambou, une cuvette d'eau propre, une savonnette et un bol de rasage. Il se regarda un long moment dans la glace. Des joues creuses de manouche, recouvertes d'un poil noir. Des yeux sombres, soulignés de cernes qui lui volaient dix ans. Tirant de sa musette le rasoir qu'il avait escamoté dans la ferme de Camon, il entreprit de se mouiller abondamment le visage puis, à l'aide du blaireau et du bol, le recouvrit d'une mousse dans laquelle il fit aller sa lame. Sept ou huit fois, il rinça son coupe-choux, remontant du cou vers le menton, puis de la mâchoire vers les tempes. Méticuleusement, il se rasa sous les narines, jusqu'aux commissures des lèvres. Écartant les dépôts dans la cuvette, il se rinça par deux fois et s'examina dans le miroir : même en permission, ces derniers mois, il n'avait pas été rasé comme ça. Il se sécha dans un relief de toile de drap qui pendait à un clou et remonta sa chemise. Rien ne faisait plus civil que des joues nettes, jugea-t-il.

Adrien Jansen redescendit les marches. Vasseur était penché sur un des corps avachis, un de ceux avec le nez empli de sang. Leur visage prenait une vilaine teinte violette qui allait bientôt tourner au noir. Il s'approcha. Vasseur, sans se retourner, lança :

— Dedans le mille, camarade... Devine-moi qui sont ces deux gaillards à la sale bouille ?

Jansen se figea, sans répondre. Vasseur avait fait les poches des morts et empilé à son côté ses trouvailles. Un portefeuille, des papiers, cent cinquante francs en billets bien pliés, une belle montre dorée.

« Ils se sont rassemblés là où la peur est tempérée par la présence des autres, pensa Jansen. Au café... Ils se disent qu'on ne peut pas mourir si l'on est autant. Les cons. Il n'y a qu'à voir comme ils sont morts, là-bas. Tous, tous ensemble, les coudes auprès du coude de leur voisin, à Craonne ou sur la côte 304... »

— Écoute-moi bien, mon camarade. La chance est pour nous. Ces deux trompe-la-mort sont des toubibs. Des médecins civils. Ne me demande pas ce qu'ils fabriquent assis sur leurs fesses dans la salle d'un bistro qu'on appelle La Montée du Camp, à Picquigny... Je n'en sais fichtre rien. Mais voilà des passeports de police et du ministère de la Guerre, les meilleurs qu'on puisse avoir dans notre situation : des papiers de médecin ! Écoute-moi ça, Jansen, et apprécie bien la mélodie :

> Sauf-conduit
>
> Le commissaire central de police, région militaire d'Amiens, soussigné, délivre le présent sauf-conduit, sur sa demande expresse, à M. P. Vally, médecin aide-major de 1re classe, délégué sanitaire, demeurant rue Pirouette, numéro 4, à Saveuse (Somme), pour circuler librement dans le département de la Somme.
>
> Le voyage principal et tout déplacement annexe devront être effectués entre le 2 août 1918 et le 15 septembre 1918, et obligatoirement entre 4 heures du matin et 8 heures du soir,
>
> — ~~en automobile n°~~

— à pied
— ~~à bicyclette~~
— en chemin de fer
dans la mesure du possible par les voies principales et directes.
But du voyage : affaires médicales et commerciales.

Amiens, le 2 août 1918

— Et il y en a un second, identique, au nom de Julien Malka, médecin d'Amiens, avec les mêmes droits. Tu vois ça, Jansen !

— Alors comme ça, nous voilà ceux-là, répondit Jansen en reposant sur la table les deux sauf-conduits, les permis de circulation et deux carnets à souche.

D'après la photo sur leurs papiers d'identité, les deux types leur ressemblaient vaguement : du reste, tout le monde a la même tête en temps de guerre. « Alors Vasseur devient un Pierre Vally, songea encore Jansen, et moi je serai ce Julien Malka. »

Il essaya d'imaginer comment ils allaient désormais habiter ces deux fantômes. Vally, un drôle de type à moustache de phoque, et son prête-nom, ce Malka, un blanc-bec aux yeux perdus ? Oui, ce visage pouvait parfaitement ressembler à celui qu'il venait de quitter, là-haut, dans le petit miroir-bambou.

Adrien Jansen examina le petit nécessaire de cuir fauve que Vasseur avait sorti du bagage des deux docteurs. Il contenait des lancettes, deux bistouris nickelés, deux trocarts, un étroit couteau à incision, un garrot de caoutchouc, des seringues Pravaz, des pinces de différentes tailles, une scie à amputation et un trépan à main. Une autre trousse contenait divers remèdes dans des boîtes de métal et des seringues en verre opalin.

La voix de Vasseur le fit sursauter :

— Voilà comme se présente l'affaire : nous sommes morts, assassinés par un aéro-boche dans la cour d'un café, et ressuscités aussitôt en toubibs dotés de bons et beaux laissez-passer avec le tampon et la signature des autorités... Ça ne mérite pas une autre chopine, mon ami ?

— Ressuscités, pour l'heure, répondit Jansen. Pas dit qu'un jour, on ne nous colle pas à un poteau et que d'autres mots soient prononcés !

— Pas pour moi, Jansen. Je me souviens des petits gars qu'on a fusillés à Craonne et par là-haut. Leur mine toute pâle, leurs lèvres serrées. Leur air de s'excuser, presque d'avoir trahi leurs camarades. Et se laissant tuer sans révolte. Moi pas, Jansen ! Mais... parole ! Tu es rasé de neuf, l'ami ! On dirait une jeune fille !

— Ils ne te demanderont pas ton avis, fit Jansen, restant sur l'idée de Vasseur.

— Mais moi j'en ai un d'avis, figure-toi. Et j'ai un bon revolver aussi. Je préférerais m'en mettre une dans la tempe que de me laisser accrocher au poteau. Dis-toi bien ça Jansen, ils ne me reverront pas. Jamais.

— Et on ne partage plus ? dit Jansen en désignant les cent cinquante francs sur la table ? On n'est plus si associés que ça ?

— Bien sûr que si, camarade, répondit Vasseur en saisissant l'argent et balayant de son pouce les billets. À parts égales ! Tu peux recompter... Prête-moi donc ton coupe-choux que j'aille moi aussi me faire une gueule d'embusqué !

— Alors monte-toi de l'eau fraîche, j'ai tout usé là-haut, dit Jansen en désignant la citerne au-dehors.

Jansen s'en retourna vers la cuisine et se resservit du café chaud. Il voyait, par l'embrasure, une partie du bar et les morts, chacun à leur place. De l'étage, il entendait Vasseur qui, tout en se rasant, chantonnait un air de valse qu'il devait marquer d'un pas de danse excessivement ralenti. Celui-ci résonnait sur le plafond. Le même pas qu'il avait entrepris, un peu plus tôt, devant les deux cadavres de la cour.

— Eh bien, cria Vasseur des hauteurs, je crois qu'avec nos nouveaux noms, notre nouvelle tête, notre petit pécule et nos nouveaux papiers, on n'est plus obligés d'attendre le soir !... Le soir, ce sont les gens louches qui traînent la campagne et les routes. Assassins, déserteurs, maquereaux et pédérastes ! Nous, les bons docteurs, on va voyager en pleine lumière, comme les honnêtes gens de Picardie.

Dehors, le soleil tapait. Ils se sentaient légers dans les vêtements amples des deux médecins. Leurs pieds semblaient délivrés depuis qu'ils avaient abandonné leurs godillots de cuir bouilli pour les souliers bas en peau souple des morts. Un chapeau à bords ombrait leur front.

Jansen et Vasseur rejoignirent l'écluse et, sans passer le fleuve, prirent à main gauche en direction de Longpré-les-Corps-Saints. Au bout d'une centaine de mètres, avisant une grosse pierre, Vasseur s'arrêta pour la ramasser. Il en lesta le sac qui contenait les capotes et les plaques des deux chasseurs à pied, et, s'approchant de la berge, le laissa couler. Le sac ondula un instant dans un tourbillon, puis s'enfonça en lâchant un sillage de bulles. Ils quittèrent la rive et se mirent en route sur une large voie carrossable qui filait plein ouest, droit dans le soleil. C'en était fini de la clandestinité et des chemins de halage. Vasseur se mit à siffloter une sorte de marche enjouée, aux allures de fanfare.

— Eh, Jansen…, fit soudain Vasseur, Malka, ça te va bien. Un nom juif pour un autre nom juif… Tu te sentiras à l'aise avec.

Bientôt, ils quittèrent les méandres du fleuve et les ombres des grands peupliers. Ils entraient sur le plateau du Vimeu. L'œil portait loin, de clocher à clocher, de bosquet en bosquet. Des vols de corbeaux s'élevaient des sillons dans d'irritants caquetages. Ils marchèrent plein ouest, abandonnant la route dès qu'ils pouvaient, coupant à travers champs ou prenant à travers bois, en conservant le cap. Au soir, ils n'avaient pas fait plus de seize ou dix-huit kilomètres. Ils aperçurent un grand corps de ferme, bâti en U, irradié de lumière dans le soleil couchant. S'en approchant prudemment, ils entendirent bientôt des voix rauques et des rires, qui s'élevaient de la placette centrale. Jansen et Vasseur se figèrent et se jetèrent au sol. Des silhouettes, certaines debout, d'autres accroupies, tenaient une sorte de bivouac à l'ombre des murs. Les ombres chinoises étaient sans équivoque, avec leurs casques à plate-forme, leurs longues capotes qui leur couvraient les bottes et le faisceau de lances, planté à leur côté.

— *Des uhlans !* Des uhlans avancés… Putain de saloperie ! dit Vasseur.

— À coup sûr, ceux des détachements qu'on nous a signalés en juillet, qui redescendent en éclaireurs de l'armée de von Hutier, par Vimy et Doullens, fit Jansen dans un souffle.

— Combien, à ton avis ? Combien de chevaux tu vois, Jansen ?

— J'en compte six…

— Oui, moi aussi. À peine une escouade. Mais s'ils nous voient…

— S'ils nous voient ? Regarde-moi ces types, murmura Jansen, comme fasciné. Tu as vu ces gaillards ? Ils sont bâtis comme des armoires... Chaque homme en vaut trois des nôtres.

— À deux contre dix-huit, on aurait de bonnes raisons de rester planqués !

Là-bas, le feu commençait à s'élever. De hautes flammes éclairaient de biais les cavaliers ; leurs rangées de boutons luisaient dans la phosphorescence du soleil mourant.

— Ces gars-là n'ont peur de rien, nom de Dieu ! Un bivouac, à quinze ou vingt kilomètres de leurs lignes, totalement isolé. Tu crois que c'est vrai, ces histoires de mains coupées ?

— Et comment ! En 1914, ils ont traversé la Belgique en trois ou quatre jours. Ils ont pillé et tué tout ce qu'ils pouvaient... Rançons. Viols. Massacres... Les mains, c'est seulement aux gosses. Aux hommes, c'était la tête. Et aux bonnes femmes, les seins !

— Tu dérailles, Vasseur. Aucun officier ne laisserait...

— Aucun officier ? Allez ! Tais-toi, lieutenant... Je te parie qu'il n'y a plus une âme française qui vive dans ce nid ! Si tu ne me crois pas, veux-tu qu'on aille leur demander ?

Vasseur fit le geste de se relever. Il se rabattit aussitôt en ricanant.

— Vaut peut-être mieux pas. Vaut peut-être mieux mettre les bouts, dans l'autre sens... Pas vrai ? Regarde !

Jansen prit les jumelles que Vasseur lui tendait. D'un seul coup, il fut projeté au milieu du bivouac. Autour du feu, deux ombres s'étaient relevées. Deux hommes se mirent à danser, lançant haut dans l'air une jambe, retombant sur leur pied d'appui. Ils avaient posé leurs mains aux hanches et se démenaient comme des diables, tournant autour des flammes tandis que leurs compagnons frappaient dans leurs mains. Non, ces types n'avaient peur de rien. Vasseur mit une bourrade à son camarade, indiquant le repli d'un mouvement de tête.

Ils se mirent à ramper, dans les herbes épaisses. Jansen en s'agrippant au sol, les ongles grattant la terre poudreuse du talus, s'imagina découvert par un uhlan. Il lui poserait sa botte sur les reins et enfoncerait sa pointe de lance entre les omoplates, le clouant à la manière d'un insecte sur sa planche dans un cabinet de savant. Plusieurs fois, ils firent une pause, épuisés par leur reptation. Au loin, ils entendaient encore les voix des uhlans, leurs rires épais et le hennissement de leurs bêtes.

Lorsqu'ils se relevèrent, dans l'ombre bleue, plus de deux cents mètres plus loin, à l'abri d'un talus, Jansen sentait dans son dos la douleur imaginaire de la lance du Prussien. Il essaya de masser l'endroit, plusieurs minutes. Rien n'y fit.

Ils se réfugièrent dans un bosquet. Vasseur proposa des tours de garde, mais aucun des deux n'arrivait à trouver le sommeil.

— Peut-être bien qu'on aurait pu tenter notre chance... Y aller au MAS 92...

— Au 92, qu'est-ce que tu veux dire ?

— Deux barillets de six balles. Six bonshommes. On avait notre chance. À dix mètres, feu à volonté ! s'esclaffa Vasseur, avec une sorte d'appétit dans la voix.

— Tu es fou, Vasseur ! Complètement malade.

Adrien Jansen se retourna, cala sa tête dans sa musette et ferma les yeux. Les silhouettes des uhlans, baignées de lumière solaire, dansèrent longtemps derrière ses paupières.

6

Le Chien de sang

Le colonel-gouverneur de Victaille se renfonça dans son fauteuil et lut, avec une sorte de gourmandise dans la voix :

— Delestre, vos états sont marquants ; depuis le 1er janvier 1915, vingt-six déserteurs et insoumis reconduits à leur corps d'origine pour instruction. Dépêchés en prison en attente de jugement : vingt-deux individus. Et trois déserteurs abattus en refusant de se soumettre ou en tentant de se soustraire à l'arrestation. Sur les quarante-huit individus arrêtés, onze ont été condamnés à la peine de mort et fusillés. Seize condamnés à mort puis commués en peines de dix à quinze années de prison. Neuf aux travaux forcés.

De Victaille leva les yeux ; une lueur de malice perçait entre ses paupières lourdes. En face, son interlocuteur n'avait pas bronché.

— Pas bon, le bagne, hein ! s'esclaffa de Victaille... Des jours de mer à fond de cale, puis dix ans ou plus à attendre de crever des fièvres, avec les araignées matoutous larges comme des assiettes qui vous bouffent les roubignolles... Je préférerais en finir avec une balle dans la poitrine, pas vrai ?

Delestre ne répondit rien. Il poursuivit :

— En voilà deux de plus à ajouter à vos listes, Delestre... Du vrai gibier de potence, ou plutôt de peloton d'exécution. Ils ont tué un homme à vous, capitaine. Un maréchal des logis-chef, en charge des liaisons cyclistes à l'arrière. Du vilain ouvrage, si je lis bien les rapports qu'on m'a fait remonter. Meurtre. Mutilations... Des sauvageries sans nom, Delestre...

François Delestre, capitaine de gendarmerie, rattaché à la prévôté d'Amiens – la police judiciaire militaire –, opina en laissant osciller son étroit visage triste. C'était un homme mince et osseux, aux cheveux raides et ternes, un peu trop longs pour un gendarme. Mais ses états de service que son supérieur venait de lister appelaient l'indulgence. Ses yeux d'une couleur incertaine, clairs mais changeants, bougeaient sans cesse, comme s'il balayait des paysages invisibles aux autres.

De Victaille, que ses subordonnés appelaient entre eux « La Victuaille », tendit une sous-chemise de carton gris au gendarme. Celui-ci en tira deux fiches beiges, sur lesquelles une photographie était épinglée. L'encre de la machine à écrire avait bavé et des traînées noires balayaient les documents. Il lut :

— Vasseur, Pierre, Louis, Aimé, né le 23 janvier 1879 à Giens. Lieutenant. Manquant au 8 août. Abandon de poste / Désertion.
— Jansen, Adrien, Julien, Joseph, né le 1er juillet 1882, à Rouen. Lieutenant. Manquant au 8 août. Abandon de poste / Désertion.

Un billet, tapé sur une autre machine, en lettres parfaitement dessinées sur un ruban encreur rouge, disait ceci :

— Aucune trace. Ne se sont pas présentés. Poste vacant à Dommartin au matin du 8 août 1918. Supposés en habits militaires. Armés. Témoignages : néant. États de service au feu : très bons. Citations : Vasseur, deux citations à l'ordre du jour, 1916. Jansen, une citation à l'ordre du jour, 1916.

On avait rajouté, à l'encre bleue, d'une belle écriture de clerc :
Suspicion meurtre MDC Abel Cointe, le 8 août à Camon près Amiens.

François Delestre s'attarda sur les portraits réglementaires des deux fugitifs. Les photos avaient été prises pour leurs carnets militaires ; ils avaient tous deux la même inclinaison du visage, les yeux brillants de phosphore et le col relevé marqué du numéro de leur corps d'armée. Vasseur avait un visage carré, dans lequel on sentait une détermination farouche et une force contenue qui ne demandait qu'à jaillir. Des yeux très clairs, presque hypnotiques malgré la qualité médiocre du cliché.

Jansen était un homme brun, faisant plus jeune que son âge, au visage glabre et aux yeux noirs. Un genre de musicien, ou de peintre, un *air artiste*, songea Delestre. Mais Delestre savait que ces premières impressions n'avaient que peu de réalité. Il avait souvent été abusé par cette intuition trop rapide. Vasseur pouvait être un rêveur, pacifiste et merveilleux pianiste. Ou un violeur cruel. Et Jansen, une brute dépourvue d'émotion, impulsivement violent et incontrôlable sous ses airs de bellâtre. Ou un collectionneur de papillons. On pouvait avoir une tête de faussaire ou d'égorgeur, et n'être ni l'un ni l'autre. Il savait, pour avoir appris son métier de pisteur à l'Identité judiciaire et pour connaître son système Bertillon sur le bout des doigts, que les criminels ont rarement la tête de leur emploi.

— Je vous les ramènerai, mon colonel. À moitié vifs, ou à moitié morts, mais je vous les ramènerai…

Il reposa les fiches et le billet sur le rebord du bureau et releva les yeux sur de Victaille, qui cirait négligemment ses moustaches.

— C'est tout, mon colonel ?

— Pour le moment oui. Je ne saurais où vous dire de chercher. Mais on m'a rapporté que vous étiez déjà parti avec moins que ça. Et revenu avec votre gibier. On vous appelle le « Chien de sang », paraît-il… Ça doit vouloir dire quelque chose… Vous sentez le gibier courant… le gibier blessé ! Faites jouer votre réputation. Je veux ces gaillards, capitaine Delestre. Je veux que leurs hommes et les officiers du 31e sachent très vite que ces deux traîtres sont repris. Lancez-vous derrière eux. Que cela vous coûte six semaines ou six mois, ramenez-les. On ne laisse pas courir des animaux malades, capitaine Delestre, vous le savez aussi bien que moi.

Delestre se leva, salua au garde-à-vous l'officier supérieur qui continuait à triturer ses moustaches, et sortit dans le vestibule. Un planton le salua à son tour et l'accompagna jusqu'à la rue. Il quitta l'hôtel de la préfecture d'Amiens et se retrouva sous le soleil écrasant de midi.

François Delestre savait qu'on ne disparaît jamais. Jamais vraiment. Qu'il y a toujours des témoins et des traces. Il y a toujours quelqu'un qui parle.

Il leva le menton, respira l'air empli d'été. De minuscules effluves venus du fleuve lui indiquaient le chemin. Il fit un pas, puis deux, le nez empli des parfums aquatiques de la berge.

Le Chien de sang était lâché.

7

Vers la mer

Pendant deux ou trois jours – ils avaient renoncé à compter vraiment tant leurs veilles et leurs marches se succédaient sans logique – ils avancèrent au jugé. Vers l'ouest, toujours. Ils marchaient à travers des campagnes jaunies par l'été, respirant un air chargé des poussières des moissons.

— Tu entends ça ? demanda Jansen.
— Quoi donc ? Je n'entends rien.
— Sûr que si ! Les insectes. Les abeilles, les mouches, les bourdons… Écoute-moi tous ces vols, tous ces bourdonnements. Je n'en avais plus entendu depuis quatre ans.
— Laisse-moi tranquille avec tes bestioles, Jansen. J'aime pas plus les insectes que les hommes. Tiens ! voilà un autre patelin.

Ce n'était que quelques baraques, dont les toits avaient été arrachés par les bombes et les incendies.

Ils dormirent dans une réserve de fourrage, allongés sur des balles de paille dont les chardons mêlés leur dévorèrent les épaules. La nuit fut ponctuée dans le lointain de quelques explosions, amorties par la grande distance. La guerre semblait déjà appartenir à un autre monde, comme s'ils avaient franchi une porte invisible.

Un matin, sortant d'une brume densifiée par le soleil rasant, ils arrivèrent à Oisemont, un gros bourg agricole. Une sorte de foire s'y tenait, et on y vendait de la quincaillerie, du cidre et des volailles. Un grand café servait des collations sur de longues tables de bois. Des hommes y buvaient du café ou des petits verres de goutte. Jansen remarqua que les ruines se faisaient plus nombreuses autour de l'église et de l'école communale.

Jansen et Vasseur prirent place à une des tables, près d'un quarteron de buveurs. À ce qu'ils comprirent, les Anglais et la 1re armée avaient fait une sacrée trouée dans les rangs boches. Mais tous deux savaient comment la propagande de l'état-major pouvait convertir une hécatombe en percée héroïque. Et « *le superbe sacrifice de nos troupes* » était le plus souvent le fait de pauvres diables poussés hors des tranchées, le canon d'un sergent sur la nuque et qui giclaient comme des taupes hors de leurs trous.

Bientôt, une femme entre deux âges vint prendre leur commande, en séchant ses mains sur un tablier taché. Tout l'avant de ses cheveux avait viré au blanc. Alors que son chignon à étages était d'un beau châtain merisier, une large mèche neigeuse lui balayait le front.

— Commerce ? fit-elle, d'une voix maussade.

Elle les regardait à peine.

— Médecins, fit Vasseur, presque trop précipitamment. Nous allons sur le littoral...

— Le littoral... Vous n'êtes pas rendus. Ault ? Le Crotoy ?

— Non. Mers-les-Bains. Il y a là-bas une clinique à reprendre… on voudrait s'établir pour y ouvrir des lits.

Jansen le fixa. La machine à histoire s'ébranlait. Il se demanda si Vasseur en avait vraiment tressé les grandes lignes, ou s'il allait improviser à chaque fois qu'il y aurait conversation.

La femme essuya la table devant eux d'un coup de chiffon et dit :

— Trente-cinq kilomètres, peut-être bien… En auto, vous y serez en une heure. Café ou goutte ?

— Café et goutte, une double ration. Et du lait frais, si vous en avez.

— Frais d'hier au soir. Un cruchon ou un quart de cruchon ? C'est moins cher au cruchon.

Ils restèrent attablés une bonne partie de la matinée.

Vers midi, la place se vida rapidement. Quelques forains s'installèrent à leur côté pour déjeuner. Les roulottes et les stands disparurent, comme effacés à la gomme.

— Le bon moment pour se débiner, dit Vasseur. Tout le monde est à l'ombre ou bien à table…

Ils s'engouffrèrent dans la rue principale, entre des façades éventrées.

Juste avant de quitter le bourg, un dernier commerce attira leur attention. Une pharmacie-optique dont le toit avait été soufflé. Un grand carton sur sa devanture indiquait « Fermé pour cause de bombardement ». La porte vitrée, miraculeusement intacte, n'était retenue que par un nœud de fil de fer enroulé sur un gros clou replié en équerre.

Jansen scruta la rue dans les deux directions. Pas un chat. Une torpeur lourde de soleil écrasait le bourg. À peine au loin voyait-on un charroi s'éloigner, chargé de pacotille. Vasseur poussait déjà la porte et, s'engouffrant dans la pénombre fraîche, il lança :

— Dépêche donc, camarade !

Jansen se glissa à l'intérieur. Vasseur repoussa le battant. L'effondrement du toit et de l'étage avait recouvert les étals et les rayonnages d'une épaisse couche de torchis pulvérisé, qui rendait tout livide. On se serait cru à l'intérieur d'un moulin ou dans une scierie. Des formes blanchâtres émergeaient de l'ombre, certaines rendues presque fluorescentes par un rai de soleil qui traversait la boutique de part en part, aussi vif que la lumière d'un phare dans la nuit.

Déjà, Vasseur fouillait l'endroit. Il s'était jeté derrière un comptoir laiteux et ouvrait les tiroirs, inspectant leur contenu d'un regard rapide.

— Bon, la caisse est vide. Logique… Voyons le reste. Regarde un peu de ton côté, il doit y avoir des choses utiles ici…

— Quelles choses utiles ? Du sirop pour la toux, des boules de cire pour les oreilles ? Des ventouses ? Tiens, une paire de sangsues ? poursuivit Jansen en désignant un gros bocal dans lequel se tortillaient, dans une eau trouble, des formes verdâtres.

— Des choses que des médecins en mission médicale pourraient transporter avec eux, tête à biscuit !

Les deux hommes se partagèrent les lieux, fouillant tiroirs et placards, auscultant des emballages et déchiffrant des étiquettes. Adrien Jansen fit main basse sur deux ou trois fioles d'alcool de menthe, des boîtes bleues de Calmine et une petite bouteille d'arnica concentré, qu'il enfouit dans sa musette.

— Hé, Jansen !

Il se retourna brutalement, renversant un présentoir chargé de gommes et de pastilles. Devant lui ricanait un Vasseur les cheveux blancs de poussière de plâtre, le nez chaussé de lunettes de notaire qui le vieillissaient de dix ans.

— Qu'est-ce que tu penses de mes lunettes de bigleux, Jansen ?

Il lut sur un étui qu'il tenait à la main :

— Des « véritables Morez, en corne blonde ». De quoi j'ai l'air donc ?

— D'un vieux bigleux, tu l'as dit...

— Parfait ! Les toubibs sont tous des vieux bigleux. Tu devrais t'en trouver une paire aussi. Rien n'est plus éloigné d'un soldat déserteur qu'un vieux médecin bigleux.

Jansen fit une moue et lança :

— Et ça ? Voilà de quoi parfaire notre science des amputations, des ablations et de tous les tripatouillages des bouchers à blouse blanche : *Manuel de chirurgie de guerre* du docteur Heyfelder, traduit en français par le docteur Rapp.

Jansen le lança vers Vasseur qui le saisit à la volée. Celui-ci ironisa :

— Bel ouvrage en maroquin vert, imprimé sur papier gaufré, 362 pages, tranche dorée.

Il se mit à parcourir l'ouvrage, lisant d'un ton gourmand.

— « Mémorandum des gestes à effectuer en opération ou en salle d'arrière... Traitement des plaies et fractures. Technique des antisepsies... Étymologies grecques et latines des différentes infections et maladies post-traumatiques... »

Vasseur ricana encore.

— Belle trouvaille, Jansen. Nous voilà définitivement médecins ! Musette !

À l'étage, ils trouvèrent des vêtements. Certains, au jugé, étaient à peu près à leur taille. Ils prirent quelques chemises, deux vestes d'homme en flanelle noire et deux paires de caleçons. Ils abandonnèrent leurs paletots crasseux et leurs pantalons raides de boue séchée puis enfilèrent des habits propres de civilisés. Jansen plia le reste dans un large sac de cuir qui leur donnerait des airs de respectables voyageurs.

Ils marchèrent tout l'après-midi, coupant à travers champs ou empruntant des chemins forestiers, pour tenter d'estomper la chaleur lourde qui pesait sur eux. Dans la fraîcheur d'un bouquet de peupliers à ras d'un ruisseau, ils firent repos et Jansen s'endormit. Il s'éveilla en sursaut. Quelqu'un avait crié, tout près. Il se releva à demi et découvrit Vasseur, agenouillé contre un homme qu'il achevait d'égorger avec son couteau de tranchée.

— Salopard ! répétait Vasseur, continuant de taillader l'homme, qui se soulevait par saccades de plus en plus ténues.

Jansen sortit précipitamment son revolver et hurla :
— Bon Dieu, Vasseur, qu'est-ce qui se passe ? Vasseur ! Nom de Dieu !

— Qu'est-ce qui se passe, mon gars ? Ben que ce foutu salopard essayait de nous cambrioler. J'ai dormi comme toi, et quand j'ai ouvert un œil, j'ai trouvé ce salopiaud en train de fouiller dans ma musette. Il avait commencé à trier... Regarde-moi ça !

Vasseur désignait à sa gauche le revolver 92 et les jumelles, qui avaient été sorties de la musette.

— Putain de salopiaud ! siffla encore Vasseur.

Et tout en parlant, il ficha – d'un vif mouvement tournant de l'épaule – la lame de son poignard dans une des orbites de son adversaire immobilisé. Des humeurs gélatineuses se mirent à couler sur la joue du mort. Jansen, interdit, repensa aux œufs conservés dans le cellier, baignant dans le silicate de soude. Vasseur, comme fasciné par ce qu'il venait de faire, se rapprocha du visage de l'agonisant, collant presque sa propre face à la plaie ignoble qu'il venait de créer. Se reculant, il perça l'autre œil. Cette fois, un mélange de sang et de liquide clair fusa. Vasseur se recula en bougonnant, dégageant sa lame.

Jansen fixait l'homme qui eut un dernier spasme et se figea. Le type portait un bourgeron d'ouvrier et un pantalon de téléphoniste de l'armée, renforcé aux genoux de pièces de cuir bouilli. Des brodequins identiques aux leurs. Un visage mal rasé, aux yeux sanglants, écarquillés sur l'au-delà. Vingt-cinq ou vingt-six ans. Un soldat... Un soldat tout comme eux, qui tentait lui aussi l'échappée belle. Un autre qui n'aurait jamais son nom sur les registres des morts au champ d'honneur.

— Bon Dieu, Vasseur, tu l'as zigouillé ! Ça fait le deuxième Français que tu zigouilles sans nécessité...

— Sans nécessité ? Fiche-moi la paix, lieutenant ! Le cogne a eu ce qu'il fallait et celui-là aussi. On ne peut pas laisser derrière nous des gars capables de nous décrire et d'instruire le premier venu... Ferme donc ta gueule et aide-moi à le camoufler quelque part.

Se calmant progressivement, Vasseur explora les poches du mort. Palpa ses épaules et retourna ses chaussettes, cherchant une cache dans laquelle le pauvre type aurait dissimulé quelque argent.

— Rien de rien... Cet abruti s'est fait la belle les mains vides. Il doit survivre depuis des jours dans le coin en bouffant des grenouilles et des mûres. Je lui ai peut-être rendu service, après tout ?

Adrien Jansen se détourna en serrant les dents.

Plus loin, ils traversèrent un minuscule village appelé Ramburelles. Deux chiens méfiants s'approchèrent pour leur nifler les godasses. Un couple de vieilles femmes tordait des linges mouillés sur son seuil. Elles les regardèrent, l'œil plissé, suivant leur passage d'un lent mouvement tournant de la tête. Jansen salua d'un vague basculement du menton. Vasseur, par ironie sans doute, releva d'un doigt son chapeau. Jansen demanda, sans tourner la tête ni modifier son pas :

— Et celles-là, tu les laisses derrière nous ? Tu ne crois pas qu'elles peuvent aussi bien nous décrire qu'un gendarme ou qu'un télégraphiste en cavale ?

8

Tirer une droite

Delestre, le Chien de sang, regardait vers l'ouest, la figure collée à la fenêtre d'une guinguette de planches vertes. La pluie cognait aux carreaux, une pluie d'été, vive et soudaine qui bouchait les perspectives.

Il repassa ce qu'il appelait ses « fondamentaux » : les déserteurs cumulent les points communs, d'où qu'ils viennent, bourgeois ou tâcherons, cultivateurs ou épiciers, gratte-papier de ministère ou maîtres d'école, comme les siens. D'abord, ils déguerpissent tous dans la même direction : à l'opposé du front. Ils ne le longent pas, ni ne s'en écartent en courbes ou diagonales. Non. Ils fuient tout droit à l'opposé. Une droite parfaite, qui les éloigne au plus vite de la zone de combat. « Et une droite, répétait Delestre, c'est facile à tracer. Deux points suffisent. » Il en possédait un : Dommartin, le matin du 8 août. Et un deuxième : ce maréchal des logis à bicyclette que ses gaillards avaient brûlé vif, près d'Amiens, sans doute un peu plus tard la même journée. Bon, la direction se dessinait. Possible, même probable, qu'elle allait s'affirmer une fois ses deux fuyards sortis des zones urbaines. Cet après-midi-là, le lendemain, ou un peu plus tard ; il aurait sa confirmation et un vrai itinéraire.

Machinalement, il sortit son revolver de son étui et se mit à jouer avec l'anneau de crosse. Il pensa quelques secondes aux trois hommes qu'il avait déjà abattus avec cette arme. Bientôt, il y en aurait deux de plus. Il sentait que ces deux-là ne se laisseraient pas arrêter. Alors il les abattrait, sans hésiter ni trembler.

Delestre retourna à ses fondamentaux. Ces gars-là changent d'identité dès qu'ils le peuvent. Ou d'apparence. Parfois, ils essayent de changer d'identité *et* d'apparence. Contrairement à ce qu'avait affirmé le gros de Victaille, il était sûr que ces deux-là n'étaient plus depuis longtemps en habits militaires. Les plus malins – et Delestre sentait que les siens faisaient partie des malins – savent qu'on ne reste pas longtemps à l'arrière sans un statut solide. Aucun homme de vingt à quarante ans n'avait de place loin du front sans une très bonne raison. Il fallait qu'ils se donnent une profession, et les dehors de leur profession. Pas facile. Pas donné à tout le monde. Et risqué : le moindre faux pas, la moindre gaffe ou maladresse et on se découvrait. Encore que, savait Delestre, tout le monde ne dénonçait pas les déserteurs. Certaines femmes leur trouvaient des airs romantiques, des allures piquantes et une odeur d'aventure. Pour rien au monde elles ne trahiraient celui qui avait été leur amant d'un soir et avait réchauffé leur solitude de veuve ou d'esseulée. Les pacifistes, pareil : pour eux, ces types-là étaient des héros. Les seuls vrais seigneurs de la grande boucherie mondiale. Impossible d'en tirer un mot. Et puis il y avait le bataillon des indifférents, qui n'étaient d'aucun bord et attendraient la fin de la guerre le nez dans leur verre de vermouth.

Le Chien de sang leva le nez. Il fixa l'horizon, au nord-ouest. Des pâturages sans bestiaux, des vols de corneilles. Un clocher penché annonçait un village. C'est par là qu'il allait remonter la piste, chercher une femme, ou un buveur de vermouth qui poserait le troisième point de la droite qui conduisait à Jansen et Vasseur.

9

French cancan

— Regarde, fit Jansen. La femme de ce matin ! La femme du café, celle du cruchon de lait !

Juste avant la tombée de la nuit, ils avaient trouvé refuge dans un caboulot, planté au croisement de quatre routes. L'une descendait en sinuant vers la vallée, ombragée par de vieux ormes et des hêtres hauts comme des mâts. Cinq ou six carrioles, équipages hétéroclites de voyageurs, de camelots ambulants et de paysans, étaient parquées avec leur bétail dans un pré attenant. L'endroit se nommait relais de l'Oiseau-Bleu. C'était tout à la fois un grand café comme on en trouvait beaucoup aux carrefours, un bâtiment en forme de L, construit en brique rouge et en saillies de pierre blanche.

À peine entrés et assis, mêlés à une petite foule de buveurs et de braillards, Jansen avait désigné la femme du café d'Oisemont, avec sa mèche blanche sur le front, qui circulait entre les tablées en jonglant avec un large plateau.

— Nom de Dieu, qu'est-ce qu'elle fiche ici ? jura Vasseur entre ses dents. Tu crois qu'elle nous…

— Non. Je crois juste qu'elle travaille partout où elle peut. Le soir, dans le coin, c'est ici que ça se passe, alors elle doit se faire conduire sur une charrue de ferme, ou bien marcher les sept kilomètres dans ses grosses savates.

— On est censés être quelque part du côté de la mer...

— Oui. Les Bains quelque chose... C'est ce que tu lui as dit.

— Mers-les-Bains, oui. Elle va s'en souvenir, crois-tu ?

— Pff ! Elle nous a oubliés depuis des heures, Vasseur. Tu ne penses quand même pas... Tu ne penses pas la travailler au couteau ? Je ne te laisserai pas faire, tu m'entends bien !

Vasseur haussa les épaules en soufflant.

— Qu'est-ce que tu vas chercher ?... Tu crois que je tue des bonnes femmes ? N'empêche... On ferait mieux de filer.

— Filer ? Filer où ça ? Trop tard, la voilà.

La femme lestée de son plateau de tôle desservait des chopines. Elle se posa devant leur guéridon et lança d'une voix morne :

— Picon-Spritz. Picon-Chasseur. Picon-bière. Du vin ou du cidre.

— Pas de gnole ? demanda Vasseur.

La femme balaya la salle du regard, semblant scruter la clientèle. D'une voix basse, elle glissa :

— Du calva. Du calva de distillation privée. J'n'ai habituellement pas le droit de le vendre aux clients, sauf si on a de la demande... Mais le patron le donne pas cadeau !

— Apportez-nous-en de quoi pas vous déranger toutes les cinq minutes... On paiera ce qu'il faut, si le patron ne nous vole pas de trop.

— Deux bons verres ?

— Apportez-nous la demi-bouteille.
— C'est dix sous !
— Grouille-toi donc, puisqu'on dit qu'on a de quoi payer...

Jansen regarda Vasseur, sans moufter. Il était passé au tutoiement brutalement. Jansen se tourna vers la femme, et esquissa un sourire poli :

— Une demi-bouteille, s'il vous plaît... madame.

Il fit glisser une pièce trouée en son centre sur la table, toujours en souriant.

La femme se redressa. Les chopines sur le plateau se mirent à tintinnabuler comme des clochettes.

— Vous êtes pas aux bains de mer, ou dans votre clinique, vous autres ?

Elle les avait reconnus. Mais son regard pétillait, gorgé des politesses de Jansen.

— Notre ami a été retardé. Nous y serons demain tantôt...

— Ah. Ben ce sera toujours assez tôt, non ? « Madame », c'est-y pas beau ! C'est pas tous les soirs qu'on m'donne du « madame », par ici. Et du « s'il vous plaît » ! J'vous ramène le calva, souffla-t-elle en clignant de l'œil.

— Attendez, la retint Jansen. Vous avez du manger aussi ? Du manger chaud ?

— Ben j'comprends, quand même qu'on a à manger ! Ce soir, on a fait du lard bouilli bien gras, bien blanc, qu'il s'étale tout seul sur l'pain. Avec des patates à l'eau ou bien de la nouille.

À neuf heures précises, une musique de fanfare monta dans le caboulot. Quatre pignoufs en habits de cirque envahirent une mince estrade en soufflant dans des trompettes et des clarinettes. Un gugusse de quinze ou seize ans, en veste de tambour-major, frappait sur une grosse caisse avec un énorme marteau de feutre.

Ils jouèrent quelques airs à la mode d'avant-guerre, qu'un lourdaud en bras de chemise – sans aucun doute le patron de l'endroit – avait annoncé comme des « fantaisies parisiennes ». Bientôt, deux souillons habillées en cocottes vinrent se coller sur l'estrade à leur tour en levant la jambe sur le « Galop » d'Offenbach, exécuté par les quatre arsouilles de la musique.

Vasseur semblait parfaitement absorbé par le spectacle minable. Il tapotait avec le cul de son verre sur le bois du guéridon, ponctuant le rythme de *Pon-Pon-Pon* hilares. Autour, trois douzaines de marchands et d'ivrognes, des pistonnards et des planqués, s'amusaient en braillant. Ils sifflaient entre leurs doigts à chaque fois que les filles levaient la jambe en tortillant leur mousseline. Vasseur, cessant brusquement de battre la mesure, se tourna vers Jansen. Il planta son regard dans celui du maître d'école. Celui-ci remarqua pour la première fois à quel point ce regard était minéral. Glaciaire. Il lui fit immédiatement songer à ces eaux qui dévalent des montagnes, aussi pures que du verre. Vasseur susurra, d'une voix basse, mais parfaitement claire :

— Tu vois comme on s'amuse, à l'arrière chez les embusqués. Et on voudrait que nous autres, on crève dans la boue, avec une lance de uhlan dans l'estomac ? Ou coupés en deux par les rafales de leur *Maschinengewehr* à cinq cents coups minute ?

Il n'avait plus rien d'hilare. Jansen ne répondit rien. Ses pensées revenaient au front. Oui. À une quarantaine de kilomètres de ce music-hall improvisé, combien des trente hommes qu'il commandait quelques jours plus tôt étaient encore vivants ? Combien gémissaient dans des trous qu'ils avaient gagnés en rampant pour y agoniser en attendant des brancardiers qui ne viendraient jamais ? Vasseur avait raison. Rien ne voulait dire grand-chose dans cette apocalypse. Rien. Aucun mot n'avait gardé de sens. *Patrie. Courage. Fraternité et justice.*

Autant dire courge, binette ou sarcophage. Oui. Vasseur avait mille fois raison.

Plus tard, entre deux rations de goutte, Jansen questionna Vasseur sur son nouveau nom.

— Tu te souviens de ton identité, nom et prénom ?

Vasseur le dévisagea d'un œil qui tournait vitreux. Il ne semblait pas comprendre la question de son camarade.

— Ton nom, Vasseur, ton nom sur tes papiers de médecin ? Si un gars de la police militaire ou de la prévôté t'interpelle, comment t'appelles-tu, nom d'un chien ?

Les lèvres de Vasseur s'entrouvrirent pour répondre, mais rien ne venait. Il bredouilla quelques syllabes inaudibles et renonça.

— M'en rappelle plus. Un nom à la con, un nom de garde-barrière. Pierre-Yves quelque chose, non ?

— Il va falloir apprendre, mon salaud. Pierre Vally. *Va-lly !*

Vasseur éluda, et se mit à fanfaronner, décrivant des arabesques dans l'air de son index relevé.

— Le premier gendarme qui se met en travers de ma route, je lui brûle la gueule... Tu m'as vu y faire.

Il se resservit un fil de goutte, en commentant ce qu'il voyait alentour. Une ronde s'était formée, dans laquelle les danseurs faisaient le tour de la salle, les mains sur les épaules de leur voisin. Ils reprenaient des refrains à la mode, dans lesquels il était question de roses, de coquettes et de sieste dans les avoines folles.

— Regarde-moi tous ces traîne-bûches, avec leurs airs de polichinelles ! Pas dix minutes qu'ils tiendraient, là-bas. Et ça joue les galants dans les caboulots de l'arrière... Et ces pintades qui font les belles, pendant que leurs hommes se prennent des volées de shrapnells dans le cockpit...

Jansen posa sa main sur l'avant-bras de Vasseur, qui peu à peu retrouvait son calme. Son œil redevenu mauvais balayait les danseurs. Il finit par se remettre à battre la mesure.

Jansen alla régler leurs soupers auprès de l'escogriffe en bras de chemise. Il s'enquit aussi de savoir si on pouvait dormir.

— Il faudra faire avec votre collègue. Il me reste une chambre dans la dépendance : trois francs cinquante. Électricité. Deux petits lits et une bassine d'eau chaude. On ne prend pas les jetons des coopératives...

« Plus du double de ce qu'il aurait exigé dans son bouge en temps de paix », jugea Jansen. À l'arrière, non seulement on restait en vie, mais en plus on s'amusait et on faisait de belles affaires.

Le patron l'équipa d'une lampe au carbure pour traverser une cour qui puait le fumier et les fruits pourris. Accompagné de Vasseur, qui dormait quasiment debout, il trouva la chambre qu'il avait louée pour la nuit. Le mot *HOTEL*, inscrit sur le battant à l'aide d'un pinceau de goudron d'une écriture d'illettré, les accueillit chez eux. Il chercha à tâtons l'interrupteur près du chambranle et une lumière de veilleuse se répandit dans la pièce. Tout était jaunâtre. Jansen pensa à la peau d'un coing. Ou mieux, à l'intérieur d'un coing. Deux lits jaunasses, un cabinet de toilette jaunasse. Un papier peint jaunasse. Vasseur grommela quelques mots, quitta chaussures et pantalon et se coucha aussitôt, sans même prendre la peine d'ôter son chapeau. Jansen eut tout juste le temps de le lui enlever qu'il dormait déjà. On entendait encore, étouffées, les clameurs des fantaisies parisiennes et de leurs cavalcades. Les « polichinelles », comme les avaient baptisés Vasseur, n'avaient pas l'air trop fatigués.

Jansen se rinça le visage et les mains dans le nécessaire de toilette. Il chercha en vain une serviette et finit par se sécher dans le coton jauni du couvre-lit. Il se déshabilla lentement, gardant caleçon et chaussettes, déposa son modèle 92 sur le chevet, en leva le cran et s'enfouit sous son drap. Abstraction faite du tapage des noceurs, la nuit paraissait calme. Ils étaient à plus de quarante kilomètres du front désormais, et pas un bruit des combats ne lui parvenait. Jansen ouvrit au hasard le manuel de chirurgie dont il lut quelques pages.
« L'hémorragie des plaies de guerre peut être d'importance très variable. Tantôt le sang et les fluides suintent à la manière d'une nappe sur toute la surface de la plaie, empêchant le médecin de concevoir véritablement la blessure, tantôt les humeurs s'échappent en jet – principalement le sang – hors d'une ou plusieurs artères. C'est là l'urgence du traitement. Les moyens d'hémostases dont disposent… »
Jansen ne sut pas lui-même à quel moment il sombra dans le sommeil.

Au matin, il se réveilla avant Vasseur. La lumière électrique avait marché toute la nuit. L'air frais de la fenêtre ouverte, l'odeur des fleurs humides des tilleuls l'avaient tiré du sommeil en douceur. Il enfila sa chemise et ses godillots, tira ses bretelles par-dessus les épaules et quitta la chambre. Il regagna la grande salle de la veille. Celle-ci avait été nettoyée et sentait le savon noir. Il s'approcha du bar où un gamin – il reconnut le tambour-major de l'orchestre – découpait de larges tartines dans une monstrueuse miche. Une fille emplissait d'eau un percolateur fusant de vapeur. Sur sa gauche, près de la vitre qui donnait sur la route, Jansen découvrit – dans un frisson – des militaires attablés. Il reconnut des Anglais. Des officiers, accompagnés d'un boy chinois qui faisait le service et leur apportait des bols fumants et des brioches.

Ils avaient des brioches dans ce boui-boui ! Un des officiers le salua furtivement d'une inclinaison de tête, les autres le dévisagèrent un instant sans s'attarder. Jansen comprit qu'ils badinaient au sujet de la servante. Il s'approcha du bar et demanda s'il pouvait être servi. La gamine lui lança :

— Enfin un qui parle français ! Qu'est-ce que vous voulez pour vot'collation ?

— Café ?

— Il sera prêt dans cinq minutes. On a des brioches au petit-lait ou du pain blanc. Plus de beurre. Mais de la confiture de rhubarbe.

« Rien que pour ça, mon vieux Vasseur, songea-t-il, tu avais raison : ça valait le coup de filer. De la brioche fraîche ! » Quatre ans qu'il n'avait pas mangé de la brioche fraîche.

Une camionnette militaire corna devant l'estaminet. Jansen eut de nouveau un coup au cœur. Mais c'était simplement l'équipage britannique qui venait rechercher ses hommes. Le Chinois emporta quelques gros havresacs de cuir qu'il déposa sous la bâche, et deux militaires gagnèrent le camion tandis qu'un troisième réglait leur note auprès de la gamine, l'air renfrogné et méfiant.

Jansen remarqua que la fille le regardait par en dessous. Friponnerie ou espionnage ? Il s'approcha. Elle devait avoir seize ou dix-sept ans. Elle amplifia son sourire.

— Comment va le travail, par ici ? La paye est bonne ?

Il avait pris un ton bonhomme. La fille se dandinait sur place, et roucoula :

— Si on est pas bégueule, et qu'on a pas peur de l'ouvrage, on peut gagner sa vie... Moi, j'fais de tout : j'lave le linge, j'fais le par terre, j'sers les chopines. Et après le souper, j'fais de la revue parisienne sur l'estrade...

Jansen reconnut alors une des filles du « Galop » d'Offenbach. Sans ses plumes et ses culottes à Nini-Pattes-en-l'Air, elle était méconnaissable. Jansen fit glisser une ombre coquine sur son visage :

— Et on peut vous y voir tous les jours ?

— Tous les jours, m'sieur. Et tous les soirs !

— Possible alors que je repasse te voir danser, ma belle. Bien possible.

La gamine se rengorgea, arrangeant machinalement son chignon.

Jansen regagna leur chambre. Vasseur se lavait l'entrejambe au-dessus de la bassine d'eau chaude qu'on avait dû lui livrer. La liquette relevée, sans honte ni gêne, il lança :

— Alors camarade... Déjà debout ! J'espère que tu as fait ta toilette, je viens de pisser dans la cuvette. Ils ont du café dans cette popote ?

Ils avaient repris leur route. Courbés face au vent qui leur faisait bourdonner les oreilles, ils s'avancèrent sur le plateau picard. Au loin, des moulins faisaient tourner lentement leurs ailes, encerclés de corneilles aux cris aussi rauques que des coups de fusil.

Ils n'avaient pas quitté l'Oiseau-Bleu depuis dix minutes qu'ils virent venir à eux un détachement de militaires. Quinze ou vingt hommes – en tenue horizon –, marchant sans ordre sur la route, à cinquante mètres devant eux. Un bosquet les révéla au tout dernier instant ; il n'y avait nul autre choix désormais que de continuer et de les croiser. À dix mètres, ils reconnurent une section de territoriaux. Des gars de cinquante ans et plus, armés de pelles et de sacs, attachés au service du Génie et des Routes. Des types qui passaient leur temps à boucher les nids-de-poules, à dérouler des bobineaux de barbelé et surtout, à creuser des trous pour enterrer les morts.

Les gars allaient passer en soufflant, sans le moindre intérêt pour ces civils qui croisaient leur chemin.

Vasseur les regardait glisser, perclus de fatigue et le souffle court, déjà de bon matin. Ces types-là n'allaient pas au feu, du fait de leur âge, mais on ne leur donnait pas beaucoup plus longtemps à vivre que les tirailleurs des premières lignes.

— Bonjour les gars, lança Jansen, d'une voix aimable. Vous montez sur Amiens ? Où en sont nos soldats ?

— L'offensive a bien donné, à ce qu'on raconte. Les Boches sont enfoncés sur vingt-cinq kilomètres !

— Autant de kilomètres de fossés à combler et de route à raccommoder, grommela un vieux dans le rang. Sans compter qu'on monte en ligne, avec les aut'.

— Vous allez au feu, les pépères ? persifla Vasseur.

— Paraîtrait qu'la territoriale est dissoute ! On nous colle aux tranchées... On va finir les Boches avec les gars de l'active.

— C'est bien vrai alors ? insista Jansen. Les nôtres sont victorieux ?

— Poilus et Angliches ont saqué les Allemands à coups de grolles au cul, gars ! Dans deux jours, ils seront à Montdidier ou à Péronne ! Dans un mois, on fait du *campinge* sur la ligne Hindenburg !

— Des pertes importantes pour nous ? demanda Vasseur.

— Permissionnaires ? jeta le territorial, l'œil soudain suspicieux.

— Médecins-majors, pépère !

L'autre se radoucit :

— J'dis ça, c'est rapport à tous ces loufiats qui s'en retournent, déserteurs et insoumis...

— De la racaillure de poteau d'exécution, fit Vasseur, en crachant par terre.

Le territorial se mit à rire, rassuré :

— Des pertes, on n'sait pas... Mais on n'fait pas d'omelettes sans casser des *œufes*, hein !

— Sans doute, conclut Vasseur en repartant.

Ils firent quelques pas. À peine entrés dans le bosquet d'où avaient surgi les cantonniers, Vasseur jura :

— Sacrés sacs à merde de territoriaux... J't'en foutrais, moi, des *œufes*. Ils mériteraient qu'on les colle au poteau, cette vermine... Regarde-les-moi, à tenir leurs putains de pelles sur l'épaule depuis quatre ans, tandis que nous on porte nos Berthier et nos six grenades en première ligne...

Ils n'avaient pas fait vingt pas qu'à l'entrée d'un bourg, droit devant eux, ils reconnurent un barrage de gendarmes. Quatre uniformes noirs et un double treillis de ronce métallique leur fermaient la route.

10

La bifurcation

Vasseur fixa le barrage de gendarmes, à quatre-vingts ou cent mètres, en plissant les yeux. Jansen s'était figé. Quelques pommiers et un grand saule, suivant la courbe de la route qui entrait dans le village de Bouillancourt, faisaient un peu obstacle entre eux et les gendarmes. Les deux hommes se jetèrent ensemble contre un talus, essayant de s'enfoncer le plus possible dans les herbes sèches du fossé.

— Ils nous ont vus ou pas, Jansen ? À ton sens, ils nous ont vus ? balbutia Vasseur.

— Sais pas.

Les deux hommes ne faisaient pas un geste. Instinctivement, même si la distance ne justifiait pas cette précaution, ils s'étaient mis à chuchoter. Au loin, les uniformes, eux, n'avaient pas non plus bougé. Ils semblaient discuter entre eux. On ne distinguait pas leurs visages. Jansen supposa qu'ils leur tournaient le dos. Mais à cette distance, impossible de se faire un avis sûr.

— Tu veux qu'on vérifie si nos autorisations sont bien valables, Jansen, ou on coupe à travers bois ?

— Et toi, tu dis quoi ?

— Je dis qu'on coupe. On essaiera les sauf-conduits le jour où on n'aura pas le choix.

À leur gauche, Vasseur désigna une minuscule entaille dans la frondaison. Une mince allée forestière qui filait dans l'ombre.

— Au pire, Vasseur, tu leur brûleras la gueule à tous les quatre, pas vrai ? grinça Jansen en se précipitant sous le feuillage.

Ils s'enfoncèrent dans les bois, jusqu'au calvaire des Croisettes. Un grand Christ blanc semblait garder une minuscule voie domaniale, qui devait servir pour les défricheurs. À ses pieds, un bouquet de croix de bois, tapies comme des canetons autour de leur mère.

— Je connais la coutume, expliqua Jansen. Chez nous aussi, on plante une croix aux nouveaux morts.

Il désignait le bouquet de croix de chêne, des vieilles couvertes de mousse ; des toutes fraîches, qui sentaient encore le copeau.

— Tiens, c'est drôle, fit Vasseur, j'avais oublié qu'on mourait aussi, chez les civilisés !

Ils poursuivirent dans l'ombre fraîche des grands arbres. Au bout de deux cents mètres, ils firent une pause et tendirent l'oreille. Non. Rien. Personne n'avait l'air de les suivre. Aucun bruit, à part quelques craquements de branches et des envols furtifs dans les fourrés. Ils arrivèrent bientôt à un croisement. Le chemin sur lequel ils étaient engagés plongeait soudain plein sud, entre des troncs têtards recouverts de lierre, vers la vallée qu'ils avaient entrevue en quittant l'Oiseau-Bleu. L'autre voie, qu'ils croisaient, courait d'est en ouest, presque parallèle à la route qu'ils avaient précipitamment quittée.

Ils se regardèrent, indécis. Fallait-il poursuivre leur idée de rejoindre la mer, ou abandonner l'itinéraire et tenter leur chance vers le sud ? Ils avaient eu déjà cet échange deux heures plus tôt, en laissant derrière eux le Vert-Bocage.

Jansen se décida et désigna l'ouest.

— Par là. On reste sur notre idée, un tout petit peu plus bas. Mais on poursuit toujours vers le littoral...

— Tu ne nous ramènerais pas dans ton pays, par hasard, Jansen ? lança Vasseur. Ta manie de prendre plein ouest ? On dirait bien qu'on file tout droit sur Rouen...

Jansen le regarda, impassible :

— Rouen serait au sud-ouest, en coupant la vallée et en descendant toujours. Là, nous allons vers l'ouest. Tu ne maîtrises plus tes cartes, lieutenant Vasseur.

L'après-midi passa. Les deux hommes hésitaient à regagner la grande route. Sous les frondaisons, ils se sentaient plus à l'abri. La vue ne portait pas loin, et toute présence se détectait sans délai par des craquements de bois et de feuillages secs. Ils établirent une sorte de campement, pour y bivouaquer et confronter leurs vues. Jansen penchait pour une vie nomade, un peu à la manière de celle qu'ils avaient adoptée depuis leur départ de Dommartin. Se plier aux contingences et aux rencontres. Si la guerre finissait vite, comme le croyait Vasseur, c'était jouable. Changer de toit en fonction des circonstances. Survivre dans les interstices d'un monde en désordre, faits d'exodes et d'errances. Leur situation n'était pas pire finalement que celle des populations civiles dépossédées de leurs biens et de leurs logis, fuyant les avancées des uns ou des autres, des ennemis ou des pillards. Ils trouveraient toujours assez à manger dans tous ces abandons précipités et toutes ces paniques, ces débandades et ces fuites, qui laissaient derrière tant de chambres vides et de garde-manger à demi pleins. Il y aurait, jugeait-il, toujours plus que là d'où ils venaient, et bien plus que dans les cachots où ils seraient immanquablement jetés, à peine repris.

Vasseur poussait au contraire pour trouver refuge au beau milieu d'une ville. Pas Paris, ni même Rouen, où espions, dénonciateurs et agents secrets des prévôtés grouillaient comme vermine. Mais dans une de ces petites cités littorales, dont il parlait depuis le début de leur migration. L'atmosphère de ces menus endroits, prophétisait-il, serait la même qu'en temps de paix. Inchangée et inerte. Le bruit permanent des vagues et du vent en rythmait les journées et les mois, et jamais rien de plus terrible qu'une tempête d'équinoxe n'en troublait l'éternelle quiétude.

— Il faut de l'argent pour tenir en ville, protestait Jansen.

— De l'argent, on en a, ripostait Vasseur.

— Cent cinquante francs, et déjà entamés. Nous ne tiendrons pas longtemps. Tu l'as vu cette nuit, tout se paye au prix fort dans le sillage des armées. Il n'y a que l'air que l'on respire qui n'est pas du marché noir ! Et puis, tout le monde se connaît dans ces villes-là ! Tu crois que deux bonshommes à chapeaux débarqués de la lune vont passer inaperçus ?

— Il reste notre fable à raconter, et...

— Quelle fable ? coupa Jansen.

— Celle que j'ai commencé à dire à cette femme, hier au matin. Cette clinique à reprendre, pour y installer un hôpital d'arrière... Des tas de médecins à capitaux font ça, depuis le premier hiver de la guerre.

— Nous avons des capitaux ? Encore ces cent cinquante francs ? gloussa Adrien Jansen.
— Il y a au moins nos sauf-conduits de docteurs...
Jansen, fatigué d'argumenter, se laissa aller sur un talus de mousse. Ses yeux à même le sol suivaient le ballet indécis de menues bestioles, qui charriaient des poussières ou des carcasses de rivaux, bientôt devenus nourriture. La vie minuscule des mousses et des crevasses l'apaisa. Il s'endormit. Vasseur, le regardant somnoler, lâcha un bref ricanement, puis, à son tour, se laissa aller au sommeil.

Au réveil, la pénombre les cernait. Un crépuscule bleu, veiné des silhouettes plus sombres des grands arbres. Le staccato d'un pic sur une écorce était le seul bruit alentour. En un instant, ils furent debout. Le chemin de l'ouest restait lisible, éclairé par la lune montante. Ils avancèrent ainsi, plus d'une heure, les jambes souvent agrippées par des ronces rampantes ou des tapis de lierre. Soudain, la forêt s'éclaircit. Les arbres se faisaient moins hauts, et bientôt une orée – comme tranchée au rasoir – fit place à une vaste perspective de pâtures ou de prés, cernés de clôtures et de piquets blancs.

Au bout d'une allée forestière blanche de marne, ils distinguaient une sorte de vaste demeure de chasse, sur deux niveaux, longue et luisant sous la lune. Un grand parc à la française en tapissait l'abord. Dans l'ombre, sur leur droite, ils aperçurent une sorte de corps de dépendances, étables ou écuries.

Droit devant eux, un cèdre aux branches flottantes ombrageait un porche, desservi par une fine volée de marches. L'absence de véritable perron rendait le château plus massif. Il semblait qu'il avait commencé à s'enfoncer dans le sol, ramassé sur lui-même et prêt à bondir.

Le couteau de tranchée à la main, ils marchèrent vers les écuries, vides de toute bête. Au dos de l'écurie elle-même, il y avait une sorte de pavillon de garde, de plain-pied. Aucune lumière n'en filtrait, mais il ne semblait pas désaffecté. Ils revinrent vers les box et se hissèrent dans un réduit, sorte de demi-grenier saturé de paille, desservi par une courte échelle de quatre barreaux.

— On ne nous trouvera pas ici, murmura Vasseur.

Il sortit bientôt de sa musette les biscuits de mer troqués aux Anglais avant de quitter Dommartin, et quatre œufs qu'il avait soustraits aux jarres de conserves dans le cellier de Camon.

— Vas-y donc, Jansen, mon gars ! Mets-toi à ton aise. C'est pas la vie que tu veux pour nous ? Nourris, logés et le cul dans de la paille jusqu'à la fin de la guerre ? Pourquoi pas, camarade. Ça ou autre chose...

Adrien Jansen se débarrassa de ses chaussures. Il s'avachit sur la paille et mordit dans un biscuit anglais, dur comme une planche. Le bruit de broyage de ses molaires lui sembla aussi perçant qu'un barrage d'artillerie.

Vasseur lança :

— On a aussi du *corned-beef*... Du singe, quoi !

Jansen et Vasseur déployèrent leur couverture de campagne pour s'isoler de la paille et des parasites qu'elle devait héberger. L'obscurité à son tour les enroula comme une cape. Ils s'apprêtaient à passer leur première nuit au domaine d'Ansennes.

11

Le domaine d'Ansennes

Au matin, le brouillard planait autour de leur abri. Vasseur se colla à la cloison de planches, dégagea une claire-voie à l'aide de son couteau de tranchée et essaya de voir dans la direction du château. Le brouillard étouffait tout. À peine la silhouette fantomatique du bâtiment se devinait-elle, cernée de vapeur. Ils mangèrent leur pain biscuité, sans échanger un seul mot. Enfin, Vasseur dit :

— Pas question de rester là-dedans toute la journée. Je préfère tomber sur un gendarme que de pourrir dans cette paille puante... Regarde-moi ça, je suis rongé par les bestioles !

— Tu comptes te signaler ? railla Jansen. Aller droit sur cette piaule et toquer au portillon ?

— Ce que je compte bien faire, c'est trouver un meilleur endroit pour aviser. Et filer rapido vers la mer !

Ils laissèrent la brume se dissiper. Peu après dix heures du matin, le soleil de la veille, déjà chaud, faisait fumer les herbages alentour. La demeure émergeait complètement de sa gangue d'humidité.

Ils observèrent, par l'espèce de meurtrière que Vasseur avait pratiquée dans le bois de bardage, la perspective du grand parc qui menait au bâtiment principal. Une sorte de château, comme ils l'avaient deviné la veille dans le crépuscule. Mais plus désolant qu'il n'avait tout d'abord semblé. L'endroit affichait un air décati. Des tuiles manquaient au grand toit en pente. Un des deux paratonnerres tirait de guingois, à la manière d'une antenne de coléoptère estropié. Des volets pendaient aux fenêtres du premier étage. Un lierre malsain grimpait le long des briques. Il régnait là, jugea Jansen, une ambiance humide et froide, presque mortifère.

— On dirait que ce n'est pas l'été, là-dedans…, fit-il à voix haute.

Au bout de cette étendue gazonnée et de cette allée de graviers, dans cette grande maison de chasse aux tours d'angle pareilles à des serre-livres, on eût dit en effet qu'une saison maussade s'était établie sur l'endroit. Un château de conte de fées ; assoupi, écrasé à tout jamais par l'hiver et la mélancolie.

— On dirait que ce truc est malade, fit-il encore.

— Allons, cesse tes bavardages de maître d'école, Jansen ! répondit Vasseur dans une bourrade.

Mais on lui avait connu des tons plus assurés : sa voix paraissait affaiblie – presque inquiète – comme venue de plus loin qu'il n'était.

Peu avant midi, Vasseur, qui milait presque en permanence dans son périscope, lâcha brusquement :

— On vient ! Voilà du monde !

Adrien Jansen se colla à lui et observa le jardin. Un homme, d'apparence plutôt âgée, se tenait sur le seuil, tourné vers la grande porte en arceaux. Il paraissait attendre quelqu'un qui se trouvait encore à l'intérieur. Il s'impatienta en tapotant de sa canne le côté de sa botte. Enfin, une seconde personne se glissa sur le perron. Une femme. Mince. En habits noirs. Un fichu de laine rouge enserrait ses épaules. Elle était tête nue, les cheveux ramenés en chignon à l'arrière. Elle tenait à la main gauche un gros panier à provisions. De leur distance, impossible de lui donner un âge précis. Sans doute pas moins de trente ou trente-cinq ans. Pas plus de quarante ou quarante-cinq. L'homme et la femme échangèrent quelques paroles, ponctuées de gestes brefs du vieillard. Elle opinait, lentement, puis tournant les talons, elle sortit de leur champ de vision. Elle réapparut une minute plus tard, poussant une bicyclette qu'elle enfourcha avant de filer en empruntant la grande allée des ormes. L'homme s'aventura sur la pelouse, à pas lents. Il portait un complet de couleur neutre. Un chapeau, tout aussi indécis. D'ailleurs, mis à part l'écarlate du fichu de la femme, tout était grisaille dans le tableau que les deux soldats observaient depuis dix minutes. Un corps de bâtiment en taille douce, comme sorti d'une gravure ancienne, estompée par les années. Une végétation incertaine, maladive, couleur de cendres. Un vieil homme presque inerte, se déplaçant à la manière d'un oiseau méfiant dans un espace trop vaste.

Jansen abandonna son poste. Il se tassa dans un coin pour réfléchir. Vasseur, comme fasciné, regardait toujours à sa fente, silencieux.

Quelques instants plus tard, il murmura :

— L'inventaire se complète, voilà une autre bonne femme !

Jansen se rapprocha de la paroi de planches et lorgna à son tour : en effet, une autre femme, vêtue d'une longue robe couleur tilleul, avait rejoint le vieil homme à quelques mètres de l'entrée. Elle était accompagnée d'un petit chien tout fou qui bondissait de droite et de gauche, prenant de brusques courses d'élan avant de se fixer, pattes tendues en avant et remuant vivement sa queue. Un artois, tout frêle encore, de huit ou neuf kilos au plus. Quant à la femme, elle était manifestement plus jeune que l'autre. Pas plus de trente ans, estima Jansen. Elle prit le vieillard par le bras et ils glissèrent lentement vers un sous-bois, avant de revenir sur leur pas et d'entreprendre un tour de la grande pelouse. La femme avait calé son pas sur celui du vieil homme. Le petit chien blanc et roux les suivait, alternant départs et arrêts subits.

Jansen avait le regard fixé sur la porte du domaine. Allait-elle laisser passer un autre acteur de cette pantomime qui se déroulait devant eux ? Et quel était le lien qui unissait ces trois premiers personnages ?

Baigné par l'odeur intense de sueur qui s'exhalait de Vasseur, tout à côté de lui, Adrien Jansen se laissa gagner par une de ses rêveries, comme il en avait parfois, au front, dans ces moments incertains d'entre les actions. Il ferma les yeux et se vit, en habit d'été, le canotier vissé sur des cheveux qui sentaient la camomille et la lotion russe, marcher lui aussi dans ce parc, baigné par une douce lumière de fin d'après-midi. Oui. C'était là qu'il voulait s'établir. Y côtoyer cette femme en robe couleur d'eau fraîche, en faire son épouse peut-être. Finir ses jours ici, dans cette alcôve éloignée de tout, loin de la boue et de la mort.

12

Les caboulots d'Amiens

L'endroit sentait la pomme rance et l'oignon roussi. Des hommes en bourgerons bleus sortant à peine de leur besogne s'étaient regroupés autour d'un long comptoir de bois patiné par des générations de coudes. Derrière celui-ci, trois souris en tablier noir débitaient des chopines et les envoyaient glisser vers les buveurs, qui les happaient au vol et se blanchissaient les moustaches de mousse.

François Delestre connaissait bien ces escadrons de soiffards de l'arrière : ouvriers spécialisés de l'économie de guerre, producteurs agricoles nécessaires aux besoins des armées, soutiens de famille nombreuse ou pistonnés de la première heure, titulaires de recommandations des embusqueurs de la Chambre des députés. Il n'avait pas mission d'agir contre ceux-là. Leurs alibis à déserter le front étaient sans appel et légaux. Delestre les méprisait plus peut-être que les gibiers qu'il traquait : les siens au moins avaient vu les premières lignes et tous étaient montés à l'assaut. Certains avaient craqué dès les premières secondes, cernés par les « abeilles » des fusils boches et l'explosion des obus chargés d'éclats mortels. Pour d'autres, c'était l'appréhension seule des dangers qui leur avait fait perdre pied, perdre la tête, perdre le nord, et se jeter en hurlant dans la fuite et la trahison. Il y avait des lois contre la désertion, mais il y avait de grandes tolérances envers l'embuscade. On ne comptait plus les usines qui avaient recruté des coiffeurs, des garçons de café, des greffiers de tribunal de commerce ou des artisans charcutiers sous contrat d'« *ouvrier spécialisé, nécessaire à la défense nationale* ». Tous ceux qui avaient quelque influence parmi les conseillers généraux ou les personnels de mairie s'étaient lancés dans la « course à l'échappe », tentant de confisquer les postes abrités et d'obtenir ainsi le privilège de n'être pas tué tout de suite. Lui-même, songea-t-il, comment se comporterait-il au feu ? Il avait à peine échangé quelques coups de revolver avec des sentinelles allemandes, sur la Marne, au tout début de la guerre, puis une autre fois, à l'été 1915, lors des offensives au nord de Châlons. Des tirs au jugé, dans la nuit noire, sans grand risque d'y laisser sa peau. Mais l'éclat des voix dans l'ombre à plus de cent mètres – parlant cette langue aux accents rauques – l'avait terrifié pendant plusieurs minutes : ne serait-il pas transformé lui aussi en chiffe molle si on le collait là-bas, à demeure, dans la boue et la vermine, sous les bombes, abandonné à la folie ? Ne serait-il pas un de ces pantins aux yeux écarquillés courant vers l'arrière, la tête pleine de délire et le cœur balbutiant au bord de la rupture ? Il avait vu partir sur les échelles d'assaut des jeunes gars de vingt à vingt-trois ans, la gueule livide, sortant sous les feux croisés des mitrailleuses. Et il avait vu revenir des blessés et des morts, des monstres de sang et de chairs déchirées, brûlées, agonisant sur des brancards alignés dans l'argile détrempée. Oui, il ne jurait de rien.

Delestre s'ouvrit un passage en écartant d'un bras décidé la foule des noceurs. Il commanda sa chopine et s'appuyant au comptoir, balaya la salle, jusqu'aux loges en bois brut hébergeant bancs et tables qui ceignaient la grande salle. Tous les visages furent inspectés, un à un. Il revint plusieurs fois sur quelques groupes ou paires qui auraient pu être « ses » hommes. Il s'en approcha en zigzaguant et se colla sous leur nez, faisant mine d'être emporté par la houle humaine qui l'entourait. Non. Aucun de ceux-là n'était ses gars. Delestre ne se trompait jamais. Il n'était pas devenu en moins de quatre années le Chien de sang, que l'état-major lâchait contre les proies les plus exigées, sur une simple rumeur de réputation. La sienne était établie. Il cherchait, flairait, trouvait et ramenait. Jusqu'à présent, toutes les fiches qu'on lui avait soumises portaient désormais les tampons « Repris », « Traduit », « Fusillé » ou « TF », pour travaux forcés. Aucun n'avait passé entre ses longues jambes de limier. Il entreprit quelques ombres chaloupées qui ne lui apprirent rien. Personne ne reconnaissait les visages sur les deux photographies qu'il présentait, en prenant soin de les approcher d'une ampoule ou d'un globe de verre poli. Certains répondaient immédiatement, d'autres fixaient presque une minute ces figures absentes. Non, rien. Personne n'avait croisé ces têtes-là. Pas plus de soldats en débine que de beurre en broche.

Le capitaine Delestre retrouva la rue. Les quais, plutôt, et les berges de Saint-Leu encombrées de tonneaux pourrissant sur des barges. Une pluie fine et tiède s'était mise à tomber. Des halos de vapeur d'eau montaient des canaux. Delestre avançait entre des façades de briques rouges raccommodées au torchis, sous des toits à clochetons crevés au travers desquels gouttait la pluie. Il s'engouffra dans un nouveau caboulot, à l'atmosphère identique. Identique remugle de cidre, de sueur, de graisses réchauffées. Identiques buveurs aux yeux jaunes de bilirubine. « Toute la guerre sent la même chose, pensa-t-il. Manque à l'arrière, peut-être, cette odeur tenace et minérale du sang et celle, ronde et écœurante, des décompositions. » À nouveau, il questionna une ou deux grisettes, quelques hommes et quelques femmes aux mêmes doigts noirs de limaille, des doigts qui avaient culotté des douilles de 8 mm et des obus de 105 toute la sainte journée.

« 11 août. Amiens. Traces floues. Autant dire : rien, nota-t-il sur un curieux carnet relié de toile bise. Je poursuis ma route vers l'estuaire *via* Picquigny. »

13

Fanfan

Il était tard dans la journée. Jansen et Vasseur avaient alterné biscuits anglais, « singe » et gnole. Leur situation s'épuisait. Ce que Vasseur résumait en un leitmotiv : « Filer ! » Il fallait filer. Il s'obstinait à voir l'estuaire de la Somme comme une destination idéale. Relative, incertaine, mais idéale. « Les ports et les rivages, répétait-il, sont des lieux nébuleux où l'on peut se perdre et disparaître sans effort. Ces endroits sont battus par le perpétuel mouvement. Des gens arrivent, d'autres en partent. Les nouvelles têtes sont légion. Il y a plus d'étrangers que d'autochtones, jurait-il. Et les étrangers eux-mêmes sont sans cesse remplacés par d'autres. » Voilà où il fallait se terrer et attendre la fin de la guerre, qui ne tarderait plus.

— Tu verras, dès que nous aurons des nouvelles du front. Les Boches ont été culbutés sur des kilomètres, camarade. Tu as entendu ce qu'ont raconté les pépères de la territoriale... À Noël, la guerre sera finie. Peut-être avant.

— *Culbutés sur des kilomètres* ? Combien de fois l'état-major et les journaux nous ont sorti ces bobards depuis le mois d'août 14 ? Calonne. Les Éparges.

Fleury... Le bois des Corbeaux. Tu y étais comme moi et tu sais qu'on n'a culbuté personne !

— Admettons. Alors quoi ? Nous voilà bien. Tu proposes qu'on se recouvre de paille et qu'on se nourrisse de foin et de mûres ?

— Je suis crevé, Vasseur ! Je suis à plat ! Je voudrais juste...

Un brusque aboiement de douleur ou de terreur s'éleva au-dehors. « Le cri d'une bête mourante », songea Jansen. Il se précipita sur la fente dans le mur et jeta un coup d'œil à l'extérieur. Les lumières étaient déjà allumées dans le rez-de-chaussée. Des lueurs mouvantes de lampes à pétrole. Pourtant, le crépuscule était à peine tombé. On y voyait encore comme en plein jour, sauf que tout avait pris une teinte froide et bleutée, qui faisait ressortir les rayons orangés des lanternes dans le château. Mais il n'y avait rien de plus à voir. Le drame, si drame il y avait, se jouait ailleurs. Vasseur s'était rapproché, le regard interrogateur. Jansen haussa les épaules. Il dessina dans l'air un signe de son index. Une courbe qu'il recouvrit du plat de la main. Un code de tranchée. Le signe de sortie avec protection. Lui sortait, Vasseur protégeait. Jansen se jeta au bas de l'échelle et se colla à l'ouverture qui donnait sur la lisière du bois. À cet instant, l'aboiement se répéta, tout près. À moins de vingt mètres, sous les premiers arbres, à la limite de la vaste pelouse. Jansen entendit une voix d'homme, enrouée et vulgaire.

— N'vas-tu pas t'taire, cabot du diab'. Tu vas vouère !

Jansen entrevit dans l'ombre des feuillages une silhouette ramassée, qui se penchait sur quelque chose qui se débattait en couinant. Le chien. Le chien du midi. L'homme cherchait à s'en emparer ou à l'assommer, à l'aide d'une trique qu'il tendait devant lui. Jansen hésitait à intervenir. Il détestait précipiter les choses. Surtout lorsque les choses étaient loin d'être fixées. Il vit l'homme se baisser et ramener à lui la bête qui gémissait désormais, trop blessée ou trop terrifiée pour aboyer encore. Le chien était pris dans un collet d'acier, dont le lacet lui étranglait le cou. L'homme le souleva, pendu comme un jambon à son clou, et l'attira vers sa besace.

— Entre un 'tiot peu là-end'dans, cabot !

Jansen hésitait toujours. Il se décidait à se lancer sur l'homme quand la main de Vasseur, qui s'était rapproché sans bruit, se posa sur son bras.

— Pas de ça, Jansen. Si tu nous débusques, on est pris !

Au même instant, au loin, ils entendirent les cris. Une femme criait, en brefs appels de plus en plus teintés d'inquiétude. Elle venait du château et traversait la longue zone gazonnée en répétant :

— Fanfan ! Où es-tu, Fanfan ? Fanfan…

L'homme s'était figé. Jansen distinguait une sorte de paysan trapu, aux larges épaules et aux jambes minuscules. Le chien, à demi enfoncé dans la musette, se mit à geindre sur un mode aigu. La femme dut l'entendre car aussitôt, elle reprit :

— Fanfan ! Mon Fanfan, où es-tu ?… Viens par là, Fanfan…

Vasseur se rapprocha encore de son compagnon et souffla, collé à son oreille, triomphant :

— Voilà qui change tout. Voilà notre sésame, Jansen. Tu le vois comme moi.

Et achevant de parler, il lâcha le bras de Jansen. Vasseur prit sa course. À quinze pas, le braconnier l'entendit venir et se retourna. Déjà Vasseur était sur lui. Il le plaqua au sol et son genou replié se posa sur sa poitrine. Sans marquer de pause, Vasseur multiplia les coups de poing dans le visage de l'homme. Malgré l'ombre et la brume qui descendait sur eux, Jansen pouvait voir la peau du paysan tourner au bleu puis au noir. Jansen se jeta à son tour dans le combat, tentant tout autant d'aider Vasseur que de l'empêcher de tuer le braconnier. En continuant de s'acharner sur les joues et le nez de l'homme qui avait cessé de se défendre, Vasseur reprenait ses *Rhaaa !* de fureur et de folie. Encore une fois, Jansen repensa au jeune soldat allemand que Vasseur avait égorgé. Maintenant, les hématomes couvraient entièrement les joues, le nez et les pommettes de l'adversaire cloué au sol, inerte et silencieux. Le chien lui-même avait cessé de gémir. La femme était sur eux, interdite et le visage teinté d'effroi.

— Fanfan, mon Fanfan ! bégayait-elle.

Jansen se pencha sur la grosse musette de toile huilée que l'homme au sol retenait encore de sa main, et en tira le chien secoué de frissons. Vasseur le caressa de toute sa fourberie, relâchant le collet qui l'enserrait. La jeune femme s'était collée à eux, oublieuse de toute convention ou retenue. Jansen respira son parfum, un mélange de néroli et de buée de peur. Il la regarda de près. C'était une des deux femmes qu'ils avaient aperçues dans la journée. La plus jeune, celle qui portait une robe vert d'eau. Elle avait jeté sur ses épaules un châle de tussor brillant, du même ton aquatique, légèrement plus sombre. Elle répétait « Mon Fanfan... Mon Fanfan... » incapable de former d'autres mots. Adrien Jansen lui tendit le chien, qui couinait en fixant sa maîtresse de ses yeux apeurés.

— Fanfan, mon Fanfan, qu'est-ce qu'on t'a fait ? Mon petit Fanfan…

Elle leva son regard vers Jansen et dit :

— Merci ! Oh merci monsieur. – Puis se tournant vers Vasseur, elle répéta – Merci ! Oh mon petit Fanfan…

Son regard tomba sur le braconnier, qui s'était vaguement relevé, prenant appui sur ses genoux, les deux mains collées à son visage. Un grognement s'échappait de lui, comme le ronronnement d'une machine qui s'éteint.

— C'est lui ? C'est lui qui… Oh mon Dieu-Jésus-Marie… Qu'est-ce qu'il t'a fait, mon Fanfan ?

L'homme marchant à quatre pattes s'éloignait, brisé ; Vasseur le regardait disparaître en ricanant. Tandis que Jansen et la jeune femme se penchaient sur l'animal blessé, toujours blotti dans les bras du soldat, Vasseur se jeta dans les fourrés, rattrapant l'homme en deux enjambées. Il le renversa une nouvelle fois.

Celui-ci tenta de se relever et tourna un visage tuméfié vers son poursuivant. Dans l'ombre, on ne voyait vraiment que ses moustaches de phoque, teintées de poils jaunis par le tabac. Vasseur s'approcha, un doigt sur les lèvres, répétant d'un souffle un « Chhhh… » qu'il voulait apaisant mais qui pétrifia l'homme au sol. Il versa sur le côté, ses genoux semblant se dérober. Déjà, il était sur lui. Il avait tiré de sa gaine son lourd couteau de tranchée et comme s'il en essuyait la lame contre un linge humide, il trancha d'un mouvement d'aller-retour la gorge du braconnier. Celui-ci lâcha un effrayant râle d'agonie et de souffrance, que Vasseur étouffa de sa main libre.

En se relevant, il décocha un monstrueux coup de pied dans la tempe du moribond, dont la tête se détacha presque de ses épaules. L'affaire n'avait pas duré une minute. Tirant le corps par les pieds, il le laissa choir dans une ornière et le recouvrit de quelques couches de feuilles et d'humus.

Une minute plus tard, il était de retour auprès de Jansen, qui avait rendu le chien à sa maîtresse et la regardait le caresser sans un mot.

14

Le château

— Papa, je vous présente messieurs Malka et Vally. Mon père, monsieur de Givrais. Oh Papa ! Papa ! Ils ont sauvé Fanfan... C'est encore cet horrible bonhomme, Vercheux... Il voulait prendre Fanfan.

— Vraiment ? renifla le vieil homme qu'ils avaient aperçu plus tôt dans la journée tourner au ralenti dans le parc.

Jansen le détailla de bas en haut : des chaussures du siècle d'avant, avec ces sortes de guêtres en tissu écossais ; un pantalon de qualité, mais terni par l'âge, assorti à un veston long de même étoffe. Il n'avait pas noué de cravate, et le bas de son cou de volaille, garni de poils blancs, sortait de sa chemise en oxford mal boutonnée. Il s'inclina légèrement devant le vieil homme. Vasseur restait droit comme un i, le torse bombé et les épaules tendues. Ils se tenaient tous quatre dans un vestibule humide, devant une porte par laquelle le vieil homme était apparu.

Vasseur lâcha, d'un ton froid, en tendant la main :

— Docteur Pierre Vally, de Paris... Mon confrère Julien Malka. Nous sommes en... mission, disons... de prospection.

— Vraiment ? répéta de Givrais. Et que prospectez-vous, messieurs ?

— Eh bien, fit Vasseur, nous projetons d'ouvrir une clinique pour rétablir et soigner nos soldats. Nous considérons la possibilité d'investir en bordure de mer, dans l'air pur du large...

— Rien de meilleur que l'air de la mer, en effet, pour nos malheureux gazés et nos convalescents... Messieurs ! Mathilde semble considérer qu'elle vous doit beaucoup. Voulez-vous accepter notre hospitalité, si vos obligations le permettent ? Nous nous apprêtions à passer à table, et je serais heureux que vous puissiez vous joindre à nous !

Jansen s'inclina une nouvelle fois. Vasseur l'imita. De Givrais tendit le bras vers la grande porte à double battant, tout juste entrouverte. Sa fille les précédant, portant toujours Fanfan qui semblait s'être endormi dans ses bras, ils s'enfoncèrent dans l'intérieur du château.

Ils étaient dans une longue pièce percée de deux fenêtres donnant sur les arrières et d'une vaste baie, tournée vers la grande pelouse. Une table, dressée pour deux personnes, supportait de hautes lampes à pétrole. Deux autres lampes, posées sur des commodes, laissaient l'obscurité s'emparer des angles reculés de la pièce. Au fond, tout à droite, une porte entrebâillée devait donner sur les communs. Mathilde de Givrais déposa Fanfan sur un couchage fait de plaids superposés, au-dessous d'une des fenêtres de l'arrière. Le chien émit un faible gémissement, que la jeune femme relaya d'une voix affligée.

— Oh mon Fanfan ! Tu as mal comme ça ?

Elle essaya de tâter dans le pelage du chien, entre l'échine et le commencement de la queue. Celui-ci lâcha un bref aboiement. Mathilde de Givrais retira vivement sa main et répéta :

— Mon pauvre Fanfan ! Ce sale bonhomme t'a battu, pas vrai ?

Et se tournant vers Jansen et Vasseur, elle répéta, d'une voix brisée par l'émotion :

— Il l'a battu, n'est-ce pas ? Il lui aura cassé les reins...

Les deux hommes ne répondaient pas. Le vieux de Givrais avait gagné la table et s'était assis, faisant fi de tout surplus de protocole. Jansen dit :

— Il l'a battu, en effet. Il le frappait encore lorsque mon collègue et moi sommes intervenus... Nous avons fait au plus vite, croyez-le.

— J'en suis certaine, docteur Malka, mais que pensez-vous de... Comment va Fanfan, à votre sens ? Est-ce que... est-ce qu'il va mourir ? J'ai senti cette affreuse bosse sur son dos... cette tumeur...

Jansen ne répondit pas. Il chercha Vasseur des yeux, et celui-ci regardait le lointain, cette porte entrouverte d'où leur parvenait une odeur de cuisson.

— Oh docteur ! Messieurs ! Si vous pouvez faire quelque chose... Je vous suis déjà tellement redevable d'avoir tiré Fanfan de... Mais si vous pouvez le sauver, messieurs, je vous en supplie ! Pouvez-vous au moins essayer de voir ce qu'il a ?

Elle tourna successivement son visage vers Jansen et Vasseur, alternant l'un et l'autre, attendant de voir lequel réagirait le premier. Vasseur fit un pas, et d'un ton doucereux dit :

— Ce n'est pas notre spécialité de soigner des bêtes, madame, ou mademoiselle... Leur physiologie particulière...

— On peut toujours voir, coupa Jansen.

Il s'accroupit près du chien, posa sur son nez ses lunettes Morez, à travers lesquelles il voyait mal, et palpa avec douceur ses membres puis son dos. Près de l'attache de la cuisse gauche, il sentit un gros hématome rouler sous la peau. Le chien tourna immédiatement le museau et tenta de happer sa main.

— Là ! Là ! fit Jansen. Doucement, mon petit père... Il faut bien voir ce qui cloche, pas vrai ?

Puis s'adressant à Mathilde de Givrais, il demanda :

— Mademoiselle, voulez-vous bien le tenir, pendant que je l'ausculte ? Mes mains sont mes meilleurs instruments et je ne voudrais pas en laisser une entre ces mâchoires-là...

Il se mit à rire. Mathilde de Givrais rit aussi, un tout petit rire coupable d'écolière, en se penchant sur son chien. Elle se tenait à présent accroupie, flattant doucement l'encolure de Fanfan. Jansen sentit sa cuisse peser contre son genou. Il sentait sa chaleur traverser la fine robe couleur d'eau et le coton de son pantalon. Une légère vibration parcourait la jambe de la jeune femme. Une vibration d'angoisse ou de frayeur. Il palpa l'arrière du chien. Non. Le gros hématome entre la queue et le haut de la cuisse semblait la seule séquelle de la rencontre avec Vercheux le braconnier. Jansen relâcha le chien et se releva, abandonnant à regret le contact de la cuisse tiède qui palpitait contre lui.

— Eh bien ? questionna Mathilde, d'une voix sans timbre.

— Eh bien, je pense qu'il faut intervenir. Votre Fanfan a reçu des coups sévères. Il faut sans doute que j'aide les tissus lésés à respirer... décongestionner tout ça. Je vais inciser. Pouvez-vous me trouver de... écoutez, j'ai besoin d'un endroit calme et d'eau chaude. Une bonne bassine d'eau chaude et quelques linges propres.

Le vieux de Givrais, qui avait suivi l'examen depuis la table, lança :

— Alors ? Il y a quelque chose à faire, docteur ?

— Papa ! Il va essayer de nous guérir Fanfan. Il faut qu'il le décongestionne... Nous souperons un peu plus tard, je vais chercher Nelly.

Et se relevant, elle disparut par la porte entrebâillée d'où montait cette odeur de bouillon et de beurre chaud. Adrien Jansen se tourna vers le vieil homme, qui s'était mis à mâchonner un légume :

— Je ferai mon possible, monsieur...

Jansen sentait le regard ironique de Vasseur sur sa nuque. Il n'osait pas le regarder. Il déplaça avec précaution le chien sur sa litière, attrapa la trousse du médecin de la rue Au-delà-du-Pont à Picquigny, et suivit Mathilde de Givrais. Il pénétra dans une vaste salle de cuisine, chaude comme un bain turc, toute baignée de vapeur parfumée. Une femme était là, qui faisait mine de touiller dans un fait-tout, mais n'avait manifestement rien perdu de ce qui se passait dans la pièce qu'il venait de quitter. Jansen reconnut celle qu'il avait vue tantôt partir à bicyclette. La femme au fichu rouge. Elle avait les yeux noirs, le front large et les cheveux sombres ramenés en arrière et ceints dans un chignon. Plus âgée que Mathilde de Givrais, elle s'en distinguait aussi par son allure : elle avait tout à la fois l'air effronté et épuisé. Elle unissait les aspects d'une gouvernante de bonne maison, que sa tenue austère déterminait, et ceux d'une mondaine un peu boudeuse, aux exigences compliquées et versatiles.

— Nelly, Fanfan a été battu... par ce monstre de Vercheux. M. Malka l'a sauvé de ses griffes. Faites vite chauffer de l'eau, M. Malka est médecin. Quelle chance ! Quelle chance hein, Nelly !...

Jansen se rapprocha de la femme. Elle tendit la main. Il la serra. Elle était chaude et sensuelle. Jansen se raidit, comme à la réception d'un signal électrique, faible mais saisissant. Par deux fois, en quelques minutes, il avait senti le contact d'une femme. Une sensation qui lui était totalement étrangère depuis des semaines. Il se reprit et inclina la tête vers Nelly, confirmant :

— Je vais avoir besoin d'eau chaude. Deux ou trois litres. Bouillie. On la fera ensuite refroidir progressivement en y ajoutant un peu d'eau froide et d'alcool.

Il se surprit en s'écoutant parler. Il faisait terriblement médecin. Cette assurance. Ces mots qui venaient tout naturellement. Sans doute ne feraient-ils pas illusion longtemps devant un vrai praticien, mais il était sûr que pour l'instant, face à ces gens, il entretenait parfaitement leur fable.

— Au plus vite, Nelly... S'il vous plaît. Au plus vite.

Celle-ci opina. Elle s'en retourna aux fourneaux qu'elle venait de délaisser, et versa d'un broc une belle quantité d'eau dans une cocotte qu'elle déposa en plein milieu de la cuisinière de fonte, dont les anneaux rougissaient d'une belle couleur cerise.

Jansen dégagea un coin de table. Il la fit recouvrir d'une pièce de drap et demanda à Mathilde de lui apporter Fanfan.

— Couchez-le là, s'il vous plaît. Voilà. Les pattes vers ce mur-ci...

— Je ne... je n'arriverai pas à le voir souffrir, docteur. Je voudrais aider, mais j'ai si peur de...

— Alors laissez-moi, mademoiselle. Ce n'est rien. Dès que l'eau sera prête, laissez-moi seul. J'appellerai si j'ai besoin d'aide... Allez rejoindre votre père. Je me débrouillerai.

— L'eau est chaude, monsieur, interrompit Nelly. Je...

— C'est parfait. Approchez-moi ce broc à eau. Là...

Jansen fouilla dans la trousse et en sortit un long flacon d'alcool blanc qu'il approcha devant lui. Il en dilua la moitié du contenu dans l'eau frémissante. Puis y ajoutant une partie de l'eau qui restait dans le broc, il agita le tout à l'aide d'une longue cuillère de bois. Glissant enfin un regard vers les deux femmes qui restaient immobiles, entre lui et le feu, il dit :

— Maintenant, laissez-moi... Toutes les deux. Je vais m'occuper de Fanfan.

Seul, il regarda le chien qui n'avait pas bougé, gémissant toujours faiblement sur son drap. Il caressa l'arrière du crâne, cherchant à rassurer la bête. Plusieurs minutes, il essaya de se calmer tout autant qu'il cherchait à apaiser Fanfan. Puis, fouillant encore dans sa trousse, abandonnant ses verres de miro, il examina les flacons qu'il avait en sa possession. Solution de Dakin. Caféine. Salicylate de méthyle 5 %. Trichlorométhane Ombredanne. Sérum Leclainche. Sérum Vincent.

— Nom de Dieu, jura Jansen, qu'est-ce que c'est que tout ce bazar ?

Il ouvrit au hasard le manuel du docteur Heyfelder, et en feuilleta fébrilement les pages. Essayant de dompter son agitation, il chercha l'index à la fin de l'ouvrage. Par chance, il y en avait un, qu'il parcourut. Caféine : non. Dakin, pourquoi pas ? Leclainche : pas urgent. Salicylate de méthyle : « ... et ne jamais faire ingérer en dosage supérieur à 0,2 ml par kilo de poids. Sur traumatismes importants et lésions : appliquer en plusieurs

fois, sans jamais excéder six frictions par 24 heures. »
Plus tard, certainement. CHCl$_3$ Ombredanne. Jansen lut puis relut le résumé : « Solvant préparé spécialement pour l'anesthésie à l'aide ou non de l'appareil d'Ombredanne. Utiliser selon dosage jusqu'à ce que le sujet abandonne l'état de conscience et de sensibilité. La perte de connaissance est dans la plupart des cas immédiatement précédée d'un roulement exagéré des yeux… Durée d'utilisation, selon poids du sujet, de vingt à soixante minutes.… Nausées. »

Jansen abandonna le livre du docteur Heyfelder et dévissa le petit flacon. Une odeur puissante et désagréable s'en exhala. Il détourna la tête, et, cherchant du regard quelque chose pour former un tampon, il arracha un coin de la pièce de drap sur laquelle reposait Fanfan. Il en fit une boule qu'il imprégna de produit. L'appliquant sur le museau du chien, il le maintint pressé, poussant sur la poitrine de l'animal qui cherchait à se dégager. Au bout d'une dizaine de secondes, ses yeux tournèrent, de droite et de gauche, et il se calma. Presque aussitôt, il s'endormait.

« Bien, maintenant, voyons ce que je vaux comme chirurgien », pensa Jansen. Il fit glisser une courte lame nickelée hors de la trousse et la déposa soigneusement près du chien. Il déchira un autre morceau de drap et l'imbiba d'eau chaude, en le laissant pendre dans la cocotte qu'avait préparée Nelly. Il approcha son tampon de l'hématome, sur le côté du chien, et le pressa, laissant l'eau s'en dégorger. Il versa généreusement la liqueur de Dakin et massa doucement la zone aux périphéries de l'hématome qu'il sentait pulser sous ses doigts. Il rasa au jugé, dégageant un périmètre large comme une soucoupe à café, qui se noyait dans le pelage blanc de l'animal. L'hématome, par contre, s'en détachait à la manière d'un gros œuf rougeâtre. Il le recouvrit d'eau de Dakin. Vivement, sans tergiverser, il incisa. Le sang en fusa en deux pulsations parallèles, portant à près de vingt centimètres de la plaie. Aussitôt, Jansen y plaqua le tampon de Dakin, et de l'autre main, replongea son drap dans la cocotte. Il avait été trop brusque et sa main s'enfonça dans l'eau chaude. Il poussa un juron et se retourna vers son patient. Il remplaça le tampon de Dakin par son linge bouillant, et le pressa fortement contre la peau du chien. Jansen sentait que la bosse se résorbait déjà. Il n'osait pas soulever pour voir si le sang continuait de sourdre. Il resta ainsi de longues minutes, la main commençant à se tétaniser sur le pelage humide de Fanfan. Enfin, il osa regarder. Le sang avait cessé de suinter. Les lèvres parfaitement nettes de son incision se teintaient d'un rose pâle. Elles bâillaient légèrement, et, au fond, on apercevait le sang qui avait commencé à coaguler. Fouillant dans sa trousse, il prit du fil ciré et une aiguille courbe, et, rapprochant les liserés de parage, à travers la peau épaisse du chien, il croisa les points, comme il faisait pour raccommoder ses culottes. Ce n'était pas parfait, mais la suture semblait solide. Il termina le tout par un dernier badigeonnage à l'eau de Dakin. À peine avait-il achevé qu'on toquait à la porte de la cuisine. Une voix de femme. Il ne sut dire si c'était la fille ou la gouvernante.

— Tout va bien ? Monsieur Malka, tout va bien ?
— Parfaitement. Parfaitement bien. Je termine. Vous pouvez entrer... Juste un instant ! se récria-t-il.

Il escamota le manuel du docteur Heyfelder, remit ses lunettes et reprit :

— Entrez, je vous en prie.

15

Au soir

Ils étaient tous quatre réunis autour de la table. Nelly, silencieuse et presque hostile, assurait un morne service. Le père de Givrais semblait indifférent ; comme si rien ne pouvait vraiment troubler la sorte de vie léthargique qu'il s'était inventée dans son refuge. Fanfan avait été porté sur ses plaids et dormait, secoué par instants de brèves rétractions nerveuses. Mathilde de Givrais ne le quittait pas des yeux, observant son sommeil comme elle l'eût fait de celui d'un enfant. Elle contenait difficilement son exaltation, tout à la fois d'espoir et d'anxiété.

— Il a superbement opéré Fanfan, papa ! Quelle chance d'avoir eu ce soir M. Malka et M. Vally, n'est-ce pas ? Tu devrais voir comme M. Malka a réduit cette bosse ! Et tout est si proprement recousu, mon pauvre Fanfan...

Vasseur lorgnait vers Jansen, avec des yeux malins. Jansen restait placide, aussi imperturbable qu'une sentinelle à son poste. Il avait par deux fois croisé le regard du vieux de Givrais, et ne savait trop comment déchiffrer ce qu'il y avait lu. Une sorte d'inquisition suspicieuse, un étonnement voilé ? Et cette Nelly. Elle tournait autour d'eux sans un bruit, silencieuse et sombre. Un spectre, aux particules à peine matérielles. Et pourtant, il se souvenait de la chaleur de sa main. Charnelle. Presque friponne. Jansen était certain que ce n'était pas la vapeur des fourneaux qui avait réchauffé cette peau. Nelly brûlait d'une sorte de feu intérieur, dont il ignorait la vraie nature : érotique, occulte, perfide ?

— Regardez ! Il bouge ! Fanfan va se réveiller !

Mathilde de Givrais s'était levée d'un bond et, immédiatement, elle s'accroupit près de l'animal blessé. Celui-ci sentit l'odeur de sa maîtresse avant de la reconnaître. Il se mit à secouer la queue tout en cherchant une position plus propice à la flatterie qu'il attendait. Il se mit de côté, les pattes relevées. Mathilde lui caressa le poitrail en répétant :

— Mon Fanfan ! Mon petit Fanfan...

Elle demeura ainsi plusieurs minutes, jusqu'à ce que la voix presque éteinte de Nelly annonce :

— Monsieur est servi... Si mademoiselle veut bien...

La gouvernante avait posé un long plat de faïence sur la table, d'où s'élevait une odeur d'oseille et de vase.

Ils partagèrent un dîner de carême : des poissons d'eau douce, des brèmes ou des tanches aux chairs molles, et des rutabagas à l'eau. Vasseur plongeait de gros morceaux de pain dans la sauce crémeuse. Jansen avalait, tâchant de conserver un air détaché, cherchant à s'approcher au mieux de l'idée qu'il se faisait des mœurs de l'endroit et des coutumes qu'on pouvait avoir dans ce monde.

Peu de paroles étaient échangées. De Givrais avait questionné les deux hommes sur leur itinéraire et leurs projets, sans paraître écouter les réponses que Vasseur et Jansen avaient données. De Givrais avait à peine évoqué la guerre et le front. Le peu de cordialité dont il était capable s'était exercé lorsqu'il constata la joie de Mathilde à voir « revenir » Fanfan. Il s'était lentement essuyé les lèvres et avait lancé :

— Messieurs, ma gratitude vous est acquise en même temps que celle de ma fille. Je serai heureux de vous garder cette nuit au château d'Ansennes, et tout le temps qu'il faudra à vos projets pour se conclure. À moins que vous n'ayez des engagements ou quelque autre pension prévue, ma maison vous est ouverte... Vous avez vu que nous y sommes en toute simplicité. Notre ordinaire sera le vôtre.

Vasseur s'inclina, avec une courtoisie que Jansen n'aurait pas jugée possible de sa part. Il tenta de bredouiller lui aussi quelques remerciements, y renonça, et, finalement, pencha la tête de côté en direction du vieux de Givrais pour le remercier.

Quand Jansen tenta, un peu plus tard cette même nuit, de résumer les éléments qu'il avait pu saisir lors du repas, ceux-ci tenaient en quelques lignes : ici vivaient Mathilde de Givrais, son père et une gouvernante cuisinière nommée Nelly.

Mathilde, « trente-quatre ans et pulmonaire », selon le vieux. Et « vaguement somnambule »... Jansen y ajouta son propre diagnostic : « mentalement fragile, et sans aucun doute en proie à une solitude qui peut rendre fou ».

Paul de Givrais n'avait pas cherché à feutrer ses affaires : il voyait péricliter la verrerie que sa famille possédait, plus bas dans la vallée, depuis des générations. Rattrapé par l'âge et la mélancolie, il se désengageait de ses activités. La verrerie ne tournait plus qu'à dix ou vingt pour cent de ses capacités. Il n'y avait plus assez de bras pour fabriquer des verres à liqueur ni de bouches pour souffler la paraison. Quant aux flacons de parfumerie, ils n'étaient plus depuis longtemps une priorité nationale. Et il devenait de plus en plus compliqué d'avoir des voitures pour le transport du bois de chauffe depuis les grandes forêts des coteaux.

Nelly Voyelle était une veuve de guerre de trente-sept ans, arrivée de Paris au printemps avec les réfugiés des bombardements. Son mari, un employé de grand magasin, avait disparu dès les premiers feux de septembre 1914. Il s'était effacé de l'histoire, comme tant d'autres, au fond des tourbières de Saint-Gond, dans son beau pantalon rouge.

Autrefois dame de maison dans une bonne famille, Nelly avait été prise au domaine par Mathilde, qui voulait quelqu'un pour s'occuper en permanence du vieillard.

Le repas s'était achevé dans une morosité stagnante. Nelly avait porté une compote de rhubarbe terriblement acide. Puis, tandis qu'ils achevaient un succédané de café, de Givrais avait fixé Vasseur et Jansen, en lâchant, d'une voix épuisée :

— Ce monde est une ruine et les hommes qui l'habitent sont des épaves.

« Est-ce qu'il parle de lui ? se demanda Jansen. Ou de nous ? »

Jansen avait regagné sa chambre. Il déposa sa grosse musette et sa trousse de médecin sur le lit tendu de coton beige. Inspectant les lieux, il fut surpris de découvrir un commutateur électrique près de la porte, et un autre à la tête de son lit, pendant au bout d'un cordon tressé. Pourquoi donc le grand salon avait-il été aussi médiocrement éclairé aux lampes à pétrole si la maison possédait l'électricité ? Il actionna l'interrupteur, mais aucune lumière ne se fit. Panne, coupure de réseau, ou économie décidée par le vieux de Givrais ?

Il s'étendit sans même quitter ses souliers. Il ramena ses bras derrière sa tête et ferma les yeux. Le contact de l'oreiller de plume, sous sa nuque, le ravissait. Des mois qu'il dormait sur une couverture de fibres raides roulée comme un coussin – ou sur sa seule musette lorsque le froid l'obligeait à se couvrir de son plaid.

La chambre, située à l'étage dans l'aile droite, donnait sur les branches du grand cèdre, dont il distinguait les oscillations à travers les carreaux. Un parfum de paille et de fleurs anciennes flottait là. Il songea à une odeur d'autrefois, une odeur d'avant la guerre : ces vases d'étain terni, chargés de fleurs et d'eau croupie, qui demeurent sur les tombes entre les passages des proches du défunt. Une odeur douceâtre, qu'il avait longtemps associée à la mort, en émanait. Maintenant, la mort avait pour lui d'autres effluves, bien plus puissants et bien plus fétides.

Alors ils étaient maintenant enfermés dans ce mensonge sur leur identité et leur profession ? Les fables de Vasseur les avaient repoussés là, dans ces rôles et ces discours, dont il n'était pas sûr de bien maîtriser tous les aspects. Nom de Dieu : il venait d'opérer un chien, se glissant aussi facilement dans la peau d'un chirurgien qu'on l'avait transformé, lui – en l'espace d'une semaine –, de maître d'école en tueur de Boches. Ces mensonges, qui n'étaient jusqu'à ce soir-là qu'un récit privé, débité par tranches entre Vasseur et lui, étaient maintenant devenus leur histoire officielle et publique. Tous ces gens, les Givrais et cette Nelly nimbée de mystère, pouvaient s'en réclamer et y trouver à redire. Voire à contredire. Un mensonge enserre non seulement ceux qui l'entendent et le croient, mais aussi ceux qui le prononcent.

— Hé, Jansen, c'est moi, souffla une voix derrière la porte. – La voix assourdie de Vasseur, qui hésitait à produire sa vraie identité. – Ouvre ! Ouvre donc !

Il se jeta sur le verrou et tira la porte. Dans l'ombre du palier, Vasseur était là, les yeux fiévreux, le teint de craie.

Il se glissa dans la chambre. Il était pieds nus, en pantalon et chemise. Les bretelles d'élastique entoilé pendaient de chaque côté de ses hanches. Il s'assit sur le lit, sans quitter Jansen des yeux.

— Bon sang, quelle adresse !... Tu as vu cette baraque ? Et quel coup, camarade ! Te voilà chirurgien vétérinaire ! Tope là. Bel ouvrage. La môme en pince sacrément : tu lui as sauvé sa bestiole ! *Fanfan, mon pauvre petit Fanfan*, se moqua-t-il en imitant la voix désolée de Mathilde de Givrais.

Jansen ne put esquiver un sourire. Il rit même, quelques secondes.

— Tu m'aurais vu, imagine ! Le livre de toubib ouvert, avec tous ces flacons de remèdes et de lotions...

Vasseur, à son tour, étouffa un rire.

— La vache ! Comment tu t'en es bien tiré, mon camarade ! Et moi qui étais là, à les rassurer, certifiant que tu allais sauver la bête, aussi sûr que le soleil se lèverait demain...

— Et comment ! confirma Jansen.

— Et le vieux qui faisait mine de se désintéresser de tout ça, grattant de la cuillère son fond de soupe...

— Bon, fit Adrien Jansen, redevenu sérieux, où en sommes-nous ? Explique-moi comment nous allons ouvrir cette clinique *pour établir et soigner nos soldats.*

Il prit le ton rauque de Vasseur, et, l'imitant à voix basse, il répéta ses paroles du vestibule, plus tôt dans la soirée.

— *Nous considérons la possibilité d'investir en bordure de mer, dans l'air pur du large...* Avec nos cent cinquante francs ?

— Écoute-moi bien, Jansen ! Voilà exactement où nous sommes, et nous ne dévions plus d'un millimètre, tu m'entends bien : nous attendons le bon moment pour récupérer des « valeurs » qui vont nous permettre d'ouvrir une clinique de convalescence sur la côte. Pas un sale truc pour bousillés anonymes. Une belle clinique de soixante-douze ou soixante-quinze lits, qui sera installée dans un pavillon que nous allons acheter aux sœurs du Bon-Secours, à Mers-les-Bains. Là où les embusqués à millions viennent se gargariser d'iode et de bon temps, avec leurs cocottes parfumées et toilettées, dont certaines à peine veuves sont payées en beaux petits dîners et se font entretenir aux bas de soie. Tu as compris, gars ? Nous ne dévions plus de ça. Aux Givrais, aux barrages de cognes, aux serveuses des caboulots, à qui tu veux et à qui tu croises et qui pose des questions, voilà notre sort. Nous sommes les docteurs Malka et Vally, *en mission de...*

— *De prospective*, j'ai entendu. Et cette fantaisie tiendra, Vasseur ?

— Elle tiendra tant que nous serons prudents et plus malins que ceux d'en face. J'y pense depuis des semaines. Quand je te disais que j'avais mes petites idées... Tous ces espions de la prévôté et tous ces types de la police militaire ont autre chose à faire que de débrouiller des fils comme ceux que nous sommes en train de leur tresser. Et s'ils nous harponnent... De l'aplomb, et une bonne gueule bien propre de civilot. Voilà ce qui te fait honnête, Jansen, en 1918. Et beaux sauf-conduits. Et puis, si ça coince, il nous restera toujours les modèles 92, puis les couteaux de tranchée, puis nos jambes pour courir ! Tu as mieux à proposer ?

Jansen ne répondit pas. À pas de loup, il gagna la porte et l'entrouvrit brutalement, essayant de voir si quelqu'un n'était pas là, derrière, à écouter. Non. Il repoussa le battant.

— Pas mieux, Vasseur. Pas mieux... Dis-moi, ce braconnier ?

Vasseur pouffa, et fit aller son pouce de long en large sur sa gorge.

— *Couic*, mon vieux ! ricana-t-il. Une jolie boutonnière. Et puis tu aurais vu ce coup de savate. Sa tête a failli partir toute seule.

— Tu vas pas tous les tuer, quand-même ?

— Pareil que les autres, mon pote : on ne laisse personne derrière. Et surtout, Jansen, ne viens pas encore me parler de *nécessité*... Personne derrière. Tu te souviens ?

Disant cela, Vasseur se retira vers la porte, mimant au passage leur petit code de tranchée. L'index sinueux et le plat de la main.

Je sors, tu me couvres...

16

Mathilde et les fantômes

Vasseur descendit prendre son petit déjeuner peu avant huit heures. Le matin était blanc : tout le château était cerclé de brume. En jetant un coup d'œil par les grandes fenêtres du salon, il vit à peine s'esquisser l'allée des ormes. Elle se perdait au bout de quelques mètres, mangée par le brouillard qui sortait du sol. Une lumière laiteuse s'était installée dans la longue pièce ; la table de la veille avait été soigneusement débarrassée de ses reliefs, et dressée pour une nouvelle journée. Elle était désormais recouverte d'un chemin de toile cirée bleu pâle, qui traversait le plateau d'un bout à l'autre. Une corbeille à pain de métal doré en occupait le centre, entourée comme une canne de ses petits par des bols de grès et des serviettes blanches. À peine entré dans le salon, Vasseur vit apparaître Nelly Voyelle, qui avait dû guetter ses pas.

— Bonjour docteur, dit-elle. Vous avez passé une bonne nuit ?

Vasseur crut distinguer un fond d'ironie dans le ton. Il la fixa. La femme se tenait aussi raide que la veille. Son chignon impeccable semblait n'avoir pas été défait par la nuit. Pas un cheveu n'en dépassait. Elle portait toujours la même robe, d'un gris presque noir. Ses bas de cotonnade, gris aussi, se perdaient dans des savates sans talons, aux semelles de feutre. Des semelles qui devaient lui permettre de se déplacer à travers les corridors et les escaliers du château sans plus de bruit qu'un souffle d'air tiède. Ses yeux noirs, tristes mais qui regardaient droit, démentaient le sarcasme ou la raillerie. Vasseur concéda :

— Jamais aussi bien dormi de ma vie ! Quel silence !... Dites-moi, Nelly ? c'est bien ça ?

— Oui. Nelly Voyelle. On m'appelle Nelly, ici.

— Nelly... Comment déjeune-t-on le matin dans cette cambuse ? Il faut attendre que tout le monde...

Vasseur dessina un mouvement circulaire de sa main, désignant les chaises.

— Non, docteur : je sers les personnes dès qu'elles se présentent. On ne prend pas le petit déjeuner en commun. C'est plus simple pour le service... Personne ne désire la même chose, de toute façon...

— Vous avez tant de variantes, ici ? Là-bas, au...

Vasseur se mordit les lèvres. Il allait falloir apprendre à mieux la boucler que ça. Déjà, Nelly relançait :

— *Là-bas* ? Vous venez de quelle région, docteur ?

— Je vous l'ai dit hier au soir : Malka et moi, nous arrivons de Paris. Comme vous, je crois ?

— Je n'étais pas présente lorsque vous en avez parlé, je pense. Alors on vous a dit que j'étais de Paris ? Je suis partie quand ils ont bombardé, au mois de mars. Quand ils ont fait donner la Bertha...

— Ces salopards de Boches... Bombarder les civils, quand même... Bon. Il y a du café ?

— Café, chouka ou du racahout[1] ?

— Eh bien : café... Et je vois que vous avez du pain !

— Pain d'orge. Mais il est frais. Nous en recevons trois fois la semaine... Du village.

Vasseur s'assit à la place qu'il occupait la veille et tira à lui un des bols. Nelly fila vers la cuisine, en revint aussitôt avec une haute cafetière émaillée et se mit à lui verser son café. D'un autre aller-retour, elle apporta un beurrier et la compote de rhubarbe qu'il avait déjà goûtée. Vasseur se tailla une large tranche de pain bis.

— Il est bien frais !

— À son prix qu'ils nous le vendent, il peut être frais... Un franc et quinze centimes du kilo ! Et le lait ! Un franc trente-cinq centimes le litre... Il y en a que la guerre asphyxie, et d'autres qu'elle engraisse !

Sa voix retomba aussi vivement qu'elle était montée. Nelly s'évapora dans le vestibule.

Adrien Jansen, adossé à l'un des pilastres de l'entrée, regardait de l'extérieur le salon dans lequel Vasseur venait d'entrer. Il tétait un surgeon de cèdre, au goût balsamique, qu'il avait enlevé à une basse branche de l'arbre tout proche. Il avait vu l'échange entre son compagnon et la gouvernante, sans en saisir la teneur. Lui-même s'était présenté quelque vingt minutes plus tôt et, ne voyant personne, avait décidé de faire quelques pas dans le grand parc baigné de brume. Il avait marché jusqu'aux écuries, là où ils

---

1. Chouka : mélange de cacao, de lait, de chicorée et de café noir. Boisson du matin assez commune au début du XXe siècle. Racahout : poudre préparée pour confectionner la boisson du déjeuner, à base de sucre, de cacao et de fécule.

avaient passé leurs premières heures. Puis s'enfonçant sous les futaies, Jansen avait essayé de retrouver l'endroit où Vasseur s'était occupé du braconnier. *Couic...* Il n'avait rien vu. Vasseur allait vite en besogne, mais il savait y faire.

Jansen eut à nouveau ce sentiment d'être en dehors du monde. Ces pensées qui l'avaient traversé alors qu'il surveillait – près de vingt-quatre heures plus tôt – les habitants du lieu. « Est-ce que cet endroit est réellement préservé de la guerre et du monde extérieur ou est-ce qu'il en a seulement l'air ? » se demanda-t-il.

Jansen songea à ce moment, l'autre soir, dans ce caboulot, quand Vasseur avait dit : *Tu vois comment ça se passe chez les embusqués ?*

Cet endroit-là – le château, et toutes ses dépendances – n'était-il pas lui aussi abrité de la guerre, comme pris sous une cloche à fromage, gardé de l'air malsain, des miasmes qui montaient du front, des tranchées pleines de boue et de corps en décomposition ? Jansen eut un long frisson. « Ici, il n'y a pas de mort. Pas de mort qui vaille. La mort n'y entre pas. Elle n'y a aucun pouvoir. »

Oui, jugea-t-il. Ici, la mort ne viendrait qu'à pas feutrés, en prenant son temps. Ici, on ne mourait pas brutalement. On se laissait partir, entre des draps de toile repassée et rêche, mais au sec. Dans un lit, et sans doute, tout au bout de longues années de déclin et de langueur.

Il rentra rejoindre Vasseur. Presque aussitôt, comme surgie d'une trappe, Nelly se tenait devant lui, les mains dans le dos, le regard fixe et triste.

— Bonjour docteur... Vous avez passé une bonne nuit ?

Vasseur essaya une nouvelle fois, en entendant la phrase, exactement la même, qu'elle lui avait adressée dix minutes plus tôt, de discerner s'il y avait là-dedans quelque dérision. Non. Rien. Pas la moindre nuance perceptible de moquerie.

— Oui, répondit Jansen. Une nuit parfaite... Je vous remercie.

— Vous prendrez du café, comme votre collègue ? Nous avons aussi du chouka et du racahout des Arabes...

— Café...

Elle glissa comme précédemment vers la cuisine. Sans le moindre bruit. Même l'air qu'elle déplaçait en avançant semblait ne pas être troublé par son passage. Un véritable fantôme, sombre et silencieux. Jansen pensa à cette évocation toute récente : « Ici, la mort ne viendrait qu'à pas feutrés... »

Vasseur murmura :

— Tu vas voir ce café... - Il décocha un baiser bruyant entre ses doigts réunis, avant de poursuivre. - Dans cette maison, rien n'a changé depuis 14... Ces gens-là vivent en dehors du monde.

— Oui, je pensais exactement à ça, Vasseur. Ici, on ne voit pas la guerre. On ne l'entend pas ! As-tu tendu l'oreille, hier au soir ? Pas un seul coup de canon. Pas de rafales, ni de tirs de sommation. Rien !

— Le plus dur à penser, Jansen, c'est que toutes les nuits doivent ressembler à ça, depuis le début... Pendant que les camarades crèvent par milliers dans les assauts et les coups de mines. À l'arrière, on hésite simplement entre café et chouka... Et tu aurais voulu qu'on reste là-bas ?

Peu avant midi, Jansen retrouva Mathilde de Givrais à l'orée des bois. Vasseur avait disparu depuis près d'une heure entre les ormes, sans un mot. Le maître d'école supposait qu'il allait finir de camoufler le corps du braconnier, ce Fercheux ou Vercheux. *Couic*.

Jansen réalisa que son complice avait déjà occis trois personnes dans leur petite virée.

La brume avait totalement disparu, et un beau soleil inondait le parc. La jeune femme avait installé Fanfan sur un de ses plaids, devant elle. Assise sur un banc, elle regardait son chien rêver. Jansen s'approcha. Il avait enfilé un pantalon propre et la veste de flanelle sombre qu'il avait ramassée dans la pharmacie d'Oisemont. Son linge sentait un peu le renfermé et le cade. Arrivé près du chien, il remarqua qu'un large bandage entourait sa taille, d'un blanc parfait qui semblait rayonner sur le pelage tavelé du petit artois.

— Bonjour docteur ! Vous avez passé une nuit agréable à Ansennes ? Nelly m'a dit que vous aviez déjeuné bien tôt avec votre confrère...

Adrien Jansen s'inclina sans un mot, comme il l'avait parfois vu faire dans le monde. Il avait décidé d'être avare en paroles. Moins il en dirait, moins il se couperait. Et les femmes, jugeait-il, aiment les hommes qui semblent nimbés de mystère, fût-il de pure convention.

— Nelly et moi avons joué aux infirmières ! Nous avons refait un joli pansement à Fanfan... Qu'en pensez-vous ? Il a trotté tout à l'heure. Il est si joyeux... On pourrait croire que tout cela a été un mauvais rêve...

Jansen fit mine d'examiner le bandage. Passa un doigt sous le tissu pour en jauger la tension, rectifia négligemment un passage de la gaze.

— Parfait ! Si jamais nous manquons d'infirmières à la clinique, je serais heureux de vous proposer une place ! badina-t-il.

— *Une place* ? répliqua sèchement Mathilde. Je ne suis pas de celles qu'on rétribue pour une tâche, docteur Malka. – Puis se radoucissant : – Je serais heureuse de servir le pays en soignant des blessés de guerre. Et je le ferai avec le plus grand bonheur à vos côtés si vous ouvrez cette clinique à Mers... Mais être payée... On ne se gêne plus jamais avec les gens que l'on paye, docteur.

Jansen, piqué au vif par cette saillie imprévue en réponse à sa plaisanterie, se redressa. Pour quelqu'un qui venait de décider d'être rare en paroles, deux phrases, c'était déjà deux de trop !

— Je ne voulais pas...

— Ce n'est rien, objecta Mathilde en se levant. Je vous prie de m'excuser de mon impolitesse. Je suis désolée... Je ne vous ai même pas remercié pour tout ce que vous avez fait hier soir...

— Mais bien sûr que si, mademoiselle. C'est moi qui...

— N'en parlons plus. Asseyons-nous... Et où est donc M. Vally ?

— Il est allé essayer de télégraphier du village voisin. En pure perte, je le crains. Ensuite, il restera sans doute un peu dans sa chambre : je crois qu'il travaille à nos livres de comptes. L'affaire doit être montée proprement et en ces temps difficiles, les transferts de capitaux sont... compliqués.

— Je... Si je peux vous aider. Je me suis intéressée à la comptabilité. J'ai tenu le livre des fournisseurs pour la verrerie... Je pourrai aider si vous le voulez !

— Vraiment ?

— Ce sera avec joie. Comme je vous l'ai dit maladroitement tout à l'heure, vous aider après ce que vous avez fait hier sera pour moi un vrai bonheur, et un modeste retour.

— Eh bien, je vous tiendrai au courant dès que les choses seront affirmées.

— Très bien alors... Excusez-moi encore. Je... je ne voulais pas être impolie et pourtant... je... Ce sont mes nerfs qui me jouent des tours ! Cette guerre et nos ennuis avec l'usine ont raboté mon cerveau.

— Que voulez-vous dire ? Vous souffrez de mélancolie, d'abattement ?

— Mélancolie ? Si ce n'était que cela, docteur... Hélas. Je ne puis en parler à personne, et surtout pas à mon père qui est si perdu dans son propre monde. Je vis dans... Puis-je vous parler franchement, docteur Malka ?

— Bien entendu !

— Je vous connais à peine. Et pourtant, j'ai confiance en vous. Pas seulement parce que vous m'avez guéri Fanfan. Je ne sais pas...

— Livrez-vous sans crainte, mademoiselle. Un médecin peut tout entendre. Sa vie est faite de confessions et d'aveux. Y compris des plus intimes. Votre père a laissé entendre une maladie respiratoire ?

— Cela n'est rien. C'est du passé. Je... je vis dans un affaissement terrible des sens. Mes nerfs me font trop souvent défaut. Je m'émeus pour un rien. Un bruit anodin me fait bondir. Je... je me relève, à la nuit. Je suis somnambule, à ce qu'on dit.

Je m'emporte sans raison... Nelly vous le dira. Tenez, à l'instant encore !

— Avez-vous... consulté ? Il y a maintenant... des médecins qui se sont spécialisés dans les états nerveux. Des médecins qui savent traiter les traumatismes de l'esprit aussi bien que d'autres s'attachent à ceux du corps...

— Je consulte, docteur Malka. J'ai consulté ! Depuis bien avant l'entrée en guerre du pays, je vais régulièrement en cure dans les Pyrénées. On m'a donné du calme. On m'a donné des paysages verts et du ciel à regarder ! Est-ce que j'en manque ici ? Cela n'a rien porté de bon... Sinon un médecin des poumons qui a tenté de me faire une cour distraite, et qui n'avait que les mots « symptômes », « troubles » et « dimension clinique » à la bouche !

— Vous n'allez plus aux eaux ? demanda Jansen, tout en riant du bout des dents.

— Non. Je crois que cette habitude ne fait réellement bénéfice qu'aux sociétés thermales et à celles du chemin de fer !

Mathilde de Givrais se rejeta brusquement en arrière, et, se laissant aller à un rire un peu trop aigu, elle ajouta :

— J'ai décidé de ne plus donner mon argent aux Bains de Barèges et à la Compagnie du Midi !

Jansen la regarda. Son teint n'avait rien d'alarmant. Ce n'était pas, malgré les affirmations de son père au repas la veille, celui d'une pulmonaire. Tout maître d'école qu'il était, il savait reconnaître une tuberculeuse. Mathilde ne présentait ni pâleur excessive, ni affaiblissement, ni cachexie marquée. Elle n'avait pas ces bras efflanqués qu'il avait vus parfois aux poitrinaires, ni ce torse creusé qui marquait la présence de poumons asphyxiés par la maladie. Et il ne l'avait pas entendue tousser une seule fois.

— Vous n'êtes plus suivie, alors ?

— Je le suis. Quelqu'un vient me voir ici. Quelqu'un en qui j'ai... confiance.

Jansen garda le silence. Elle avait parlé de confiance quelques instants plus tôt, s'agissant de lui cette fois. « Voilà une femme qui accorde trop généreusement et trop précipitamment sa confiance, peut-être », songea-t-il. Adrien Jansen bouillait de poser la question mais jugea pertinent de laisser le silence revenir. Ne pas trop parler. Ne pas paraître curieux. Rester dans la fable de Vasseur. Il regarda la jeune femme et sourit timidement. Celle-ci poursuivit :

— Oui. Quelqu'un vient pour essayer de m'aider.

— Alors, tout va bien, n'est-ce pas ? Tout s'arrange ?

— Pas autant que je le voudrais, docteur. M. Le Hire n'est pas en cause, mais moi, je...

— Qui est M. Le Hire ? demanda enfin Jansen.

— Oh, voilà que j'entre dans le particulier avec une telle familiarité... Je ne sais pas si...

Jansen continuait à la dévisager, tâchant de conserver une expression neutre sur son visage. Neutre, mais bienveillante. Ils étaient tous deux assis, chacun à une extrémité du banc, séparés par près d'un mètre de bois peint couleur vanille, et pourtant Jansen ressentait, presque autant que la veille lorsque son genou avait frôlé la cuisse de la jeune femme, cette vibration particulière et troublante.

— M. Le Hire est un magnétiseur. Il se dit mesmérien. C'est sur ses conseils que je me suis détachée des Pyrénées et de leurs eaux...

— Un magnétiseur ? Et que fait-il ? Il vous endort ?

— Il vient tous les mardis au château. Nous parlons. Il fait... des passes. Je ne sais pas si je dors vraiment, mais je me sens comme... ragaillardie après chaque séance. Il y a là-dedans quelque chose d'électrique, je crois. Je me sens, voilà : galvanisée.

— *Galvanisée* ? répéta Jansen.

— Oui. Cela ne dure pas. Hélas. Quelques heures... La nuit vient et, au matin, tout semble à refaire. Nous sommes demain mardi. Si vous restez encore un peu parmi nous, vous le verrez...

La journée passa, lente et lourde. Vasseur n'était pas réapparu pour le déjeuner, que le vieux expédia sans lever la tête de son assiette – de carottes cuites et de fèves – qu'il avalait en même temps que de larges tartines de pain beurré. Nelly Voyelle s'était installée à un bout de la grande table, et mangeait avec eux tout en effectuant une ombre de service. Ils en étaient au café, le vieux de Givrais s'était déjà retiré, lorsque deux lourdes explosions se firent entendre. Loin. Mais les vitres en tremblaient. Mathilde laissa sa main tenant sa cuillère en suspens, tendant l'oreille et regardant machinalement dans la direction d'où était venu le bruit. Nelly Voyelle apparut sur le seuil de la cuisine, cherchant un regard qui pût la rassurer.

— Des *Ferngeschütz*, expliqua Jansen. Ce sont leurs gros canons. Ils tirent à plus de cent kilomètres. De sales obus de 400 kilos...

— Nous n'en avions plus entendu de pareils depuis une semaine ou deux... Je croyais que l'offensive les...

— Quelle offensive ? coupa Jansen.

— Eh bien, l'attaque de jeudi dernier. Nos soldats et l'armée anglaise de Rawlinson ont percé sur près de quarante kilomètres... Les nôtres auraient passé Montdidier.

— Oui. On nous en a parlé avant-hier à l'auberge où nous étions pour souper. C'est donc confirmé ?

— Plus que ça ! Foch a dit que l'attaque avait été d'une « merveilleuse perfection ».

— A-t-on évoqué les pertes ?

— Les Allemands ont laissé en route quinze mille hommes, dit-on.

— Et les nôtres ?

— Nos pertes seraient insignifiantes. Le journal raconte que les Allemands ont été totalement pris au dépourvu et écrasés par nos troupes d'assaut et nos tanks...

— Eh bien alors, c'est une belle victoire qui se prépare, fit Jansen, d'une voix enjouée. Tant mieux... Tant mieux !

Il songeait à la propagande qui habillait de gloire les plus sinistres moments du front. Combien d'« assauts magnifiques » et de « merveilleuses opérations de nos soldats » masquaient des visages outrageusement fracassés, des panses déchirées et des corps mutilés que les ambulanciers eux-mêmes renonçaient à décrire ? Il n'en laissa rien paraître. Il leva sa frêle tasse de café et dit :

— À la fin de la guerre !

— À la fin de la guerre ! répéta Mathilde.

Nelly Voyelle, dans son coin, souleva son verre de frênette, et le tint un instant immobile devant elle. Sans un mot.

Jansen retrouva tous les autres au souper. Dehors, le ciel avait noirci. Des nuages d'orage s'accumulaient au-dessus des bois, chassés par un vent violent qui faisait frissonner les feuillages. À son grand étonnement, il découvrit un grand salon richement illuminé : l'électricité donnait à plein ce soir-là. Deux grands lustres surplombaient la table, estompant tout contraste et chassant les ombres. Les visages en paraissaient plus livides. Particulièrement celui de Mathilde, presque exsangue. Elle avait l'air, dans sa toilette lie-de-vin, d'une figure de cire d'un musée. Jansen s'assit et salua les convives d'un bref fléchissement du torse.

Le vieux de Givrais lança, immédiatement :

— Je demandais justement à votre confrère Vally où en était votre affaire. Apparemment les nouvelles n'arrivent pas... Les fonds sont-ils réunis au moins ?

— Ils le sont, répondit Vasseur d'une voix détachée. Nous avons peut-être plus qu'il nous en faut pour acquérir ce bien... C'est le temps qui ne va pas. Ces délais !

— Vous n'êtes pas en mesure d'acquérir alors ?

— Nos fonds sont immobilisés auprès d'une succursale bancaire qui...

— Laquelle ? fit de Givrais en se servant un grand verre d'eau.

— La banque de l'Union parisienne. Succursale de Ville-d'Avray.

— Et on ne peut les joindre ?

— Nous nous y sommes présentés la semaine passée, pour garantir la somme... Nous étions convenus de télégraphier dès que nous serions près d'acter.

— Et rien ne marche, gloussa de Givrais... La guerre ! Messieurs, vous avez devant vous quelqu'un qui sait mieux que quiconque à quel point la guerre est injuste pour les affaires...

— Ce matin encore, reprit Vasseur. Ici, on me répond que les fils ont rompu ; là, que les services du chiffre ne sont plus à même de garantir les transmissions, et qu'elles restent donc interdites jusqu'à nouvel ordre. On nage dans l'espionnite à tout bout de champ... La radiotélégraphie semble absolument réservée aux militaires... Les liaisons sont foutrement fantasques – excusez-moi !

— Rapport aux défaitistes et aux espions, fit rudement de Givrais, en levant la main pour marquer qu'il ne se formalisait pas des excès de langage de Vasseur. Ils ont fusillé Bolo Pacha, mais d'autres vendus continuent à nous trahir. Regardez Caillaux et ses amis... Même de leur cellule, ils couvrent des agitateurs et financent des campagnes contre nos alliés.

— Allons, le revoilà parti ! Papa ! Combien de fois avez-vous défendu de parler de politique à cette table ?

— C'est de notre faute, mademoiselle... De la mienne, surtout, susurra Vasseur, tout miel. Je comprends parfaitement que les temps n'autorisent guère à se promener partout avec du capital et à chercher un télégraphe encore en état...

— Et le bien lui-même ? Cette clinique ? Est-elle seulement un projet, ou l'endroit est déjà repéré ?

— L'endroit est établi, répondit Jansen, jugeant bon de participer à son tour à la combinaison : nous allons acquérir un ancien dispensaire, désaffecté depuis cinq ou six ans. Une maison de soins, autrefois tenue par les sœurs du Bon-Secours. Une bonne partie du matériel médical est déjà là.

— Manque la chirurgie, coupa Vasseur.

— Manque la chirurgie... Nous avons deux à trois mille francs de débours pour le bloc et les instruments.

Mais ce ne sera qu'accessoire : notre clinique sera avant tout un lieu de rétablissement, de réadaptation. Nous n'y traiterons pas l'urgence.

— Deux à trois mille francs... – Le vieux parut dubitatif. – Et au total, votre affaire demande combien ?

— Papa ! cria Mathilde.

— Non, non, fit Vasseur, toujours de cette voix fourbe : M. de Givrais est dans les entreprises. Il aime parler mise et investissement... Nous croyons qu'avec quatre-vingts à quatre-vingt-dix mille francs, l'affaire sera conclue. Reste à faire jouer le télégraphe !

— Vous êtes ici chez vous, conclut le vieux de Givrais. Je vous l'ai dit à votre arrivée. Je vous le répète. Tant que vous le voudrez, nous serons heureux de vous confisquer à vos convalescents, messieurs. Une dernière chose qu'il est sans doute bon que vous sachiez : la route de la mer est fermée aux civils. Il faut des laissez-passer à jour. Les Britanniques veulent abandonner Étaples et...

— Papa reçoit chaque nuit les confidences du général Rawlinson ! se moqua Mathilde.

— Voilà à quoi sert le télégraphe, alors..., coupa Adrien Jansen en riant.

— Je sais encore lire le journal, répliqua le vieil homme en bougonnant. Moi, ce ne sont pas les spectres de M. Le Hire qui me soufflent les nouvelles à l'oreille...

Mathilde de Givrais se contracta, piquée au vif. Elle renifla ostensiblement et courba les épaules vers la nappe. Son père reprit :

— Les Anglais descendent leurs troupes et leurs tanks... Ils ont encombré tous les ports entre Dieppe et l'estuaire de la Somme. Vous aurez du mal à aller plus loin que la ville d'Eu. Et encore…

— Nous avons des passeports pour circuler, dit Jansen, d'une voix affirmée. Valables dans tout le département…

— Justement, reprit le vieux, nous sommes dans une zone mixte : au bas de notre bois, c'est la Seine-Inférieure. La route du Calvaire, par où vous êtes sans doute arrivés jusqu'à nous, c'est la Somme. Les barrages sont têtus et même obtus… Vous verrez bien !

Nelly Voyelle apporta une grande soupière. De l'oseille et de la crème. Un autre plat arriva bientôt, empli de fèves au lard nageant dans une sorte de bouillon tavelé d'yeux de graisse. Ils mangèrent en silence. L'éclairage violent et la maigre pitance composaient un tableau singulier. Plusieurs fois, Jansen regarda ses voisins, le nez dans leur assiette creuse. Comme à son habitude, Nelly s'était posée en bout de table et avalait sa soupe à brèves lampées, rapides et précises. Elle eut fini avant tout le monde et regagna son poste, à l'embrasure de la cuisine, observant les dîneurs d'un œil absent. Lorsque tous eurent terminé, elle enleva la soupière et la jatte de bouillon, et les remplaça par un compotier. De Givrais en inspecta l'intérieur, fit la moue, se leva et marcha vers l'escalier. Nelly Voyelle le rejoignit et il la prit par l'épaule, à laquelle il se greffa tel un lierre.

Vasseur se leva à son tour et annonça qu'il allait faire quelques pas dehors. Restés seuls, Mathilde et Jansen se faisaient face, sans oser se regarder d'un côté à l'autre de la grande table. Comme si leurs échanges de la journée pesaient et empêchaient tout nouveau commerce. Jansen fixait les miettes à côté de son assiette, qu'il essaya de réunir de la tranche de son couteau. La voix de Mathilde de Givrais s'éleva, curieusement modulée, à la manière d'un texte lu par une comédienne :

— Et vous, docteur Malka... Je n'ai pas osé vous le demander ce midi...

— Ce midi ?

— Oui, quand nous avons entendu ces affreuses bombes de 400 kilos dont vous nous avez parlé... Vous êtes allé à la guerre ? Je veux dire : *vous étiez au front ?*

Jansen sentit une onde glacée traverser ses épaules et percer sa nuque. Ses pensées se présentaient en tumulte. Il savait que s'il répondait immédiatement, il allait produire un de ces ridicules bafouillages qui trahissent les mensonges. Il reposa lentement son couteau, avala sa salive et dit :

— Vally et moi avons servi sur la Marne. Puis sur la Meuse. Et l'Argonne. Notre compagnie fut une de celles qui ont subi le feu au bois d'Avocourt. Vous avez dû le lire dans votre journal... Nous y avons opéré à même le sol. Nous avons trépané des blessés qui...

Tout était vrai, sauf les deux dernières phrases.

— Je vous en prie, docteur. Je ne peux entendre ces choses dans le détail. Je sais la chance que nous avons d'avoir des braves, comme vous et le docteur Vally, et tous ces hommes qui sont tombés à vos côtés.

— Que cette guerre finisse, alors ! dit Jansen, en baissant la tête. Comme nous disions tantôt.

17

Mardi

Vasseur s'était une nouvelle fois levé tôt. Il avait bu son café, servi par Nelly Voyelle. Celle-ci expliqua aux autres, lorsqu'elle les vit se présenter à leur tour – Jansen, puis Mathilde, puis le vieux de Givrais, dans l'ordre exact de la veille – que le docteur Vally avait été « faire un tour aux environs ». « Il ne désarmait pas », avait-il lâché, et poursuivait sa quête d'un appareil télégraphique en état de fonctionner. Jansen se demanda où allait réellement Vasseur, et à quoi il occupait ses matinées, à disparaître ainsi parmi les arbres. Et s'il tombait sur un barrage ? Celui de l'autre fois n'était qu'à quelques kilomètres. Jansen remonta dans sa chambre et vérifia la musette : les deux sauf-conduits, les carnets à souche et les papiers d'identité étaient là. Vasseur se déplaçait sans précaution. Interpellé, il serait immédiatement conduit à la prévôté et supposé déserteur. Jansen redescendit, s'installa au salon et, ayant emprunté de quoi écrire, il feignit de se livrer à des comptes chimériques, qu'il recouvrait de son coude dès que quelqu'un entrait. Combien de temps cela pouvait-il demeurer ainsi, lui à ses fausses comptabilités et Vasseur à ses recherches imaginaires ?

Comme le jour précédent, Mathilde vint le rejoindre juste avant midi, au bout de la pelouse, devant l'entrée du bois.

— Ce soir, je vous présenterai M. Le Hire, si vous le voulez, fit-elle d'un ton excessivement sérieux.

— Je serai heureux de le connaître, mademoiselle.

— Allons, appelez-moi Mathilde. Si vous devez rester un peu, vous et M. Vally, il va falloir arrêter de vous adresser à moi comme si vous étiez un fournisseur !

Jansen se mit à rire.

— Eh bien, c'est d'accord !

— Vous avez remarqué que nous ne sommes pas de ces maisons où chacun doit rester absolument à sa place... La guerre impose sans doute des intimités que l'on n'aurait pas crues en temps ordinaires.

— Parlez-moi donc encore un peu de vous, alors, Mathilde !

— De moi ? Je ne vous ai pas étourdi assez hier, avec toutes mes fantaisies ?

— Si vous ne me prenez pas pour un fournisseur ou un étranger, alors non : il faut m'en dire encore !
– Jansen rit une nouvelle fois. Il enchaîna : – Parlez-moi donc de ce docteur Le Hire, qui doit venir tantôt !

Mathilde de Givrais s'esclaffa à son tour.

— *Docteur* Le Hire ! Le Hire est un magnétiseur... Je suspecte sa science d'être plutôt au croisement des connaissances d'un exorciseur et de celles des sociétés spirites ! Je suis à peu près certaine qu'il n'est pas médecin. C'est en tout cas un titre dont il n'a jamais usé.

Et regardant Jansen bien en face, un sourire malicieux aux lèvres :

— Il se considère comme *bien plus qu'un médecin*...

Jansen ne broncha pas.

— Mais vous dites qu'il vous procure de l'apaisement. Ce qu'il fait vous fait du bien. Tous les médecins n'en peuvent dire autant ! D'où sort ce M. Le Hire, alors, si ce n'est de la Faculté ?

— Le Hire, annonça gravement Mathilde, a été l'élève et l'assistant d'Eusapia Paladino.

— De qui ?

— Eusapia ! Eusapia Paladino... Vous ne la connaissez donc pas ?

— Non.

— C'est cette femme, ce médium international... Cette Italienne ! Allons, tout le monde a parlé d'elle lorsqu'elle est morte, il y a quelques mois... Impossible que vous n'en ayez rien su ! En mai, je crois.

— *En mai* ? Où étais-je en mai ?

Jansen prit une attitude investie, faisant mine de chercher dans ses souvenirs.

— Ah oui. Nous courions en portant nos morts, entre Péronne et Corbie. Les Boches étaient à nos brailles, et nous sentions le feu de leurs lance-flammes à nos semelles... Ils ont appelé ça, il paraît, *l'opération Michael*. Non. Je ne me souviens pas de cette Eusapia Paladino...

Mathilde de Givrais avait rougi. Elle demeura prostrée plusieurs secondes, sans savoir s'il fallait répondre ou non.

— Je vous prie de m'excuser, docteur Malka. Je vous disais que la guerre nous impose ses vices et ses routines. En voilà une autre : nous nous sommes installés à l'arrière dans nos habitudes, et nous avons essayé de ne pas voir comme vous viviez, vous, là-bas... Je suis si désolée.

— Ce n'est rien.

Jansen adopta une mine attristée et coupable.

— C'est nous, qui vivons comme des bêtes depuis quatre ans. Rien ne compte que notre ordinaire. La prochaine veille, le matin qui vient. Qui sera parti, qui sera encore vivant ? Voilà tout notre horizon. Mais si je vous appelle Mathilde, vous devez cesser avec votre docteur Malka ! Je m'appelle Adrien...

Aussitôt, il se mordit l'intérieur de la joue. Il avait lâché le mauvais nom. *Malka. Julien Malka.* Et voilà qu'au premier carrefour, sans pression, il perdait le fil de son affaire.

— Tout le monde m'appelle Adrien... même si mon nom de baptême est Julien, comme mon père et mon grand-père. Il vaut mieux dire Adrien, n'est-ce pas ?

Mathilde sourit. Elle hocha la tête. Elle ne savait plus par où poursuivre. Elle lâcha :

— Adrien, c'est très bien...

— Alors, que faisait donc cette Eusapia, qui a appris tant de choses à M. Le Hire ?

— Voyez, vous vous moquez ! Eh bien, on dit qu'elle avait réussi à produire des fantômes en public !

— Des fantômes ?

— Oui. Des formes qu'elle parvenait à... matérialiser. Elle a réussi à présenter ces... choses aussi bien devant les membres de la Société anglaise de recherches psychiques qu'en la propre demeure du duc des Abruzzes. On dit qu'elle fut reçue par le souverain pour une représentation privée, et qu'elle y aurait fait apparaître le moulage, dans un bloc d'argile souple, du visage de Marie-Victoire, la mère du duc, morte plus de vingt-cinq années plus tôt...

— Impressionnant, gloussa Jansen.

— On dit enfin, poursuivit Mathilde en faisant les gros yeux, que ce dernier la paya cinq cents francs pour ce prodige.

— Impressionnant, répéta Jansen, d'un ton goguenard. Et votre M. Le Hire, est-ce qu'il fabrique lui aussi des fantômes à la demande ?

— Je vois bien que vous ne croyez pas aux forces de l'esprit, ni aux phénomènes spirites, je comprends cela...

Affichant une mine boudeuse, Mathilde de Givrais se retira lentement vers le bâtiment. Jansen resta seul, à la regarder glisser dans cette immensité verte.

Un peu avant dix-huit heures, une voiture se présenta dans l'allée des ormes. Une voiture ouverte, à l'ancienne mode, tirée par un cheval gris. Le Hire en descendit. Jansen l'observait, tapi derrière le rideau de sa chambre. La scène, vue à travers les branchages du grand cèdre, avait les allures d'une prise du cinématographe : une silhouette noire, se hâtant hors de sa voiture, découpant soigneusement ses mouvements, sans doute pour rétablir une circulation sanguine perturbée par une position gardée trop longtemps. « Voici donc M. Le Hire, prêt pour sa séance », se dit Jansen en ricanant. Il avait collé son visage de plus en plus près de la vitre, pour suivre la marche de l'hypnotiseur. Il le vit disparaître dans le hall, suivi par Nelly Voyelle qui lui avait tenu la porte.

Se faufilant sur le palier, Adrien Jansen se pencha doucement au-dessus de la rambarde, plongeant son regard dans le hall. Quatre mètres plus bas, il retrouva Le Hire qui se débarrassait de son grand manteau de fossoyeur et de son ridicule melon. Jansen vit Mathilde, surgissant du vestibule, lui tendre la main et l'entraîner avec elle dans le minuscule salon qui s'ouvrait dans le hall, avec ses petits carreaux de verre coloré. Nelly referma sur eux la porte et disparut dans l'intérieur de la grande maison. Contrairement à ce qu'elle avait proposé plus tôt, Mathilde n'avait nullement cherché à lui présenter Le Hire. Y avait-elle seulement songé ? Il revit son attitude quand elle avait enlevé Le Hire vers le petit salon : elle semblait égarée et radieuse, presque extatique.

Jansen descendit à pas de loup. Tout était silencieux. Le vieux devait encore être à sa sieste, dans sa chambre à l'autre bout de la demeure. Nelly Voyelle à ses fèves, son babeurre et ses rhubarbes, s'agitant dans des bruits de coquemar.

Il se glissa dans le jardin, évitant de passer devant la fenêtre aux petits carreaux. Faisant un large tour, il réapparut à l'autre bout de la façade et, longeant les grands murs, se rapprocha du perron par l'autre versant, en prenant continuellement soin que personne ne le voie, ni du dedans ni du dehors.

Il osa un œil prudent à ras de la boiserie. Il se retrouva exactement comme lorsqu'il lorgnait au-dessus de la tranchée, pour surveiller le no man's land. Aussitôt, il vit Le Hire, de trois quarts dos, faire des passes de forain face à une Mathilde qui le regardait fixement, le visage neutre. Fanfan s'était hissé sur ses genoux, portant toujours son turban de gaze. L'escogriffe accentuait ses grands gestes d'imposteur, battant des mains de manière désordonnée, comme un noyé sollicitant de l'aide. Sa silhouette dégingandée, filtrée par les vitrages jaunes, rouges et bleus du vestibule, lui conférait des airs de cirque. Jansen se retint de rire. Les passes terminées, ils s'assirent chacun sur un fauteuil, à bonne distance l'un de l'autre, présentant leurs profils. Alors Le Hire se mit à parler. À mi-voix. Jansen, obsédé par l'idée d'être découvert, restait accroupi à la manière d'un cambrioleur ou d'un espion. Il manquait de concentration, et, n'osant pas se coller de trop aux carreaux, il avait du mal à entendre les mots échangés. La voix grave de Le Hire bourdonnait. Parfois, celle, plus claire, de Mathilde, répondait. Par monosyllabes. Des négations, sans doute, ou des acquiescements. Néanmoins, parmi tous les mots lâchés par Le Hire, ceux que Jansen put saisir – « fluide trans-animal », « conspiration des âmes » –, énoncés d'une voix profonde de basson qui avait du mal à traverser les carreaux, lui firent comprendre qu'il n'avait rien à craindre de l'hypnotiseur.

— Le Hire est un filou. Un bonimenteur de foire qui a trouvé une bonne pratique...

Vasseur le regardait par en dessous, riant sous cape. Il laissa Jansen poursuivre :

— Il parle *métapsychisme*, *oscillation médiumnique* et sornettes du même millésime... Il a réussi à la faire dormir, quelques instants. Elle a laissé glisser sa tête sur son épaule. Elle a sursauté et s'est réveillée. Tout cela aura duré vingt à vingt-cinq minutes...

— Camarade, ce Le Hire s'est débarrassé d'un concurrent, en éliminant de la proximité de la jeune femme son médecin des Pyrénées. Il a ainsi repris l'exclusivité sur sa patiente. Voilà mon diagnostic !

Ils étaient tous deux à la grande table à manger. Pour le souper, les brèmes fades et molles avaient fait leur retour. Elles étaient présentées froides, sur un lit de fenouil dont le parfum anisé colonisait la pièce entière. De Givrais n'avait pas paru. Nelly lui avait monté un repas froid que Mathilde l'aidait à absorber. Nelly Voyelle demanda s'il fallait les servir ou attendre « mademoiselle ». Vasseur, d'une voix terriblement sournoise, répondit :

— Bien évidemment, nous attendrons ! C'est du plus ordinaire protocole...

Jansen avait bien du mal à reconnaître dans ce mondain placide et solennel l'homme qu'il avait vu se ruer, dents en avant, sur une jeune sentinelle allemande, et lui arracher à même la gorge des bouts entiers de chair en poussant des cris de bête.

Mathilde avait apporté un pot d'eau de frênette. Jansen s'en servit un grand verre qu'il but d'un trait. Le soir d'été tombait avec une lourdeur atroce. Des bêtes à orage voletaient en nombre, se massant autour des lumières. Parfois, le tube des lampes à pétrole s'illuminait de leurs combustions. « On a renoncé à l'électricité, ce soir », nota Jansen. Au-dehors, le parc glissait dans l'ombre. Laissant son regard divaguer au-delà des fenêtres, Jansen crut un instant voir le visage cireux de l'hypnotiseur collé aux petits vitraux, là où lui-même avait guetté, un peu plus tôt. Voilà que les mirages le reprenaient, comme aux tranchées. Cette vie capricieuse des vapeurs et des illusions. Non. Le magnétiseur avait depuis longtemps repris sa voiture conduite par son cheval à la robe isabelle. Mais l'image de Le Hire tapi dans l'ombre des fenêtres le faisait frissonner.

Enfin, Mathilde apparut. Elle rapportait un plateau qu'elle déposa sur une desserte, près de l'entrée de l'office.

— Vous m'avez attendue ! Messieurs...

Elle leur fit un sourire aimable, mais teinté de feint reproche, et, d'une voix un peu trop gaie, lança à Nelly :

— Eh bien, mangeons ! Nous mourons tous de faim !

Nelly Voyelle flotta vers eux, déposant près du plat de poisson un grand bol de haricots Jacquot, sur lesquels un morceau de lait baratté achevait de fondre.

— Comment va M. de Givrais ? demanda Jansen.

— Oh, il dort, à présent. Il se sent tellement fatigué. Il a quand même mangé. Ce sont plus les contrariétés que le reste qui l'épuisent... Il n'est pas si malade, au fond.

— J'espère, mademoiselle, fit Vasseur, adoptant un air inquiet, que notre présence n'est en rien une de ces contrariétés ? Il faudrait nous le dire !

— En rien, je vous assure... Au contraire même. Cela le change un peu. Non. C'est la verrerie. Nous ne vendons plus, et nous allons bientôt cesser complètement de produire si cela dure encore.

Le souper s'étirait, malgré le chiche repas qui était proposé. Vasseur mâchait du pain d'orge en regardant le vide. Jansen laissait son œil glisser de Mathilde – abîmée dans ses pensées – à Nelly Voyelle, à sa place en bout de table, décortiquant le dos d'une brème avec sa fine truelle à poisson – l'émiettant sans fin – sans jamais le porter à la bouche.

Brutalement, Mathilde se leva :

— Je vais gagner ma chambre, je vous prie de m'excuser. Je suis épuisée ce soir. Vous ne m'en voudrez pas...

Et elle se faufila vers l'escalier, dans l'ombre profonde du salon, plus épaisse à mesure qu'on s'éloignait de la table et des lampes. Arrivée aux premières marches, sa silhouette était déjà celle d'une illusion, nébuleuse et confuse.

18

Au Vert-Bocage

Le capitaine Delestre observa le carrefour, puis la longue façade de torchis ; son squelette de clayonnage avait été plusieurs fois repris et l'ensemble témoignait d'un entretien régulier. Les fenêtres étaient nouvelles et les volets soigneusement repeints. Un grand placard de bois jaune annonçait : *Café des Quatre-Routes – Relais de l'Oiseau-Bleu. Cabaret. Bière. Chambres à louer.*

« Voilà des propriétaires que la guerre n'a pas ruinés », estima-t-il en s'approchant de la double porte en verre dépoli. Il entra dans un grand café dont le plancher luisait d'eau javellisée. Deux souillons, les jambes et pieds nus dans leurs kroumirs, ramenaient vers elles de monstrueuses wassingues, qu'elles tordaient au-dessus d'une lessiveuse pleine d'eau noire. Toutes les tables et chaises avaient été rassemblées au centre de la pièce. De quatre portes large ouvertes, un courant d'air faisait danser des guirlandes de fleurs en papier pendues aux lambourdes.

François Delestre regarda alentour, cherchant quelqu'un à qui parler. Les servantes lui tournaient le dos, appliquées à leur décrassage. Il lança :

— Quelqu'un ? Hola ! Quelqu'un ?

L'une des filles se retourna, surprise, et plaqua une main sur sa poitrine, manifestant son émotion.

— Ben qu'vous m'avez fait peur ! On est fermés ! On n'rouvre qu'à dîner.

— Je ne viens pas pour boire ou pour manger. Il y a du monde ici ? Où est la patronne ?

La fille rit, comme s'il avait proféré la plus stupide ânerie qu'elle eût jamais entendue. Elle regarda sa collègue qui s'esclaffa à son tour, en détournant la tête.

— Le patron ? Il est pas là. Descendu au village…

— Il n'y a personne ? Il n'y a que vous ?

— Mme Boquet doit être par là-bas… Doit faire les lits !

— Mme Boquet ?

— La patronne, si vous voulez. La femme du patron en tout cas… Allez-y si vous voulez, moi je ne vais pas m'faire engueuler à la déranger pendant ses chambres…

Elle désignait vaguement la cour qui s'ouvrait au fond du café, de laquelle venait une vive lumière du matin.

Delestre traversa la salle, essayant d'allonger ses pas pour ne pas souiller le travail des deux filles. Au passage, celle qui n'avait pas parlé leva le nez. C'était une gamine de quatorze ou quinze ans, aux cheveux fous couleur de paille. Un de ses yeux avait perdu sa couleur et semblait mangé par les humeurs et les veinules. Elle sourit vaguement, entre la crainte et l'ahurissement, et replongea vers sa serpillière crasseuse.

Le gendarme se retrouva dans une courette baignée de soleil. Une grosse femme y battait des édredons à l'aide d'une baguette en jurant des mots indistincts.

— Madame Boquet ? fit Delestre, d'une voix sourde.

La femme n'avait pas bronché. Il répéta, plus fort :
— Madame Boquet ?

Cette fois, on se retourna. Un visage jaune luisant de sueur, puant le saturnisme, le contemplait. Sans un mot.

« Eh bien ! l'endroit regorge d'ahuris », songea Delestre. Il décida de gagner du temps :
— Capitaine Delestre. Gendarmerie prévôtale d'Amiens.

La grosse femme bougea. Un peu. Elle accrocha ses édredons à cheval sur un fil de fer et frotta machinalement ses deux mains contre ses seins qui emplissaient tout l'espace entre le bas de ses épaules et son nombril. Elle laissa couler un œil inquiet vers le visiteur, attendant la suite.

— Je peux vous parler un instant, madame Boquet ?

François Delestre désigna de la tête l'intérieur et les chaises.

— J'pense bien, fit la femme.

Elle tituba vers le café, sur ses jambes enflées.

— Vous n'êtes point en habits de gendarme ! dit-elle encore, sans se retourner.

— Non.

Il la défia du regard, raide et immobile, attendant qu'elle se retourne. Elle ne le fit pas, comprenant au ton de Delestre qu'il ne plaisantait pas.

Ils s'assirent au milieu de la salle, tandis que les deux filles essoraient leur ouvrage.

— Je cherche des hommes. Des soldats en fuite, des déserteurs..., commença Delestre.

La femme le regarda en plissant des yeux. Elle ne disait toujours rien.

— Des traîtres. Ils ont abandonné leurs camarades… Vous avez vu des soldats, ces derniers jours ? Des qui voyageraient à deux ? Sales ? Ou l'air épuisé ? Méfiants ?

— On a bien des soldats, des Angliches… Y viennent au cabaret tous les soirs. C'est-y bien des nôtres que vous dites ? Des Français ? On ne sert pas l'armée française ici… Rapport aux décrets. Tant qu'y sont en tenue, on ne sert pas.

— Deux Français.

Delestre chercha dans sa poche intérieure et posa devant eux les fiches et les photos des deux fugitifs.

— Ce sont eux. Des lieutenants. Regardez bien et dites-moi si ça vous rappelle quelque chose…

La femme jeta un coup d'œil sur les deux visages, plissa la bouche et secoua la tête :

— Jamais vu ces sales bobines… Les traîtres, moi, j'les reconnais de suite… Quand on pense à nos gars qui se font crever la paillasse…

— Il y a du monde ici, le soir ? Au *cabaret* ?

— Ça ! Pour sûr. Mais des honnêtes. Et puis des Angliches. Et puis des Canadiens, aussi, à ce qu'il paraît. Moi je n'les r'connais pas. Pour moi c'est tout de l'Angliche.

— Il ne vient que des *Angliches,* ici ?

— Eux, on a le droit de leur servir, rapport à la gendarmerie ; enfin, rapport à vous autres ! Et puis ceux qui cantonnent par ici n'ont plus le droit de prendre leur permission sur le plateau. Ça fait bien deux mois de ça…

— Donc personne de suspect ?

— Rien que du civilisé… Enfin, rien que du civil ! À part ces Angliches que j'vous dis.

— Bon. Je peux parler un peu avec vos filles, là ?…

— Ben tant que vous voulez. Elles vous diront rien d'autre que moi...

Delestre s'accroupit entre les filles qui essoraient toujours. Il ressortit ses photographies. Non, elles n'avaient pas vu ces têtes-là. Delestre perçut une hésitation chez l'une des deux. Elle avait gardé les yeux fixés sur l'une des photos, un tout petit peu trop longtemps. Le brun aux yeux fiévreux. Les airs d'artiste. *Jansen.*

Delestre agita la photo devant les yeux de la fille.

— Sûre ? Certaine ? Ce gars-là ne vous dit vraiment rien ?

— Rien de rien...

Delestre sentit qu'elle mentait. Il sentit également qu'il ne la ferait plus dévier de sa version. Il connaissait l'entêtement de ce genre de fille, pour toutes sortes de choses. Quelques sous volés. Un bibelot brisé dont elles n'avoueraient jamais la responsabilité. Les hommes. Surtout les hommes. Il essaya avec l'autre. Non, personne de louche ou de méfiant. Il se demanda un instant si elle comprenait les mots qu'il employait. Oui, elle était là aussi, le soir *à cabaret.* Elle servait les chopines et le reste. Et puis elle aussi dansait un peu le *fraîche cancan.*

François Delestre revint vers la grosse femme qui le regardait interroger ses bonnes. Elle faisait semblant d'écosser des pois tout en fixant le gendarme.

— Vous avez eu du monde à l'hôtel, ces temps-ci ?

— Hôtel ! Vous m'parlez d'un hôtel ! Disons qu'on a deux chambres, qu'on loue de temps en temps...

— Et ces jours-ci, madame Boquet ?

— On a eu des voyageurs. Quelques-uns. Et un couple de bonnes gens, des vieilles gens d'Abbeville qui descendaient voir du monde.

— Ces voyageurs, quel genre ?

— Des employés de commerce, j'crois bien. Et puis des docteurs. Pas de soldats ni de sales têtes de lâches...

— Rien qui ressemble à ceux que je vous ai montrés ?

— Non. Tous des bonnes gens... Pas causants, mais de bonnes gens. Et tous bien plus vieux que les vôtres.

Delestre se leva. Il arpenta quelques minutes l'endroit. L'estrade de bois rugueux, les tables et les chaises renversées ; *les chopines et le reste* ; ces soirées cabaret qui respiraient l'embuscade et la canaille. Pour la première fois depuis Amiens, Delestre sentait leur piste. Il était à peu près sûr qu'ils étaient venus là. Le Chien de sang demanda à voir les deux chambres à louer. Y ouvrit quelques tiroirs, flaira des oreillers et des rebords de chevet. Finalement, il prit congé et ressortit de l'Oiseau-Bleu.

« Tous bien plus vieux que les vôtres », laissa-t-il résonner dans sa tête. La femme ne mentait pas. Pas sur ça, en tout cas. Possible que ces Boquet vendent de l'alcool aux soldats, au prix fort et contre tous les décrets des autorités militaires. Possible aussi qu'il y ait dans ce caboulot, aux dernières heures du cabaret, des prostitutions discrètes. Tout ça n'était pas de sa mission. Mais ses deux gars, oui, ça le concernait. *Plus vieux* que les siens ? La guerre n'arrange pas les visages, savait-il. Ces deux-là ont traversé la France dans tous les sens, et se sont battus sur tous les fronts. Ils manquent de sommeil, de nourriture. Ils ont vu tomber les bombes et faucher la mitraille. On ne vieillit pas de la même manière qu'à l'arrière quand on fait la guerre depuis quatre années, dans la boue, le froid et la pourriture des postes avancés. Et qu'on a abandonné sa compagnie depuis cinq jours, avec la police militaire qui vous souffle dans les reins.

— Vous savez quoi, madame Boquet ? Je vais vous en louer une, de vos chambres. Pour la nuit prochaine.

Delestre s'installa dans une des deux chambres de la cour. Il quitta ses godillots de gros cuir et ses chaussettes chinées. Il plia son paletot tabac et s'allongea sur le lit. Le plafond s'écaillait. Les murs couleur potiron semblaient taillés dans du vieil os poli par les siècles. Il ferma les yeux et essaya de retracer la course de ses deux gars, entre Dommartin et cette chambre où il était couché. Oui. Il les sentait, plus fort que jamais. La fille mentait. Elle avait vu Jansen. Et sans doute, elle lui avait parlé. Ils pouvaient avoir été là. Dans ce lit même. Une ou deux nuits plus tôt ? Ils avaient de l'avance, mais il était déjà après eux. Juste derrière. Il évoqua mentalement le panneau sur le mur du café. Le carrefour. Oui, il était *juste* après eux. Restait à choisir la bonne des quatre routes.

Il dormit jusqu'au soir, dans la petite chambre de l'Oiseau-Bleu. Il avait laissé la fenêtre grande ouverte et des bourdonnements d'insectes emplissaient la chambre. Dans l'après-midi, les deux bonnes du matin vinrent se coller aux volets et regardèrent le dormeur, en pressant leurs bouches pour ne pas rire. Parfois, il s'éveillait quelques instants, pour recadrer son rêve. Il était sur leurs talons. Il dessinait dans sa tête des cartes – sans cesse reprises – des itinéraires possibles. Il confrontait leurs tracés aux plans d'état-major qu'il avait consultés à Amiens, et dont il aurait pu reproduire de mémoire chacun des détails, à main levée.

D'autres fois, au cours de l'après-midi, il laissa son subconscient modifier les traits de ses deux fuyards. Comme ces personnages de carton qu'on affuble de déguisements et d'accessoires, il leur faisait essayer lunettes, perruques, moustaches postiches. Rectifiait mentalement une mèche de cheveux, une ride d'expression qui corrigeait un visage. Il replongeait dans le sommeil. Il était apaisé. Il avançait. À quelques pas devant lui, les ombres chinoises de Vasseur et de Jansen s'affolaient, comme les lucioles accélérées du cinématographe. Il n'aurait bientôt qu'à tendre la main pour saisir leurs cols.

Delestre se leva après sept heures. Un brouhaha emplissait l'air. Des bruits de vaisselle et des rires. Les buveurs et les noceurs avaient commencé à prendre possession du café. Il se chaussa, mouilla ses cheveux et les ramena en ordre vers les tempes.

La salle du matin était déjà bien garnie. Des hommes en groupe, des travailleurs indispensables de l'arrière, des laboureurs et des embusqués faisaient tinter leurs chopines. François Delestre s'installa dans un recoin, et songea à souper. Boquet, le patron, tint à s'occuper personnellement de lui. « Sans doute, jugea Delestre, qu'instruit par sa femme, il craint qu'un gendarme ne fouille de trop près dans la marche de son établissement. » Boquet se fit exagérément bonhomme, proposa un verre de l'amitié, que Delestre ne refusa pas.

Boquet prit sa commande, tenant à préciser qu'il n'acceptait « ni bons ni jetons », mais que, pour un officier de la gendarmerie, il ferait une exception. Delestre se fit servir une truite au beurre et à la crème fraîche. Un plat de marché noir, sans aucun doute. Une faveur.

Delestre assista au spectacle des fantaisies parisiennes. Il vit à son tour la cavalcade des amazones en guêpières d'opérette et subit la musique étourdissante des cuivres. Aux entractes, il posait quelques questions en se dandinant entre les tables. D'une des serveuses qu'il interrogeait, il eut une réponse qui lui donna comme une brève mais vigoureuse décharge de courant électrique. Quelque chose d'agréable et de confondant tout à la fois. Un signal qu'il commençait à bien connaître et ne le trompait pas. Il avait pris la piste, il flairait le vent.

— Deux hommes dans la quarantaine... Polis. L'air fatigué, mais propres. C'est moi qui leur a servi.

— Ici ? Quand ?

— Il y a trois soirs... ou bien quatre. Et ce seraient des soldats déserteurs ?

Delestre observa la femme. Une rousse, aux traits tirés, avec une mèche de cheveux blancs qui retombait de son chignon. Sans répondre, Delestre reprit :

— Vous avez parlé ? Ils ont raconté quelque chose ?

La femme parut se concentrer. Faisait-elle semblant pour lui plaire ou remontait-elle vraiment dans ses souvenirs ? Elle posa son plateau sur un coin de table, essuya ses mains contre son tablier, et dit :

— Des médecins. Pas l'air du tout de déserteurs. Polis comme tout, répéta-t-elle.

— Des médecins ? Ils vous l'ont dit ?

— On voyait bien que c'était des gens comme ça. Des hommes comme il faut, avec de l'instruction et des sous...

— Ils vous ont dit qu'ils étaient médecins ? insista Delestre, d'un ton rugueux.

— Oui. Ils avaient une clinique quelque part sur la côte. À Fort-Mahon, ou à Ault, me rappelle plus...

— Fort-Mahon ? Ou Ault ? pressa Delestre.

La femme reprit son plateau, renifla et lâcha :

— Ne m'rappelle plus. Pour moi, Ault, Quend ou Saint-Val'ry, c'est l'même chose !

Elle fit mine de repartir à son service. François Delestre se leva, la dominant de sa haute taille :

— Ces gars-là sont des canailles... Capables de tout. Ils ont zigouillé un gendarme, à Amiens.

La serveuse planta ses yeux dans ceux de Delestre. Elle aboya presque :

— Ce ne sont pas les miens. Les miens sont des hommes comme il faut. Bien rasés. Et polis comme tout, dit-elle une dernière fois en tournant les talons.

François Delestre n'insista pas. Comme la fille du matin, elle se ravisait. Tous ces gens détestaient les gendarmes, bien plus que les lâches et les déserteurs. Il se rassit et s'abandonna à ses filets de truite et aux fantaisies parisiennes. La gamine du matin, celle qui avait un œil mangé par le glaucome, levait la jambe avec sa camarade, mains aux hanches et pleine de vie.

« Et puis des docteurs. Pas de soldats ni de sales têtes de lâches... », avait raconté la grosse Mme Boquet un peu plus tôt. « Des médecins. Pas l'air du tout de déserteurs », venait de confirmer la femme à la mèche.

Sans aucun doute les mêmes. Ces gars-là avaient réussi à se fondre dans le décor. S'étaient enfoncés dans la masse de l'arrière. Parmi tous ces traîne-bûches, ces fainéants et ces malins qui s'étaient planqués dans la vie civilisée en adaptant leur rôle à la situation. Ses deux bonshommes devaient avoir soigneusement préparé leur affaire. Il ferma les yeux. Le plaisant tableau qu'il avait dressé de la situation – tout à l'heure dans la chambre jaune, sous les bruissements d'abeilles et le vol sourd des bourdons – semblait brusquement se faner. La piste se refermait. François Delestre essaya de convoquer à nouveau les ombres chinoises de ses deux fugitifs, ces silhouettes si proches quelques heures plus tôt : elles avaient pris le large, noyées dans l'obscurité qui tombait, de plus en plus dense, songea-t-il, soudainement découragé.

Delestre sortit son carnet de toile grise et se mit à écrire :

« Traces. Possibles. Vers la mer. Ou au sud ? Qu'est-ce que c'est que cette histoire de médecins et de clinique ? La gamine les a vus. Sûr de sûr. Et l'autre bonne femme aussi. Je me demande si je n'aurais pas préféré tout simplement que mes gaillards soient ces deux décapités de Picquigny, avec leurs plaques-carottes ! Ces deux s'y entendent en tout cas pour – si j'ose dire – changer de tête. »

Au milieu de ses rêves, cette nuit-là, il était pourchassé lui-même par deux médecins d'opérette, en gibus et plastrons immaculés.

19

Soupçons

— Vous avez de drôles de musettes pour des docteurs... On dirait de grosses besaces de soldats.

Nelly Voyelle les avait surpris. Ils rentraient après midi d'une « visite », comme avait dit Vasseur, au village, en bas dans la vallée. Ils avaient multiplié les précautions, passant par les talus et les chemins forestiers, dévalant des côtes herbeuses, se guidant au clocher qui perçait la cime des arbres. La grande rue était parfaitement dégagée. Tout dormait, ici. Il n'y avait ni gendarmes ni habitants. Ils avaient fait un large tour de bourg, ne croisant que du bétail et une femme menant ses veaux en leur tapant sur le cul avec une badine de cuir tressé.

— À quoi bon traîner par ici ? avait conclu Vasseur. À se faire marquer par un mouchard et dénoncer avant le soir ?

Ils avaient décidé de remonter par les bois, s'infligeant une lourde marche par les pentes de la vallée. Ils arrivaient en vue du domaine quand Nelly Voyelle déboucha à bicyclette, comme le premier jour où ils l'avaient aperçue, cachés dans les écuries. Elle portait son fichu rouge sur les épaules et avait brutalement freiné dans la poussière de l'allée.

Aux mots de Nelly Voyelle, les deux hommes se regardèrent, comme figés par un courant électrique. « Galvanisé », songea Jansen.

— Rien de plus pratique que ces bagages-là, riposta Jansen, sur un ton trop défensif à son goût. On y range ses trousses et son ordinaire mieux que dans une valise...

— Et vous y rangez votre avoine pour la route, aussi ? pouffa la gouvernante. On dirait bien ces sacs que l'on pend au nez des mulets !

En riant, elle se remit à pédaler et disparut entre les ormes, son fichu perdant de sa couleur au fur et à mesure qu'elle s'éloignait.

Sur la grande pelouse, ils trouvèrent Mathilde et son père, allongés sur des méridiennes de toile, occupés à boire des citronnades dans l'ombre du cèdre. Mathilde leur fit un large geste du bras, les invitant à les rejoindre. Ils s'assirent dans l'herbe tiède, tâchant instinctivement d'escamoter leurs musettes, contre lesquelles ils s'appuyèrent.

— Alors, en tournée, messieurs ? lança de Givrais, l'air patelin.

Vasseur et Jansen partirent d'un gros rire empoté, et Vasseur répondit :

— Les patients attendront encore un peu. J'interdis à quiconque de mourir avant que nous ayons ouvert !

— Toujours pas de télégraphe, alors ?

— Non, répondit Jansen. Nous avons traversé un désert piqué d'un clocher, plus bas dans la vallée. Pas plus de monde qu'à bord de la *Mary Celeste*...

— Arrêtons avec ces histoires sinistres, coupa Mathilde de Givrais. Il y a assez de morts et de disparus dans notre époque pour ne pas aller chercher ceux des autres siècles... Ah ! Voilà Nelly. Si nous avons de la chance, elle ramène du beurre et du lard !

— Et une belle tarte aux œufs, fit Nelly Voyelle en poussant sa bicyclette vers son abri. Nous aurons un bon souper.

Elle emporta son vélo vers l'aile gauche où s'ouvrait une remise, et s'enfonça dans la grande demeure, auréolée de lumière.

— Nous nous retrouverons pour l'apéritif, annonça Mathilde. Papa souhaite que nous levions nos verres à l'avancée de nos troupes. Messieurs, Français et Anglais remontent vers Saint-Quentin. Dans quelques heures, ils marcheront sur la ligne Hindenburg.

— D'où vous viennent ces nouvelles ? demanda Vasseur, sceptique.

— Tout le monde en parlait à la messe pour l'Assomption de Marie, ce matin.

Vasseur fit une moue, qui semblait dire toute la confiance qu'il accordait à ce type de bavardages.

— L'état-major boche au grand complet a présenté sa démission au père Guillaume, ajouta de Givrais. Qui l'a refusée... La partie continue, messieurs. Mais nous boirons quand même...

— À nos morts, alors ! tonna Vasseur.

— À la France ! fit de Givrais, du même ton martial.

À peu près à l'heure prévue, Jansen entrait dans le vestibule et entendit les voix dans le grand salon. Celle, sèche et réprobatrice de Mathilde. Et celle, plus rauque et colère, du vieux de Givrais. Il s'approcha en tapinois de l'entrebâillement des vantaux et dressa l'oreille.

— En tout cas, voilà deux hommes qui ne semblent plus si pressés de récupérer leurs valeurs, persifla de Givrais.

— Papa ! Vous savez comme tout est rompu. Rien ne marche plus ! Comment voudriez-vous qu'ils fassent pour déplacer leurs fonds ? Qu'ils mettent tout ça dans un panier avec un petit pot de beurre et une demi-badrée ?

— Sans doute. Mais ils sont là depuis une semaine et…

— Cinq jours. Ils sont là depuis cinq jours et c'est vous qui leur avez proposé asile… Faut-il les chasser aujourd'hui ?

— Non. Mais si ces gens étaient des emprunteurs ? Des malins qui ont monté cette fable pour…

— Papa, je ne veux plus rien entendre. Si vous n'avez pas confiance dites-leur de partir, ou alors recevez-les en confiance. Je ne veux pas de ces complots qui…

Jansen entendit une porte claquer dans son dos. Il décida d'entrer, d'un pas vif qui proclamait sa loyauté :

— On parle de complot ici ? Qui sont les comploteurs ? Des Allemands ou des espions français du Kaiser ?

Il affichait une mine joyeuse et désinvolte. Mathilde le dévisagea une seconde et se relâcha, en soufflant bruyamment.

— Monsieur Malka, fit-elle. Entrez ! Où est… où est M. Vally ? Je suis toute prête à mourir de soif.

— Eh bien, je suppose qu'il arrive. Il me semble avoir entendu une porte quand j'étais dans l'escalier. Tenez, le voilà !

Nelly Voyelle apporta un plateau garni de coupes. Elle laissa de Givrais ouvrir la bouteille de bourgogne. Il approcha le goulot de son nez et en huma les arômes.

— Minéral ! Absolument minéral, articula-t-il de sa voix dentale qui faisait bouillonner quelque chose dans l'intérieur de ses joues.

« Absolument écœurant », pensa Jansen, en saisissant la coupe que lui tendait Mathilde.

— Il y a non loin, affirma abruptement de Givrais, une agence de télégraphie, que je crois en bon état de service...

Les quatre autres le regardèrent, sans un mot.

— À la ville d'Eu... Je suis presque sûr qu'elle fonctionne, nous y faisons passer les ordres pour la verrerie. Le 1er août encore, j'y ai fait établir une commande de manganèse pour les grands flacons...

— La ville d'Eu ? fit Jansen, d'un air interrogatif.

— Un chef-lieu, au bout de la vallée. D'ailleurs, on y a installé un poste de radiologie dans le château qui sert d'hôpital depuis la guerre... Vous y reconnaîtriez sans doute quelques confrères.

— Eh bien, fit Vasseur, en hésitant. C'est une bonne nouvelle, mais...

— Mais ? coupa de Givrais.

— Je me demandais en remontant, tout à l'heure... Nous évoquions, M. Malka et moi, l'opportunité de repousser...

— Vous renoncez ? grinça de Givrais.

— Non. Pas du tout. Simplement Malka et moi, nous pensons que le moment n'est plus le meilleur pour acheter cette clinique, reprit Vasseur.

Jansen fixait intensément le vieillard. À la lumière de ce qu'il avait saisi en pénétrant dans le hall, tout à l'heure, cette dérobade de Vasseur allait enflammer ses soupçons. Les condamner, peut-être. De Givrais poursuivait, de sa voix chicanière :

— Vous sembliez si empressés de...

— Vos informations de la messe du matin m'ont donné à réfléchir, mademoiselle... Si l'Allemand est acculé, il va chercher à nous écraser du plus qu'il peut avant de mourir lui-même...

— Quel rapport cela entretient-il avec vos projets médicaux, messieurs ?

Marquant une pause, de Givrais regarda chacun des deux hommes, bien en face, un sourire à peine esquissé aux lèvres, et ajouta :

— Si c'est une question d'argent, je pourrais toujours m'associer à votre combinaison et compléter un peu votre capital ?

Jansen sentit le piège. *Des emprunteurs*. Des escrocs, voilà ce qu'était tout près de penser de Givrais. Il ouvrait la porte à une sollicitation. Pour lever le doute.

— Nous n'avons besoin de rien, trancha abruptement Jansen. Notre capital est complété. Votre hospitalité est déjà un grand secours dans cette incertitude.

Il jeta un coup d'œil à Vasseur, essayant de l'inciter à jouer à son tour le jeu du désintéressement. Vasseur comprit. Il ajouta, d'une voix posée :

— En effet. Je vous l'ai dit déjà : nous avons sans doute plus qu'il ne faut pour acquérir. C'est autre chose.

— Laquelle ? demanda Mathilde, inquiète.

Nelly Voyelle, légèrement en retrait, se crispa pour entendre mieux.

— Pour vous répondre, et à vous aussi monsieur : ce qui se passe a un grand rapport *avec nos projets médicaux*... Les Allemands ont mis fin aux bombardements sur Paris, vous nous en avez fait la lecture aux repas, expliqua Vasseur, du ton d'un savant qui développe une idée complexe. Si ce que vous nous avez appris tout à l'heure est vrai, alors cela signifie qu'ils vont bientôt pilonner ailleurs avec leurs grosses pièces de 750 tonnes. Malka et moi, nous savons qu'ils en ont placé déjà autour de Péronne. Nous les avons vus se mettre en position lorsqu'ils nous ont botté le train à la fin du mois de mars.

Vasseur marqua une pause, ménageant son effet.

— Et de là, avant qu'on soit à nouveau sur eux, ils vont couvrir toute la côte. S'ils ont déplacé les canons qui tiraient sur Paris, ils vont balayer tout le littoral. Et ensuite, ils vont remonter les barrages jusqu'à notre front, rasant impitoyablement nos arrières.

— Oui, confirma Jansen, c'est la seule chance qu'il leur reste, prendre à revers nos armées avec leurs 380. Ils vont essayer de nous aplatir, entre la mer et leur première ligne. Les Anglais, les Américains et toute notre 1re armée...

Nelly Voyelle, qui avait connu les morts ensevelis de Paris au printemps, se mit à trembler.

— Alors, fit Vasseur, je ne vais pas jeter aux mouettes nos quatre-vingt-huit mille francs comme ça... Télégraphe ou pas, nous n'allons pas mettre tout notre argent dans une clinique qui va peut-être cesser d'exister avant d'avoir reçu ses premiers blessés. J'achète mon gagne-pain pour les trente années qui viennent. Malka aussi. Et ça ne se joue pas sur un coup de dé. Ou sur un malheureux coup de canon...

Vasseur marqua de nouveau une pause. Il but une gorgée de bourgogne, claqua la langue et conclut :

— Parfois, il est urgent de ne rien faire...

De Givrais s'inclina, posant une moue convaincue sur son museau de fouine. Mathilde avait pâli. Nelly Voyelle tremblait toujours. Le vin dans sa coupe s'agitait comme une grande marée.

« Bon sang, quel comédien ! jugea Jansen, l'œil rivé sur son camarade. Il a dû en rouler du monde avant la guerre. »

Les deux jours qui suivirent furent difficiles pour Adrien Jansen. Il avait du mal à dissiper son anxiété vis-à-vis des soupçons du vieux M. de Givrais. Si celui-ci avait semblé convaincu après que Vasseur eut parlé, il avait dès le matin retrouvé une mine sombre et farouche de suspicieux. Jansen avait l'impression d'être observé à chaque fois qu'il se trouvait en présence du vieil homme. Celui-ci le regardait de biais, comme on l'eût fait pour surveiller un cachottier ou un intrigant. Mathilde même semblait l'éviter. Elle s'était inventé mille tâches pour s'échapper. Un fournisseur à régler dans une lointaine bourgade, une visite à une parente piquée par une abeille et d'autres contraintes du même acabit. Elle enfourchait la bicyclette de Nelly Voyelle à tout bout de champ et s'évaporait par l'allée des ormes. À peine avait-il échangé quatre mots avec elle au sortir du petit déjeuner, qu'elle avait soin de prendre au plus tôt du matin, avant qu'il ne soit levé. Ils étaient loin du temps pourtant tout proche des *Mathilde* et des *Adrien*. Est-ce qu'elle avait été gagnée par les doutes de son père ? Les partageait-elle, désormais ? Ou bien s'étaient-ils trahis par un détail, comme ces musettes qui avaient fait rire Nelly Voyelle ? « C'est le lot des menteurs, pensait sans cesse Jansen. Tout semble nous trahir. Tout pèse comme fonte. »

Un soir, Jansen remarqua que Vasseur avait bu. Il s'était présenté en retard au souper, et ne toucha presque pas à son assiette, se servant et se resservant de frênette, cherchant à apaiser une soif qui semblait insatiable. Son teint était livide ; des marques rouges ressortaient pourtant, au milieu de son front. Ses maxillaires s'agitaient nerveusement. En entrant, il ne titubait pas. Vasseur ne titubait jamais. Sa voix était ferme, mais son regard et le ton sarcastique dont il se mit à user tout au long du repas ne faisaient aucun doute : il avait bu et largement. Jansen essayait de se calmer en grignotant du pain d'orge. Il en subtilisait morceau sur morceau, qu'il dévorait littéralement.

Brusquement, alors que Mathilde de Givrais racontait un épisode d'un de ses lointains périples à vélo, au fond des campagnes, Vasseur posa ostensiblement ses deux coudes de chaque côté de son assiette, à laquelle il n'avait pas touché, et, s'aplatissant grossièrement contre la table, il fixa la jeune femme, d'un regard enfiévré de fauve. Celle-ci, tout à son anecdote, ne le remarqua pas :

— ... mais de loin, poursuivit-elle, enjouée, parlant précisément à Nelly Voyelle et presque entièrement tournée vers elle, je crus qu'il s'agissait de soldats allemands ! Dans la lumière du couchant, leur uniforme m'avait confondue. C'étaient des militaires canadiens qui tenaient un barrage, juste auprès du moulin de Saint-Maxent ! Ils ont été d'un prévenant ! Et ils parlent français, comme vous et moi. Avec un accent étonnant.

— Français ? lança Nelly Voyelle. Comme nous tous ?

— Oui, un français, comment dire... chantonnant ! Ils ont été d'une grande gentillesse et m'ont offert ces coquelicots-candy que je vous ai montrés.

Vasseur ricana, sans rien changer à son attitude avachie. Mathilde le remarqua. Elle tourna la tête vers lui, interrogative. Sans préavis, il lâcha, d'une voix brutale :

— Des Allemands ! Vous autres, ici, vous n'avez jamais vu la couleur d'un Allemand ! Ça fait quatre ans que vous faites dans vos brailles de coton empesé en pensant à eux, mais vous ne les connaissez pas...

De Givrais, qui sommeillait à demi, leva une paupière, sans bien comprendre ce qui se disait. Mathilde blêmit légèrement, se redressa et se prépara à encaisser cette salve qui venait de nulle part. Vasseur continuait :

— Les Allemands ? Vous avez examiné leurs uniformes et leurs bottes dans les dessins des gazettes ; moi, j'ai regardé dans leurs yeux. Au corps-à-corps ! À en avoir la tête farcie de vert-de-gris...

Vasseur fut secoué d'un frisson. Il se leva et quitta le salon. On entendit son pas décroître tandis qu'il remontait le grand escalier.

— Je suis navré, fit Jansen. Vally est... Il a quelquefois ce genre de folies. Le front est sans pitié pour les nerfs des hommes. Il s'emporte parfois, pour un rien... Demain, il aura oublié, ou bien il s'excusera, avec l'air piteux d'un enfant.

— Vraiment ? fit Mathilde, flegmatique. Le docteur Vally n'a rien mangé, j'espère que sa *folie* ne le condamnera pas à l'asthénie...

— Je ne voudrais pas que vous le preniez au sens..., tenta Jansen.

— C'est assez, coupa la jeune femme.

Elle esquissa un sourire en direction de Jansen.

— Nous ne sommes plus dans un monde désormais où les convenances exigent mille excuses et trente-cinq formules empressées de nos invités, persuadés qu'ils ont nécessairement à supporter sans répugnance la moindre de nos manies. Je vous ai dit que ce n'était pas ici une maison où chacun devait rester absolument à sa place.

Elle laissa fuser une sorte de petit rire.

— Eh bien ! Disons que j'ai été servie !

Mathilde coula un regard vers de Givrais, qui était retourné à sa torpeur. Il laissait pendre un bras le long de son corps. Mathilde se leva et reposa ce bras sur le ventre de son père, tendrement. Elle reprit :

— Le docteur Vally est épuisé. L'exposition hasardeuse de votre capital et l'accablement de la guerre sont des excuses suffisantes, docteur Malka. Nelly, voulez-vous aider mon père à remonter ? Je viendrai lui souhaiter la bonne nuit. Vous pouvez rester au salon et boire un peu de liqueur de cassis. Je crois que c'est ce que nous avons ici de plus musclé. Je crois aussi, docteur, que je vais vous accompagner. Figurez-vous que j'adore la liqueur de cassis. Je la trouve... sédative.

Mathilde poussa un long soupir, de ceux qu'on pousse lorsqu'on vient de sortir avec succès d'une tâche périlleuse.

Elle se leva. Adrien Jansen se leva à son tour. Une cascade de miettes d'orge glissèrent de son veston et se répandirent autour de lui, sur le sol. Mathilde fit mine de ne pas remarquer. Elle indiqua la direction des fauteuils, tout à l'ouest du grand salon, dans l'angle de la bibliothèque.

Par deux fois, ce soir, elle l'avait appelé « docteur ». La saison des « Adrien » n'était pas revenue.

20

La reine-des-prés

Ils étaient au domaine d'Ansennes depuis plus de dix jours. L'atmosphère oscillait à la manière d'un vent tournant. Parfois, tout le monde était gai et échangeait des badineries. Un été ordinaire, ponctué de citronnades, de soupers à la fraîche, où les extras rapportés du village par Nelly Voyelle agrémentaient les légumes du potager. D'autres fois, l'air était chargé de plomb, vibrait de tension et de malaise. Jansen essayait de retrouver l'équilibre des premiers soirs, celui qui, estimait-il, leur permettrait de rester décemment au domaine. Il surjouait un certain raffinement avec Mathilde, sans être certain qu'elle en était dupe. Et une courtoisie exagérée vis-à-vis du vieux de Givrais, tentant de l'entraîner sur le terrain des souvenirs et l'incitant à faire le récit de sa vie. Celui-ci restait méfiant. Il éludait. Son côté aristocrate l'emportait et il en restait le plus souvent à des généralités, affectant d'être de ceux qui ne se livrent pas à des étrangers.

— Je n'ai pas l'esprit toujours républicain, monsieur Malka, lançait-il ainsi à tout bout de champ, pour justifier ses retenues. On n'est jamais très républicain quand on est au bout du rouleau, d'ailleurs...

Cette sentence, il devait l'avoir piochée dans le journal cocardier qu'il lisait sans fin les après-midi, et se l'était appropriée. Comme si, de cette seule phrase, il concevait toute une philosophie. Jansen opinait, l'air imprégné. Mais il y repensait, tard le soir et parfois en se réveillant, la nuit : « Qu'est-ce qu'il voulait dire par là ? »

Une trêve semblait toutefois conclue avec Mathilde, qui avait brusquement cessé ses distances. Fanfan, une nouvelle fois, en fut la cause directe. Il tardait à retrouver l'usage de son train arrière, qu'il semblait tirer comme un traîneau lors de ses promenades aux orées des ormes, le matin et au soir tombant.

— Il ressemble à un vieux chien de bois, se tourmentait Mathilde.

Elle en parlait sans cesse avec Nelly Voyelle, n'osant pas entreprendre Jansen directement.

— Et pourquoi ne pas essayer la reine-des-prés ? proposa Jansen. Ses propriétés sont connues depuis des lustres. La reine-des-prés calmera ses douleurs et pourrait lubrifier ses articulations… De toute façon, cela ne pourra pas lui faire de mal.

— Vous en possédez ? lança Mathilde, soudain radieuse.

— Non. Mais les alentours en sont remplis. Vous aurez forcément vu ces grandes feuilles, ces fruits enroulés et ces fleurs blanches, partout où le sol est un peu humide !

— Et vous savez comment l'utiliser, docteur Malka ?

— Bien entendu. Cela fait partie de la pharmacopée essentielle de campagne, fit-il d'un ton distrait.

Toute cette science lui venait du manuel du docteur Heyfelder, merveilleusement traduit en français par le bon docteur Rapp. Il en avait retenu des passages entiers, susceptibles de lui servir.

— Nous pourrions aller ensemble en ramasser, si cela vous dit..., poursuivit Jansen.

Mathilde se redressa. Il semblait que l'air qui lui faisait défaut depuis plusieurs jours s'était soudain engouffré en elle et la gonflait, telle une voile.

— Oh docteur Malka... Adrien, comment vous remercier !

Jansen se leva vigoureusement, et fit :

— Eh bien, venez ! Allons chercher de quoi soigner Fanfan...

Ils étaient partis tous deux dans la chaleur de l'après-midi. S'enfonçant sous les ramures pour gagner au plus vite la prairie qui descendait vers les mares, en direction du village. Aussitôt, Jansen pointa un doigt devant eux :

— Voyez ! L'endroit en est clafi...

— *Clafi* ?

— Oui. Couvert. Farci. Empli. Regardez là ! Et là...

— Oh, ce sont des « herbes à abeilles ! » C'est cela, la reine-des-prés ?

— Oui, allons... Ramassez seulement le haut de la plante. Fleurs, feuilles et fruits. Les fruits sont encore jeunes, mais nous nous en sortirons. La tige ne vaut rien.

Un instant, Adrien Jansen se revit au milieu de sa classe, à Rouen, expliquant d'une voix sûre la botanique et les rudiments de biologie à ses gamins en galoches. Quatre années. Il avait le sentiment qu'une vie avait passé.

Ils se mirent à genoux et emplirent un petit panier de leur récolte. Mathilde s'amusait. La perspective de voir Fanfan retrouver son intégrité grâce à ces fleurs odorantes qu'elle cueillait la transportait de joie. Elle semblait enivrée. Sa main se précipita sur une grappe de boutons au même instant que celle de Jansen, qui visait la même cible. Elle ne la retira pas. Ses doigts, à peine refermés sur la fleur, se laissèrent gagner par la chaleur de Jansen. Celui-ci se figea. Il leva les yeux vers Mathilde, qui ne bougeait pas.

Elle le regardait droit dans les yeux, immobile.

— Chhhh... Ne dites rien, fit-elle, toujours sans remuer un cil.

Les doigts de la jeune femme s'étaient refermés sur la main de Jansen.

Ils restèrent ainsi quelques secondes. Jansen la fixait ; elle avait fermé les yeux, se laissant aller à ses rêves ou à son simple bonheur de l'instant.

Elle retira enfin sa main. Ouvrit les yeux.

— Eh bien ! Allons nous occuper de Fanfan, fit-elle en se relevant, lissant l'arrière de sa longue jupe et tendant l'autre main pour aider Jansen à se remettre debout.

Ils avaient rejoint la cuisine. Nelly Voyelle y découpait une volaille qu'elle avait achetée à un paysan. Un gros coq, au moins aussi vieux que la guerre, qu'elle envisageait de faire mijoter toute la nuit prochaine dans un bain de bouillon et de thym.

— Dix à douze heures de casserole lui rendront toute sa souplesse !

Jansen n'osa pas faire le rapprochement avec la cuisine qu'ils allaient eux-mêmes entreprendre pour tenter de rendre sa souplesse à Fanfan.

— Tisanes répétées et compotes, expliqua-t-il. Nous allons attaquer sur plusieurs fronts. Interne. Et par l'extérieur. Apportez-moi un peu d'alcool blanc : nous allons préparer aussi une lotion pour masser son dos...

Nelly se mêla à l'entreprise, gaie comme un pinson, aussi enthousiaste que Mathilde à se livrer à un jeu dont elle ignorait tout. Ils passèrent deux heures en cuisine, à cuire, écraser et filtrer les chairs et les sucs de la plante qu'ils avaient rapportée. Une forte odeur de vanille et de saule emplissait l'air.

De la porte, Vasseur regardait ce ballet virevoltant, riant, caquetant, qui maniait louche et poêlon dans un nuage parfumé. Il s'en retourna dans le grand salon, où le vieux de Givrais s'était installé, son journal sur les genoux.

— Qu'est-ce qui se passe là-dedans ? demanda-t-il.
— Un sabbat... On cuit un coq avec des herbes de sorcières et de la vanille Bourbon.

— Que lisez-vous ? demanda Jansen alors que Mathilde de Givrais, le lendemain après souper, s'était tassée dans un fauteuil, sous la grande lumière électrique, à l'autre bout du salon.

Mathilde leva les yeux de son livre. Elle était charmante depuis la veille. Depuis qu'ils avaient cuit, laissé reposer et tamisé la « confiture » de reine-des-prés, et mis dans un petit flacon la lotion parfumée. Ils en avaient copieusement enduit le dos et le train arrière de Fanfan, et, au matin, il était venu l'accueillir au bas des marches, en gambadant. Mathilde, derrière lui, se tordait les poignets de bonheur. Elle s'était jetée sur Jansen et l'avait embrassé, bruyamment, sur la joue.

— Oh, un roman... *Madame Gosselin*, de Louis Ulbach. C'est sans malice et ça se lit bien. Pour l'instant. Je viens de le commencer...

Jansen chaussa ses lunettes Morez, *en corne blonde*, et jeta un coup d'œil sur la couverture que Mathilde lui présentait. Elle lui tendit l'ouvrage, après avoir marqué sa lecture. Jansen fit mine de parcourir au hasard les pages, s'arrêtant ici et là pour lire un paragraphe. Il fit une moue.

— Oui, cela se laisse lire...

Il n'en pensait pas un mot : le style mélodramatique et les échanges futiles, ponctués de descriptions accablantes, lui rappelaient d'anciennes dictées qu'il avait données à sa classe. « Décidément, me voilà redevenu maître d'école », pensa-t-il.

— Vous me le prêterez, lorsque vous aurez terminé, fit Jansen, feignant malgré tout l'intérêt.

— Bien sûr, avec plaisir.

Jansen se replia dans l'autre partie du salon. Vasseur et de Givrais trempaient des sucres dans leurs verres de calva, en devisant comme deux notaires en leur étude.

« Il n'y avait donc pas que de la liqueur de cassis à boire, dans la maison », songea-t-il.

Jansen se leva d'un bond. On avait frappé à sa porte. Ou bien, tout contre sa tempe, sur la cloison de sa chambre, à la tête de son lit. Une vague phosphorescence bleutée flottait dans la pièce, apportée par la fenêtre ouverte sur la nuit. Il distinguait les contours de quelques meubles et objets. Un fauteuil avachi sous un grand cadre, qui découpait un carré plus sombre sur le papier peint ; le valet supportant son veston, pareil à un épouvantail dressé dans l'ombre. Dehors, le silence étrange de la campagne était percé par les bruits de gorge des grenouilles, dans les marais voisins. Des animaux glissaient dans le grand cèdre, tout contre la façade, oiseaux ou rongeurs. Debout contre son lit, les cuisses battant contre son matelas, Jansen épiait les ténèbres. Le froid était intense. Comme si la nuit apportait une saison différente sur l'endroit, une saison glacée et terrifiante. Il dressa l'oreille. Oui. Il lui semblait entendre une respiration derrière le bois de sa porte. Mathilde, la somnambule ? Il attendit quelques minutes. Il ne se passait rien. Il gardait les yeux fixés sur la clenche, s'attendant à la voir tourner et dévoiler la perspective du couloir. Il ne se passa rien. Ou plutôt, si : la respiration était là, profonde et rugueuse à la fois. Il lui sembla entendre qu'on respirait – non, *qu'on soufflait* – à travers sa serrure. Comme si quelqu'un cherchait à y infiltrer une haleine délétère, malsaine et corruptrice. La pulmonaire ! Il en était sûr. Mathilde de Givrais se tenait dans le couloir, tout contre sa chambre. Inspirée par des pensées brumeuses et se déplaçant sans volonté, à travers son sommeil dissocié. Il crut sentir, venant de la serrure, un vent chargé de miasmes. Il allait se jeter sur la porte et l'ouvrir, quand la sensation de froid intense le balaya à nouveau. Il se rappela quelques lignes qu'il avait lues dans un ouvrage à six sous : « Les fantômes se signalent par la sensation d'un souffle glacé, un vent absolument pénétrant qui les précède ou qui les suit... » Fantômes ou pas, le froid lui pinça le nez et le fit éternuer. Une fois, deux fois, le faisant fléchir le torse et rechercher son souffle. Il entendit vaguement un bruissement derrière sa porte. Il s'avança et l'ouvrit. Rien. Ni d'un côté ni de l'autre. Pas de forme blanche glissant sur les parquets, à quelques pouces du sol. Pas de lueur insolite, ni de brume ou de vapeur errante. Le froid lui sembla même moins vif que dans sa propre chambre. Tout au bout du couloir, une large baie ouverte sur l'est et les bois annonçait l'aube, dans une vague clarté laiteuse.

Jansen se recoucha. Le sommeil ne revenait pas. N'y avait-il vraiment *rien* derrière la porte, là où, il en était quasiment sûr maintenant, il avait entendu un soupir cherchant son rythme ?

Ou simplement, *plus rien* ?

Au matin, Mathilde avait déposé près de son bol un exemplaire de *Madame Gosselin*. Elle était juste en face de lui, assise à sa place, ayant achevé sa tasse de cacao ou de racahout des Arabes, les mains paisiblement posées de chaque côté de son bol. Elle le regardait, bienveillante.

— Figurez-vous que j'ai trouvé un second exemplaire de *notre* livre ! Une manie de grand-père : il achetait souvent ses lectures par paires, comme ses verres de lunettes. Il en avait ainsi toujours un sous la main, qu'il soit en haut ou en bas... J'ai pensé... que nous pourrions le lire ensemble ! Je n'en suis qu'au tout début et vous m'aurez vite rattrapée.

— Oui, pourquoi pas, fit Jansen, dans un sourire, en feuilletant l'ouvrage sans en regarder les pages.

Il fixait Mathilde de Givrais. Qu'est-ce qui n'allait pas chez elle ? Physiquement, pensa-t-il, il y a quelque chose qui cloche. Il s'était déjà fait la réflexion lorsqu'il avait observé la jeune femme, le premier soir, à table. Mais n'avait pas réussi à trouver. Mathilde avait un joli visage, un peu étroit et un peu trop pâle. Elle était d'une taille au-dessus de la moyenne.

Ses bras, qu'elle découvrait l'après-midi dans les ombres du jardin, étaient fins, mais semblaient fermes. Presque robustes, comme ceux d'un adolescent qui n'a pas encore tout à fait pris son corps et qui n'en a développé que certaines parties. Les hanches, proprement inexistantes. Jansen remonta. La poitrine était un peu creusée par la maladie qu'avait évoquée son père au souper, mais les épaules, bien droites, lui donnaient un port plein de coquetterie, sans doute involontaire. Ça y était. Le port... Jansen venait de voir ce qui n'allait pas tout à fait dans l'allure de Mathilde de Givrais. « Elle a un long cou de cygne, trop mince ou trop étiré, qui fragilise encore un peu plus son aspect. Ce cou se perd entre les omoplates, dans un relief osseux tendu de peau blanche qui fait d'elle, pensa Jansen, la victime parfaite d'un étrangleur. Ou bien d'un égorgeur. »

— C'est profiter deux fois d'une lecture que d'en parler avec quelqu'un, pontifia Jansen, cherchant à effacer les pensées qui venaient de le traverser.

En coin, il regardait Mathilde. Elle paraissait apaisée, heureuse, presque. En tout cas, joyeuse. Il examina son profil, cherchant à le faire coïncider avec celui de la chose qui avait peut-être respiré affreusement tout contre sa porte cette nuit-là. Impossible. À moins que le somnambulisme ne soit une monstruosité sans nom, capable de transformer les êtres et les choses en hideuses anomalies de la nature.

21

Le pavillon

Les deux hommes passaient désormais peu de temps ensemble. Les jours qui suivirent l'expédition botanique, Adrien Jansen ne croisa pour ainsi dire pas une seule fois Vasseur.

Tandis que lui-même descendait chaque jour en fin de matinée explorer la vallée, prudemment, en croisant au large des bourgs qui s'y nichaient, Vasseur, de son côté, quittait la demeure de bon matin, avec du pain et quelques fruits que lui préparait Nelly Voyelle. Il prenait l'allée des ormes et se perdait dans les bois, marchant vers le nord-est. Ses pensées restaient tournées vers l'estuaire et, instinctivement, il en prenait la direction. Prudemment, il s'était approché du village à l'entrée duquel – près d'un mois plus tôt – ils avaient vu le barrage de gendarmes et s'étaient enfoncés dans la forêt. Maintenant, l'été finissait et la guerre n'existait plus par ici. On disait que les Américains entraient dans l'armée boche comme un coin dans un bois tendre. Les Britanniques et les Français, avec leurs tanks, les repoussaient loin vers le nord, et, sous peu, toute l'armée allemande serait enfermée dans une nasse entre Sedan et la Belgique. Il ne resterait bientôt plus qu'à tirer sur les cordons, et Guillaume II n'aurait plus qu'à se terrer dans quelque terre lointaine.

Vasseur se risqua à des marches de plus en plus longues. Il poussa sur le plateau, loin vers l'intérieur. Couchant deux nuits au moulin de Saint-Maxent, s'achetant un nouveau paletot et un pantalon propre au marché à réderies d'Huppy. Indéniablement, il prenait de plus en plus de risques, fréquentant assidûment les cafés et les gargotes que les soldats avaient laissés dans leur sillage, encore pleins de gnole et de filles. Cette fois, il avait emporté ses sauf-conduits et son revolver. Son gros couteau de tranchée battait contre sa cuisse, dans son fourreau de cuir. Il avait envie d'en découdre. Avec qui, il s'en moquait. Cette vie semi-végétale dans le domaine d'Ansennes le rendait furieux. En prenant l'allée des ormes, l'avant-veille au petit matin, il avait décidé de ne pas revenir. Sur l'argent commun, il avait confisqué cent vingt francs, abandonnant le maigre reliquat à Jansen. Il se débrouillerait bien. « Avec les yeux de biche qu'il fait à la tubarde à chien-chien, il n'aura aucun mal, jugeait Vasseur, à se faire entretenir comme un petit marquis. Le père, ricana-t-il, ce serait autre chose. » Celui-là pouvait à tout instant les trahir et convoquer les gendarmes pour les faire saisir.

Après Huppy, il avait coupé par les grands pâturages, à main gauche, qui filaient vers la mer. Celle-ci ne devait pas être à plus de vingt-cinq kilomètres. Une journée de marche prudente. « Adieu la clinique et les bonnes sœurs », avait-il décrété ; il avait jeté sa fable aux oubliettes. Il songeait maintenant à gagner l'Angleterre. Là-bas aussi on allait manquer d'hommes et il faudrait combler les trous béants dans la pyramide des âges. Là-bas, il allait chercher de l'ouvrage et une veuve. Il quitterait sa panoplie grotesque de médecin et redeviendrait ce trésorier attentif du ministère des Colonies. Il connaissait bien les traités maritimes, les droits internationaux et les parités monétaires. On ne le laisserait pas chômer longtemps. Et puis, qui viendrait le chercher là-bas ?

Il avait abandonné les plateaux du Vimeu pour plonger vers le fleuve. L'après-midi allait s'achever. Devant lui, le soleil bas lui brouillait la vue, accentuant les contrastes végétaux et dramatisant chaque relief. Il ne les vit pas venir. Au détour d'une butte, sur le chemin d'ornières sèches, ils furent soudain face à face. Deux noirauds de gendarmes et un cavalier de l'artillerie. Une fourragère chargée de caisses de munitions suivait le cheval couvert de poussière. L'ensemble ressemblait à un tableau impressionniste, tout en taches et nuances, dans un contre-jour qui estompait les formes. Vasseur aurait sans doute pu continuer son chemin, peut-être même sans saluer les militaires, engoncés dans leur causerie. À peine d'ailleurs le remarquèrent-ils, passant à deux mètres d'eux. Vasseur croisa le regard éteint du cavalier. Rien ne se produisit. Les hommes n'avaient pas échangé un mot. Vasseur alors se retourna, le revolver modèle 92 à la main droite, pointant les silhouettes qui s'éloignaient déjà. Dans trois ou quatre secondes, elles auraient disparu derrière le creux de la butte qu'il venait de franchir. Sans qu'il l'ait sentie monter, sa colère était là, brutale, glacée, terriblement dangereuse.

— Hé, les gars ! cria-t-il, d'une voix pleurnicharde.

Les trois hommes se retournèrent, dans un mouvement parfaitement synchronisé. Vasseur eut le sentiment qu'ils étaient à peine étonnés de voir un revolver d'officier pointé sur eux.

— Salopards d'embusqués ! hurla-t-il en tirant.

Le cavalier, atteint en pleine tête, fit une culbute par-dessus les oreilles du cheval. Les deux gendarmes, éberlués, tentèrent d'extraire leur arme de l'étui agrafé à la taille. Vasseur tira encore, quatre coups. Deux pour chacun. L'un reçut deux cartouches, au menton et au cou. Deux fontaines de sang jaillirent pendant que l'homme basculait en arrière, en rauquant. L'autre reçut les balles en plein front. On vit distinctement se marquer les deux impacts, aussi nets que des perforations dans un billet de transport. Vasseur, qui s'astreignait au tir à vingt-cinq mètres, était, à cette très courte distance, aussi à l'aise que sur un stand de carabine à plomb à la foire au pain d'épice. Il restait une balle dans son revolver. Il approcha et posa son arme sur la tempe du cheval. L'animal trépignait, affolé par les coups de feu. Le poids du chariot l'empêchait sans doute de s'enfuir.

Vasseur fixa la bête droit dans les yeux. Un regard distant et malgré tout apeuré. L'animal sentait la colère de l'homme qui le touchait de l'épaule. Imperceptiblement, le cheval inclina le cou, faisant basculer de quelques degrés son long nez couvert de mouches qui voletaient alentour, comme des feux d'artifice.

— Tu n'es pas pour grand-chose dans toute cette merde, pas vrai ? – Vasseur ébouriffa la crinière gainée de boue séchée. – Allez... Va donc tenter ta chance. Devant ou derrière. Où tu voudras. Même si je crois que tu n'en as pas une seule sur mille. C'est la guerre de tous les côtés, mon pote...

Il baissa son arme et, relâchant les courroies de cuir qui l'attelaient au plateau, libéra l'animal qui s'éloigna, hésitant, continuant la route que ses maîtres avaient prévue.

Vasseur fouilla les sacoches et ouvrit une des caisses. Des obus de 75, consciencieusement rangés et tout mignons comme des œufs dans une boîte, fabriqués avec amour par les munitionnettes en jupons. Chacun de ces projectiles pouvait assassiner dix ou vingt hommes dans un rayon de trente mètres. Vasseur avait vu ce genre d'obus, chargés à balles-shrapnel, liquider, en explosant, toute une section d'assaut, aussi nettement que si on leur avait tiré chacun une balle dans la nuque. Sauf que l'artiflot[1] qui avait ajusté était à quatre ou cinq kilomètres, planqué derrière son blindage. Les trois qu'il venait de dégommer, au moins, avaient vu leur assassin, dans les yeux, et presque à bout touchant.

Il s'approcha des morts. Fouilla leurs poches. Le caporal d'artillerie n'avait rien sur lui, à part une pipe puante et une bourse de tabac. Les gendarmes, à eux deux, vingt francs et cinquante centimes, deux Chamelot-Delvigne avec leurs anciennes munitions, qu'il hésita à emporter avec lui. Finalement, il en vida les barillets dans les corps étendus, en les narguant du menton relevé, regardant les morts se cabrer sous les impacts, puis envoya voler les deux armes dans les fourrés. L'un des gendarmes portait en bandoulière une fiasque recouverte de cuir fauve. Un demi-litre de bon cognac, à ce qu'il semblait. Vasseur en avala une large moitié.

À côté des caisses d'obus, il y avait des cantines de fer-blanc, emplies de ravitaillement : des sachets de fruits secs, des confitures dans des gourdes de toile cirée, des blocs de margarine et de saindoux. Du « singe », en boîtes rondes, par dizaines. Des biscuits de campagne, au seigle et à la pâte de coing. Vasseur

---

1. Artilleur, en argot de poilu.

en garnit sa musette, refit le plein de ses topettes à la citerne qui couronnait le chariot, et compléta le cognac restant en le coupant à l'eau.

Sans un regard pour les trois macchabées, il quitta la piste pour s'enfoncer dans un bois de sapins.

Depuis trois soirs que Vasseur avait disparu, Jansen retrouvait Mathilde après souper, dans la bibliothèque, chacun son ouvrage de Louis Ulbach à la main.

Jansen, improvisant, avait expliqué que Vasseur était parti tenter une offre directement avec le vendeur à Mers-les-Bains.

Mathilde avait hoché la tête, sans que Jansen soit tout à fait sûr du sens qu'elle donnait à cet assentiment muet. Profond désintérêt ou marque de sa perplexité vis-à-vis de cette histoire de clinique et de sœurs ?

Quoi qu'il en soit, depuis trois soirs, ils lisaient ensemble *Madame Gosselin*, sur leurs éditions jumelles. Les pages embaumées et mélancoliques permettaient parfaitement ces lectures parallèles, et alimentaient leurs causeries critiques, au matin ou juste avant de passer à table, en toute fin d'après-midi.

L'après-midi – deux jours de suite, oubliant siestes et citronnades au jardin – ils avaient fait des balades dans les bois des Croisettes. Ils avaient rejoint, par les collines, le grand calvaire de bois clair que Jansen et Vasseur avaient aperçu juste après avoir évité le barrage. Ils s'étaient arrêtés un long moment, allongés dans l'herbe haute, observant dans la brume montant de la végétation les petites croix de bois. Les morts récentes et les morts anciennes. Le bois de plus en plus terne, craquelé, vieilli, pourri à cœur, recouvert sur les plus vieilles croix de moisissures vertes et de sortes de lichens.

— Qui sait ce que tous ces pauvres gens auraient à nous dire ? fit benoîtement Mathilde, en désignant d'une main molle le calvaire.

Adrien Jansen la regarda. Un sourire inspiré aux lèvres. Il lâcha :

— Est-ce que M. Le Hire, *votre hypnotiseur*, pourrait faire parler ces morts, par hasard ? ironisa-t-il.

Mathilde le fusilla comiquement du regard, en fronçant les sourcils.

— Vilain merle moqueur ! En aurez-vous fini avec M. Le Hire ? À croire que vous en êtes jaloux !

Jansen rit, accentuant volontairement son trouble.

— Eh bien... Et si cela était ? – Puis, plus railleur : – C'est vrai que M. Le Hire est un rival redoutable, avec son pantalon collant, sa redingote de croque-mort et son petit chapeau de fournisseur bien dressé...

La jeune femme éclata de rire. Elle prit la main de Jansen et répéta :

— Vilain ! Vilain !

Ils rirent tous deux. Ils se laissèrent aller en arrière dans l'herbe chaude. Il entendait la respiration bruyante et désordonnée de Mathilde, pareille à un souffle de nageur en plein effort. Au loin une escadrille d'aéros passait en ronronnant, filant vers l'est.

Malgré ses interrogations et malgré Le Hire, Jansen se sentait de plus en plus « chez lui ». Le domaine n'avait plus ces airs mystérieux et vaguement menaçants qu'il lui trouvait au début. Le sentiment, pourtant, que l'endroit était comme placé sous une cloche, en dehors du monde et de la guerre, ne s'épuisait pas.

Quatre soirs après sa « disparition », Vasseur réapparut, avec des habits neufs. Il fit son entrée en plein souper, s'excusant à peine. De Givrais ne marqua aucun étonnement. Il continua à laper sa soupe, l'œil concentré.

— Bon Dieu, Vally, où étais-tu ? s'exclama Jansen, se levant de table.

Il semblait avoir oublié son explication de l'offre directe aux sœurs du Bon-Secours. Mathilde et Nelly Voyelle le regardaient, inertes, comme s'il descendait tout naturellement de sa chambre.

— Faire un tour, lâcha Vasseur l'air guilleret.
— *Un tour* ? grinça Jansen. Depuis quatre jours ?
— Eh bien quoi ? L'air me manque. Et puis j'avais besoin d'acheter du linge.

De Givrais leva enfin les yeux. Il regardait Vasseur avec un air gourmand, à la manière d'un chat qui se demande comment il va bien pouvoir jouer avec le bébé musaraigne qu'il vient de coincer sous une griffe.

— Vous étiez à Mers, monsieur Vally ? Et quel temps fait-il là-bas ?
— Le même qu'ici, répondit Vasseur en s'asseyant.

Nelly Voyelle lui versa aussitôt de la soupe aux épinards et rapprocha le ravier de crème fraîche.

— Vous avez réussi à convaincre le vendeur ? lança de Givrais, les lèvres vertes de soupe.
— Le vendeur ? Je n'ai pas affaire à un vendeur, monsieur. J'ai affaire à un troupeau de bonnes sœurs toutes plus avares et procédurières l'une que l'autre ! Et des garanties par là, et un cautionnement par ici... Une des supérieures m'a même demandé si j'avais déposé les fonds auprès d'une société palladium ! À croire qu'elles vendent le palais du roi de Chine et tout son train ! Bon sang, il s'agit de 1 200 m^2 de vieux bâtiments désaffectés depuis bien avant la guerre...

— Plus le matériel médical, aviez-vous dit, ajouta de Givrais, l'air onctueux.

— Ouais. Quatre à cinq mille francs pour tout le lot, et je ne fais pas le tri entre les compresses moisies et les pinces hémostatiques complètement oxydées...

Jansen, une nouvelle fois, fut impressionné par la capacité de Vasseur à tenir le cap de ses mensonges. À trouver le ton juste et le vocabulaire exact.

De Givrais lui-même en resta figé, la bouche à demi ouverte, cherchant à estimer son interlocuteur, puis y renonçant, en secouant la tête. « Ce ne sera pas ce soir, se dit Jansen, qu'il pourra avec certitude coller Vasseur dans la case des mystificateurs. » De Givrais opina, en pinçant les lèvres. Vasseur, encouragé par ce premier succès, poursuivit :

— J'ai traversé de beaux pays, jusqu'à la mer... La vallée est magnifique !

— En été ! intervint Mathilde.

Jansen la regarda.

— Vous la verriez en janvier, votre belle vallée ! C'est autre chose. Terre noire, arbres sinistres et corbeaux en veux-tu en voilà !

Mathilde se tut, brusquement, comme si les mots s'étaient bloqués dans sa gorge. Elle était couleur de porcelaine, sa peau paraissait si fine qu'on devinait le réseau subtil des veines qui courait sous son front. La lumière électrique des grands lustres en affirmait la pâleur. Si quelqu'un semblait véritablement *au bout du rouleau*, dans cette pièce, c'était bien Mathilde de Givrais, certainement plus que son père, malgré ce qu'il aimait en dire.

Jansen se retira avant tous les autres. Il s'allongea dans le noir et laissa son esprit flotter en profitant de l'ombre. La silhouette du grand cèdre s'agitait à la fenêtre, et son parfum têtu emplissait l'air nocturne. Il guetta le pas de Vasseur dans le couloir, et dès qu'il l'entendit résonner au haut des escaliers, il entrouvrit sa porte et le héla :

— Viens donc voir un instant par là, souffla-t-il.

Vasseur entra. Il s'assit au bord du lit et fit jouer le matelas en rebondissant plusieurs fois sur ses fesses, tout à fait enjoué.

— Tu as vu le numéro que j'ai fait au vieux !

Vasseur avait l'air parfaitement content de lui.

— Justement ! Combien de temps va tenir cette mascarade, Vasseur ?

Vasseur roula des yeux de clown, et, aussitôt, reprit sa mine de querelleur nerveux :

— J'y pense comme toi, Jansen. J'y pense. M'est avis que le conte tire à sa fin. Fini la reine-des-prés et le joli docteur Malka. Le vieux nous cerne, m'est avis... Pour te la faire claire et concise, j'avais l'idée de passer en Angleterre...

— Avec l'argent, *m'est avis*, ironisa Jansen. J'ai constaté que tu t'étais servi, avant de *filer à l'anglaise*, mon ami...

— Te reste la fille et la maison, pas vrai ? C'est pas cher payé contre un peu plus de cent francs. Je vais avoir des frais, moi !

— Qu'est-ce que tu chantes, Vasseur ? Où est l'arrangement ? *L'échappée belle. Ensemble.* Tu te souviens, Vasseur ? On joue chacun notre peau, maintenant, alors ? Séparément ?

— On joue un coup après l'autre... J'improvise, moi, Jansen... J'improvise ! Tiens, tu veux savoir ? J'ai assassiné trois types, hier, sur la route de l'estuaire.

— Qu'est-ce que tu racontes encore ?

— Ça. J'ai bousillé trois gugus : un artiflot et deux gendarmes. *Pan ! pan ! pan ! pan ! pan !* De la bonne besogne.

— Un barrage ?

— Même pas. M'ont regardé en biais. M'a pas plu. *Pan...* Saleté d'artilleur, avec sa charretée de 75.

— Tu vas nous les faire rappliquer par brigade entière, mon con ! Qu'est-ce qui te prend, Vasseur ? T'as juste envie de finir la virée ? De te coller au poteau avec un bandeau sur les yeux ?

— Tu l'as dit toi-même, l'autre jour : il n'y aura pas de poteau, là où on est rendus. La guillotine ou rien. Je préférerais que ce soit rien. Ou plutôt, voilà ce que je préférerais : une bonne petite dame anglaise, avec une petite pension de veuve de guerre... Voilà à quoi je pense, Jansen !

— Bon Dieu, tu changes d'idée comme de paletot... Nom d'un chien, Vasseur, on en est où, là ?

— Moi, je viens de te le dire. Toi ? Je te vois bien en M. de Givrais, installé sur ta pelouse, à sucer des bonbons à la menthe avec ta jolie tubarde. À attendre la mort du bon vieux papa, et tu pourras toujours coucher avec la gouvernante pour te changer les idées.

Jansen s'empourpra.

— Sors d'ici, Vasseur. Sors vite !

— Oh, voilà le petit maître d'école qui se fâche tout rouge ! C'est que l'idée lui avait déjà monté à la tête et que ça lui...

— Dehors, gronda Jansen.

Il se jeta sur son revolver et visa la poitrine de Vasseur.

— Sors Vasseur, que je te dis !

— Oh oh ! C'est que tu m'occirais bien, lieutenant !

Vasseur porta sa main au côté en grimaçant, et se mit à mimer la chute d'un homme atteint d'une balle en plein cœur. Il se releva aussitôt, en dodelinant la tête, mains levées, rendant les armes.

— C'est bon ! Halte au feu ! Je sors, lieutenant !

Vasseur se dirigea vers la porte, mains toujours levées et, ricanant à demi, disparut dans l'obscurité du couloir. Jansen entendit ses pas décroître jusqu'à sa chambre, puis le bruit d'une porte qui se referme et d'un verrou qu'on tire.

Jansen se réveilla brutalement. Un instant, il se crut revenu au front. Pensées confuses, membres gourds, tête lourde. Sensation de froid intense des aubes du front de l'est. Il fallait alors sauter dans sa capote Poiret, si on l'avait quittée pour dormir, et l'enfiler par-dessus sa vareuse. Ajuster le barda et les cartouchières, rassembler les hommes, ce troupeau de lémures assoupis et blêmes, ravagés par la fatigue et la peur. La sensation de ses pieds nus sur le drap, de l'air frais qui glissait de la fenêtre, le ramena à la réalité. Vasseur, sa chambre. Il tendit l'oreille. Un grand silence opaque flottait autour de lui. Rassemblant ses pensées, il perçut l'écho d'un coup sourd, comme l'autre nuit ; un coup frappé sans doute contre sa porte. Il pivota et se leva, silencieusement. Allait-il encore entendre cette respiration maladive et rauque ? Allait-on encore souffler cette peste à travers sa serrure ? Jansen s'approcha de la porte, fit jouer le commutateur électrique et la chambre s'emplit d'une lueur presque rose. Il posa la main sur la clenche, prêt à tirer le battant à lui dès que, de l'autre main, il l'aurait déverrouillé. D'un geste sûr, il fit jouer la clé et tira la porte à lui. Une forme était là, à deux pas de lui. Mathilde, silhouettée d'ombre, le visage blafard, éclaboussé de la lumière qui jaillissait de sa chambre. Elle avait les yeux mi-clos et chaloupait, comme prise dans une houle. Elle ne semblait pas le voir, ni rien de ce qui l'entourait. Elle avait posé un lourd manteau de laine sur sa chemise de nuit, un manteau d'homme, insolite sur ses pieds nus.

— Mathilde, souffla-t-il. Qu'est-ce que vous…

La jeune femme fit un pas en avant, l'ignorant tout à fait. Son épaule toucha le montant de la porte. Elle s'arrêta aussitôt, comme un aveugle face à un mur qu'il devine du bout de sa canne.

— La matière, murmura Mathilde de Givrais. La matière recule devant l'esprit… Soyez-en sûr.

Jansen, instinctivement, se recula. Elle rêvait, tout debout. Elle dormait d'un sommeil somnambulique, prise comme dans un filet par les stupidités spirites de Le Hire. La jeune femme ne le voyait pas plus qu'elle n'avait vu la porte à l'instant. Elle reprit :

— Pas assez de repos… Pas assez de volonté.

Comme un automate, elle se détourna. Jansen la vit disparaître dans le couloir. Sans un bruit. Quelques instants plus tard, il entendit la porte de la chambre de la jeune femme se refermer, sèchement.

Au matin, Jansen attendit pour se présenter à déjeuner. Il ne descendit qu'à neuf heures passées. La table était desservie, sauf son propre bol et ses couverts, qui l'attendaient à sa place habituelle. Nelly Voyelle était absente. Les autres aussi. Jansen risqua un œil en cuisine. De la vapeur d'eau s'échappait de deux grands fait-tout, dans une odeur un peu écœurante de raves et de carottes. Un lapin écorché attendait sur une planche, fendu en deux. Un œil noir gorgé de sang le regardait. Jansen prit au passage le beurrier et quelques tranches de pain d'orge, le moka bouillant dans sa cafetière en col-de-cygne et regagna sa place. Il but plusieurs tasses, tendant l'oreille pour essayer de distinguer des bruits, loin dans la grande maison. Rien. Un silence de musée. Au salon, l'odeur du café et de la térébenthine couvrait celle des légumes. Il percevait, très atténué, le sifflement de la vapeur dans la cuisine. Rien de plus. Le domaine était un vieux corps mort, sans pouls ni respiration.

À dix heures, personne n'avait réapparu. À dix heures et demie non plus. Jansen décida de marcher dans le jardin et les environs, en attendant le repas. « Ils rentreront bien pour déjeuner », se dit-il. Il flâna au hasard dans le parc, prenant d'abord l'allée des ormes, jusqu'à la route de Sery. Il rebroussa chemin, passant par le couvert. Il fut bientôt tout près des écuries où ils avaient dormi. Cela lui semblait dater d'une éternité. Oui, ici, les jours et les mois se confondaient. Le temps se suspendait ou se dilatait, il n'aurait su le dire exactement. Mais comme cela lui semblait lointain ! Il revit cette scène, Nelly Voyelle et le vieux, s'accordant sans doute sur les commissions du jour. Et Mathilde, dans sa robe vert d'eau, promenant Fanfan en calant son pas sur celui de son père.

Soudain, Jansen entendit un bruit. Un bruit humain, le premier depuis la veille et sa traversée silencieuse du domaine. Comme un gloussement. Un gloussement de femme. Cela venait du pavillon de garde, adossé aux écuries.

Une fenêtre large ouverte laissait passer les voix. Indistinctes tout d'abord. Jansen, en s'approchant prudemment, reconnut celles de Vasseur et de Nelly Voyelle.

— On n'en boit jamais trop, ma belle ! Surtout votre frênette, au goût de pharmacie ! C'est toi qui la prépares, au fait ?

— Eh bien oui. Comme tout ici ! J'en fabriquais déjà quand j'étais gamine. Ça m'a repris quand je suis revenue ici. Mais on n'en boirait pas à Paris, c'est sûr !

— Ressers-t'en donc... J'aime les femmes en gaieté, fit Vasseur, d'une voix molle.

Jansen perçut de nouveaux gloussements.

— Sais-tu comment on la fait ? dit Nelly Voyelle.

— Avec du frêne, je suppose ?

— De l'exsudat de frêne, monsieur le docteur ! Une sorte de sève qui sort des feuilles de frêne mangées par les pucerons... et mélangée avec du sucre et du miellat de ces pucerons !

— Qu'est-ce que c'est que ce miellat ? fit Vasseur, d'une voix absente, comme indifférent à la conversation.

— Le miellat ? Une sorte de... sécrétion sucrée que produit un puceron. Un puceron qui grignote les feuilles de frêne.

— Eh bien moi, susurra Vasseur à mi-voix, soudain réveillé, je goûterais bien à ton miellat, ma belle !

Jansen entendit le rire de Nelly Voyelle s'élever et planer dans la chambre, de l'autre côté de la croisée. Il y eut un bruit de lutte assourdie, ponctuée de rires et de nouveaux gloussements.

— Viens donc là, mon puceron... Viens-y donc, fit la voix grasse de Vasseur.

22

La piste

François Delestre avait quitté l'Oiseau-Bleu depuis deux jours ; il descendait vers la vallée pour y gagner la mer. Il suivait la Bresle, épousant patiemment ses méandres et interrogeant du monde.

Il avait appris le matin même, par téléphone, que deux sergents-majors avaient été assassinés dans le Vimeu, ainsi qu'un artilleur. François Delestre pensa immédiatement à ses fuyards, mais très vite, il dut admettre qu'il ne comprenait pas l'itinéraire. Une ligne descendante et continue vers la vallée, en direction de la mer, et puis soudain, une rupture franche, plein nord. Sa théorie de la droite battait de l'aile. Improbable. Est-ce que cette affaire de sergents-majors ne serait pas le fait d'autres déserteurs que les siens, canadiens ou anglais, des furieux prêts à tout pour échapper à la cour et à la pendaison ?

Pourtant, la sauvagerie de l'acte lui rappelait le meurtre du maréchal des logis, à Camon. Celui à qui on avait brûlé le visage. Même brutalité, même férocité aveugle et acharnée. Tout ça constituait une trace. Une trace nette et sanglante, comme celle d'une empreinte de pouce près d'un cadavre. Pourtant, quelque chose lui disait que la vraie piste était ailleurs. Certainement pas là-haut, sur ces plaines venteuses qui filaient vers l'estuaire. Mais plus près de lui, sur ces pentes boisées, baignées de cette lumière rasante, filtrée par les frondaisons et teintant tout de mystère. Jamais, bien entendu, il ne s'ouvrirait de ses intuitions à des supérieurs comme de Victaille, des intuitions qui n'étaient légitimées par aucun argument ni indice positif. Mais il sentait le vent. Et le vent ne le conduisait pas vers le plateau picard et ses espaces immenses, battus par d'autres rafales. Non. Le vent le poussait vers cette vallée, frissonnante de verdure et de menaces.

Il avait interrogé plusieurs médecins de campagne. De vieux hommes, réformés ou dispensés. Et quelques embusqués, en âge de servir au front ou dans les hôpitaux militaires, mais interdits du feu et du reste par de mystérieux protecteurs.

Rien. Pas de rumeurs, de bruits de médecins en surnuméraire ou de charlatans en goguette. Il avait imaginé un instant que ses deux gaillards avaient pu tenter de s'établir dans quelque endroit tranquille, cherchant à survivre sur leur réputation usurpée. Mais c'eût été trop de risques à prendre. En tout cas pour des hommes comme les siens, habiles et précautionneux. Leur fugue était le fruit d'un plan et certainement pas d'une impulsion due à la panique ou à la folie d'un instant. Il en avait récupéré de ceux-là, qui avaient balancé fusils, casques et sacoches en sortant de leur tranchée pour des assauts perdus d'avance. Il les avait retrouvés en quelques heures, cachés dans un trou ou un cul de ferme, puant la peur et le pissat de veau. Ils s'étaient laissés prendre comme des enfants égarés, le menton collé à la poitrine, honteux et frissonnants. Il en avait vu certains mourir, à genoux devant le peloton, les yeux bandés ou pas, demandant pardon à leurs camarades qui pointaient maintenant leurs Lebels sur eux. Il les avait vus, parfois, baver de frousse et de remords, attendant les balles qui allaient leur percer la poitrine, priant tout au fond d'eux-mêmes pour que leurs gosses et leur femme ne sachent jamais cet instant et les croient, pour toujours et à jamais, tombés dans la gloire d'une charge héroïque contre les puissantes positions allemandes.

Ou bien peut-être qu'ils ne pensaient plus à rien, brisés, humiliés, épuisés, attendant juste le tomber de rideau sur la sinistre farce qu'on leur faisait jouer.

Delestre repensa à ses deux déserteurs. Un écho furtif dans ce caboulot du Vert-Bocage, avec la gamine qui avait rougi en reconnaissant Jansen sur la photo et ce témoignage de la femme aux cheveux roux et à l'air épuisé. Puis un autre dans le Vimeu, dans le canton d'Huppy, avec ces trois cadavres criblés de balles. Et s'ils s'étaient séparés, se divisant pour mieux brouiller leurs traces ? S'ils filaient chacun dans une direction, tentant leur chance en solitaire, laissant derrière eux des traces confuses et dissociées, devenues illisibles ?

23

Rayons X

Jansen n'avait rien dit. Il s'était éloigné, stupéfait, évitant tout faux pas qui eût, par le craquement d'un branchage ou le clapotement d'un soulier dans une ornière, trahi sa présence au pavillon. Il était rentré dans le grand salon, toujours aussi vide qu'au matin. Vers midi, Nelly Voyelle était apparue, inchangée, raide et sombre comme à son habitude, drapée dans son habit austère de service. Pas un cheveu, pas une couleur sur ses joues n'aurait pu trahir le fait qu'elle venait de se faire butiner le miellat par Vasseur – à quelques mètres de sa cuisine.

Elle vérifia la cuisson de ses raves et Jansen l'entendit faire crépiter des matières grasses dans une sauteuse. Bientôt, une odeur de chair rissolée se faufila dans le salon. Le lapin écorché devait frire dans sa poêle, recouvert de thym et de gros sel. Vasseur parut à son tour – l'air tout à fait grave, détaché et presque absent.

Il l'avait regardé, d'un visage aussi neutre qu'un fond de casserole. « Ce type-là, songea Adrien Jansen, aurait dû tâter du théâtre. » Tous les rôles et toutes les situations lui convenaient. Il savait composer, déguiser et dissimuler. Jansen se demanda ce qu'il connaissait au juste de Vasseur. Et si ce « Vasseur » était tout aussi fabriqué et imaginaire que ce Pierre Vally dans lequel il habitait désormais ? Que savait-il de lui, à part ce que l'autre lui avait raconté et ce qu'il en avait lui-même constaté ? Rien. Que valait ce que Vasseur prétendait être ? Pas grand-chose. Et ce qu'il savait ? Le jeune soldat allemand, dans l'Argonne, à la gorge déchirée. Le gendarme, dans la maison de Camon, que Vasseur maintenait d'une main de fer, le visage écrasé dans un lit de tisons, secoué de convulsions. Le type au pantalon de téléphoniste, égorgé un peu avant ce patelin, Ramburettes ou quelque chose... Et Vercheux le braconnier, et ce monstrueux coup de savate que Vasseur avait décoché dans sa tête presque détachée du tronc... *Couic !* Quoi d'autre ? Des bribes d'insignifiances, des échanges anodins de promiscuité et de vagabondage. Tout ce qu'était Vasseur tenait là-dedans : le jeune Allemand et ce qu'il avait fait, après... Le téléphoniste. Vercheux. Puis le gendarme au visage effacé à la braise. Et maintenant, ces trois hommes qu'il prétendait avoir bousillés. L'artilleur et les deux gendarmes... Vasseur ? Un psychopathe criminel, maniaque, impulsif, terriblement dangereux. Décidément, non : pour répondre à la question qu'il s'était posée la veille de leur fugue, au cantonnement de Dommartin, il n'était pas raisonnable de faire équipe avec un type comme ça.

Vasseur s'était installé devant une des grandes fenêtres donnant sur le parc. Elles étaient inondées de soleil. Les ombres portées du cèdre dessinaient par instants sur son visage des marques de zèbre. Vasseur semblait assoupi, ou contemplatif. Aussi doux qu'un agneau sous le ventre de sa mère. Il avait croisé ses pieds tendus au bout de ses courtes jambes de lutteur et rythmait d'un doigt une musique imperceptible.

— Alors, nous voilà seuls tous les trois ? jeta-t-il soudain.

Jansen, déconcerté, répondit :

— Seuls ? C'est-à-dire ? Qu'est-ce que tu nous bricoles encore, Vasseur ?

— Chhhh ! Il n'y a pas de Vasseur, lieutenant, murmura-t-il en tournant la tête vers la cuisine. *Vally*. Tu te souviens ? Pierre Vally. C'est comme ça que l'on doit m'appeler ici !

— Qu'est-ce que tu nous mijotes alors, docteur Vally ? reprit Jansen d'une voix blanche.

— Oh. Je croyais qu'on s'était quittés bons copains ? Tu te souviens ? *Halte au feu !* Je voulais juste faire un peu de conversation, mon camarade... Le vieux et sa fille sont partis faire un tour, eux aussi... C'est tout !

Jansen regardait Vasseur, ahuri. Qu'est-ce qu'il voulait dire exactement ? Quel plan encore nourrissait-il ? Un instant, Jansen imagina un tableau brumeux, dans lequel Vasseur avait égorgé les Givrais père et fille, et abandonné leurs corps exsangues quelque part dans la maison.

— Mais tu n'es pas au courant, on dirait, mon ami ? Ils ont quitté le château. Jusqu'à demain. Le vieux doit subir des rayons à Paris...

— Des rayons ?

— Des radiographies, avec l'appareil de Béclère... Mathilde ne t'en a pas parlé ? À moi non plus, remarque...

Vasseur laissa retomber la conversation sur cette note faussement désinvolte : Nelly Voyelle entrait, apportant du lapin pour le déjeuner.

Jansen et Vasseur avaient dîné en tête à tête. Nelly Voyelle leur avait servi le reste de lapin froid avec de la moutarde et des macaronis sans beurre. Elle-même avait mangé à la cuisine, délaissant son bout de table. Jansen supposa que son intimité secrète avec Vasseur la dispensait désormais de toute promiscuité sociale. Elle fit quelques allers-retours, emportant des plats, ramenant un pot de fromage blanc et sa compotée de rhubarbe. Elle ne parlait pas, ou à peine. La situation, où deux inconnus dînaient dans le salon d'un château abandonné par ses habitants, ne semblait frapper que Jansen. Il en conçut une espèce de vertige. Comme si tout cela n'était qu'une sorte de rêve, de rêve désagréable – aux limites du cauchemar – dans lequel on sait, *sans savoir pourquoi on le sait*, que quelque chose de terriblement menaçant va surgir. Il le sentait précisément à cet instant-là. La menace était partout autour de lui. Dans les yeux de Nelly Voyelle. Dans les impulsions de Vasseur. Dans le retour fortuit de Mathilde et de son père. Quelque chose pouvait arriver à tout instant. Il balaya le grand salon, éclairé ce soir-là par la seule lueur des lampes à pétrole. Leur lumière rosée, au lieu d'être apaisante ou rassurante, laissait planer quelque chose de repoussant dans l'atmosphère. Oui. Quelque chose devait arriver, ce soir-là.

Il ne se passa rien. Personne ne vint. Nelly Voyelle se retira, dans un sourire presque chaleureux. Elle avait sorti la bouteille de calva que Jansen avait vue l'autre soir aux mains du vieux de Givrais. Les deux hommes s'installèrent, le verre à la main. Au bout de trente minutes, ils n'avaient presque rien dit, mais la bouteille était vide.

— Nous reste un sacré bon cognac, camarade lieutenant, dit Vasseur en extirpant de sa vareuse la fiasque dérobée aux morts. Un peu allongé à l'eau, mais fameux !

— Vas-y pour le cognac, Vasseur, *Vally*, homme aux noms multiples mais qui n'a pas de prénom !

Jansen sentait la tête lui tourner, tranquillement. Il se laissait aller à l'ivresse, lâchant prise. Vasseur aussi, lui si rude et si farouche lorsqu'il buvait, semblait d'une humeur débonnaire.

— Tiens, lieutenant ! Veux-tu savoir mon prénom ? Au régiment, pas un ne le sait, sauf quelques-uns que je ne connais pas et qui ont eu mes papiers de mobilisation sur leur bureau de cuir vert... Eh bien ça va t'en boucher un coin ! Pareil que le type que je suis censé remplacer ! Pierre Vasseur. Finalement, c'est peut-être bien une déception, non ?

— Voilà un nom qui te va proprement, Pierre Vasseur, mon ami.

Jansen plongeait dans un lent engourdissement. Tout allait bien. Il se déplia sur son fauteuil, laissant Vasseur évoquer souvenirs et anecdotes, fables et épisodes sans doute totalement inventés, puis glisser brutalement vers des confidences érotiques. Adrien Jansen crut comprendre que se mêlaient, dans ces fantasmes énoncés à mi-voix, les silhouettes de Nelly Voyelle, de Mathilde, enlacées dans des étreintes insolites avec des danseuses de beuglants, des souillons de caboulot, des filles de foire. Tout se brouillait. Il dormait.

Le lendemain, au petit déjeuner, Jansen ne trouva que le vieux de Givrais. Il lisait son journal, la tasse de racahout dans sa main levée. Ainsi, ils étaient rentrés. À l'aube, ou dans la nuit.

— Tiens. Vous êtes revenus en train, de bonne heure ?

— Bonjour, docteur Malka... Il n'y a plus de train en matinée. Le seul qui rentre s'arrête à Abbeville et il ne passe qu'au soir. Nous avons eu une automobile d'Aumale. Des voyageurs qui essayaient comme vous de rejoindre la côte. À mon sens, ils ne passeront pas plus loin que Blangy. Les barrages...

— Et ces rayons X ?

Le vieux le regarda, par en dessous, un peu chafouin :

— Oh... Ils ont fait de belles photographies de mon squelette ! On pourrait y numéroter chacun de mes os.

— Mais votre santé ?

— Ma santé sera ce qu'elle doit être, et les rayons X, Y ou Z n'y changeront rien. C'est Mathilde qui tient à ce que je me range à la médecine expérimentale. Pour moi, hein...

Il fit une moue qui en disait long sur la foi qu'il avait en les rayonnements et dans tous les appareils de Röntgen ou de Béclère.

— Un de ces jours, vous ou Vally, vous m'ausculterez ! On verra bien ce que vous aurez à ajouter aux diagnostics de ces fameux rayons...

— Ce sera avec plaisir, monsieur. Dès aujourd'hui, pour ma part, si vous le voulez !

— Non. Pas trop de médecines à la fois. C'est assez d'un charlatan à Paris...

Il s'esclaffa dans sa main. Ses yeux pétillaient au-dessus de sa paume.

— Ce n'est pas pour vous personnellement, docteur Malka. Je parle à la corporation tout entière.

Jansen essaya de réfléchir à ce qu'il pourrait répondre. Il voulait bien faire des efforts pour préserver sa présence au domaine, mais se heurtait sans cesse aux formules définitives de Paul de Givrais. Celle du moment, qu'il devait avoir pêchée dans une gazette parisienne, sonnait comme une fin de non-recevoir à toute connivence avec les représentants de l'espèce humaine. « Depuis que nous avons cessé d'être un peuple policé » était sa philosophie du jour. Elle vibrait comme un glas à chaque fin de phrase, n'appelant en retour que le silence. De Givrais avait repris sa lecture.

— Voilà ce qui se passe à deux pas de chez nous, fit-il soudain, levant le nez de son bulletin, entre Huppy et la Somme, à quoi ? quinze kilomètres : « Trois militaires sauvagement assassinés. Les Boches ont-ils laissé en arrière des tueurs camouflés ? »

— Vraiment ? répondit Jansen, intéressé. Que s'est-il passé exactement ?

— On a retrouvé trois corps et un chariot de munitions. Sur un chemin, en plein Vimeu. Le cheval a disparu. Les gars ont été massacrés, à ce qui est écrit. Vingt balles et plus dans la peau...

Jansen se crispa. Les « trois gugus » de Vasseur ! *Pan pan pan pan pan !*

— Des uhlans, à tout coup ! jeta Jansen. Ces salopards se sont glissés dans nos lignes et passent au peigne notre arrière.

Sa voix sonnait aussi faux que celle d'une écolière s'essayant à réciter du Racine. Le vieux replongea dans son journal, en secouant la tête. Adrien Jansen s'excusa et disparut. Il passa la matinée dans sa chambre, à regarder le plafond. Le pas lourd de Vasseur se fit entendre vers midi. Il ne bougea pas.

Il esquiva le déjeuner et l'après-midi au jardin. Le silence avait gagné l'ensemble du domaine. Il passa un long moment à la fenêtre, auscultant d'un œil vague les perspectives des grandes pelouses, plongeant son regard dans l'axe des ormes. Il vit filer Nelly Voyelle, sur sa bicyclette, dans la chaleur écrasante de l'après-midi. Dans les frondaisons, l'espace d'une seconde, il crut distinguer la silhouette trapue de Vasseur se glissant parmi les arbres. Mais elle avait à peine la consistance d'une ombre.

Vers cinq heures du soir, il descendit enfin. Il trouva Mathilde au salon, écossant des fèves avec Nelly Voyelle. Il s'approcha et proposa son aide. Les deux femmes l'acceptèrent en riant. Il rassembla devant lui une pile de gousses et commença à les éplucher. Il hésita à lui demander pour l'autre nuit, lorsqu'il l'avait trouvée, hagarde, derrière sa porte, murmurant ses mots inaudibles.

— Vous ne m'aviez pas dit que vous alliez à Paris, glissa-t-il enfin.

Mathilde le toisa d'un air dur et répliqua sur un ton très badin que démentait son expression :

— Oh, cela s'est décidé de manière tout à fait rapide... Nous devions...

— Rapide ? coupa Jansen. Des rayons de Béclère, dans un laboratoire ? Vous n'aviez pas pris un rendez-vous pour cette consultation ?

— Bien sûr que si.

Elle laissa sa phrase résonner dans le vaste espace du salon. Jansen la regardait. Elle soutenait son regard. Elle venait de décider qu'elle n'avait rien à justifier. Jansen renonça tout à fait à lui parler de l'autre nuit, de sa visite nocturne.

Ils épluchèrent des cosses pendant une demi-heure, le nez baissé. Nelly Voyelle finit par emporter les fèves vers la cuisine, les laissant seuls à la grande table encore noyée de soleil.

— Voulez-vous boire quelque chose ? proposa Mathilde. Je sens bien que je vous ai contrarié avec cette expédition à Paris...

— Pas du tout, grimaça Jansen.

— Allons ! Un verre de citronnade ? Ou un cassis à l'eau ? Je suis morte de soif, moi !

— Eh bien, oui.

— Nelly !

La gouvernante sortit des cuisines, comme si elle se tenait à la porte, prête à bondir.

— Nelly, apportez-nous de l'eau fraîche et de la citronnade. Au jardin... Et ces petits biscuits que j'ai rapportés : des beignets alsaciens, au kirsch, de chez Palant... Mon Dieu ! Il y avait une foule pour se faire servir !

Jansen repensa à cette phrase de Vasseur, qu'il aimait répéter à la manière d'un leitmotiv qui justifiait tout : « Tu vois comme on s'amuse à l'arrière, chez les embusqués ! »

N'avait-il pas raison, au fond ? On faisait la queue chez Palant pour acheter des macarons et des petits beignets au kirsch, pendant que d'autres se tassaient sur les échelles d'assaut, avec quelques minutes encore à vivre.

— Eh bien, vous rêvez ? Il faut que je vous demande de m'offrir votre bras ?

Ils étaient installés sous l'ombre de la tour sud. L'air était parfaitement immobile. Jansen avait laissé sa veste au salon et avait relevé ses manches de chemise. Mathilde buvait sa citronnade à toutes petites gorgées, comme une enfant pressée.

— Comment va votre père, Mathilde ? fit Jansen. Ces rayons ? Je lui ai demandé ce matin, il m'a envoyé aux fraises... Il n'a pas une bonne image de la médecine.

— Il n'a pas eu sans doute les médecins qu'il fallait pour obtenir sa confiance. Et puis il souffre d'une maladie pour laquelle la science est plutôt maladroite.

— Laquelle ?

— Cette sale maladie du verre ! La silice lui a mangé les poumons. L'air en est empli aux usines. Toute cette poussière de verre, ces arsenics et ces oxydes...

Elle se tut. Le silence retomba. Jansen bafouilla quelques mots de réconfort. Mathilde releva les yeux. Elle continua :

— Vous savez, papa était un des principaux notables, ici. Sa maladie et la guerre l'ont terriblement affaibli. Il a toujours eu à faire face à une telle hostilité...

— Hostilité ? Pourquoi ?

Mathilde de Givrais reprit l'histoire qu'il avait entendue le premier soir. La main-d'œuvre qui manquait. De Givrais qui sombrait dans une sorte de retraite et s'enfermait dans sa déréliction de vieillard.

— Nous sommes des verriers. Des maîtres verriers, depuis plus d'un siècle et demi. Mais nous ne sommes pas des aristocrates. En tout cas, pas pour ceux d'ici. La particule nous est tombée du ciel... Nous étions de simples Givrais. Mes grands-parents ont été mal anoblis par la monarchie de Juillet. Et quelques nantis des environs ne nous le pardonnent pas... Enfin, la guerre a achevé de nous épuiser. L'époque n'est plus, comme vous l'avez compris, aux bouteilles de parfum et aux cendriers de réclame.

Comme elle en avait dorénavant l'habitude, Mathilde de Givrais changea brutalement d'humeur. Elle se leva sans un mot, laissant tout en plan, citronnade et beignets, et s'enfuit vers le château. Sa longue jupe couleur beurre frais aussi raide qu'une tôle.

Jansen comprit quelques heures plus tard qu'elle avait une nouvelle fois reçu Le Hire dans le petit vestibule. Il rôda un long moment devant la porte fermée comme devant celle d'un mausolée. À deux reprises, il entendit Le Hire prononcer sa formule de l'autre fois : *Conspiration des âmes*. Des ânes, oui ! eut envie de hurler Jansen. Il faut être un âne pour avaler toutes ces salades-là !

Ils avaient repris leurs places au salon, à la lueur électrique. Mathilde de Givrais lisait d'une petite voix monocorde. Elle commençait généralement leur lecture commune par quelques lignes à haute voix.

« Histoire de nous mettre dans l'ambiance », se justifiait-elle. Au bout de quatre ou cinq lignes, elle se taisait, et leur lecture silencieuse commençait.

> En réalité, Mme Gosselin avait enfermé son existence dans un rythme lent. Elle était insignifiante aux yeux vulgaires. Un observateur s'était-il jamais arrêté devant elle, quand elle passait les mains unies sous la poitrine, marchant droit et droite, les yeux à dix pas, ne regardant personne...

— Ne dirait-on pas que l'auteur parle de moi ? lança soudain Mathilde, éloignant son livre de ses yeux. Tout cela me semble tellement... personnel !

— En vérité, fit Jansen, j'ai pensé à quelque chose d'assez proche lorsque je vous ai vue la première fois, ce soir-là, quand vous couriez après Fanfan dans le crépuscule. Et surtout, au souper, plus tard. Vous sembliez... tellement seule !

— Seule ? Sans doute. Mais est-ce que vous me trouvez insignifiante, aussi, docteur Malka ?

Jansen reposa son exemplaire à cheval sur l'accoudoir de son fauteuil. Il sourit. Il essaya de s'éclaircir discrètement la gorge, puis regardant Mathilde de Givrais d'un air doux et décidé, il dit :

— Décidément, vous aurez du mal à lâcher ce *docteur Malka* ! Rien n'a plus de signification que vous, Mathilde. Dans ce monde en ruine que décrit votre père, et que j'ai vu de tout près là-bas, je crois que vous êtes la chose la moins insignifiante qui soit pour moi... Mais puis-je vous demander quelque chose ?

— Bien sûr !

— Je... j'ai entendu, comme je passais tout à l'heure, sans vouloir entendre, M. Le Hire... Lorsque vous étiez dans votre vestibule...

— Eh bien ? fit Mathilde, sans avoir l'air irritée par cette indiscrétion.

— Je l'ai entendu prononcer cette expression singulière : « complicité des âmes ». Qu'est-ce que cela signifie, exactement ?

Mathilde laissa filer un petit rire facétieux.

— Pas « complicité » ! Conspiration. *Conspiration des âmes...* Vous êtes quand même bien curieux pour un vilain moqueur, n'est-ce pas, docteur Malka !

Est-ce que les choses psychiques vous intéresseraient, soudainement ?

— Et quand bien même ? Je vous dis que rien de ce qui vous intéresse ne saurait être insignifiant...

— Alors je vais vous le dire, si vous promettez de ne pas ricaner.

— Je promets !

— Le Hire affirme – ou plutôt, Eusapia lui a appris à l'affirmer – que certains esprits arrivent à se focaliser lorsque...

— *Focaliser* ? Qu'entendez-vous par « focaliser » ?

— Se faire sentir, ou ressentir, ou percevoir... Mais ne m'interrompez pas à chaque mot que je dis ! Ces esprits parviennent, s'ils pénètrent la conscience du médium, à se faire aussi sentir par d'autres observateurs, des personnes présentes, ou même d'étrangers au cercle spirite. *Les âmes s'associent !* Elles communient. S'agrègent. Tous alors voient ce que le médium perçoit. Il règne alors une très grande... votre mot est juste après tout : complicité mentale. C'est cela dont parle M. Le Hire.

— Vous en avez fait vous-même l'expérience ?

— Non. Je ne sais pas même si je le souhaiterais. Mais laissons tout cela. Je suis sûre que vous n'en parlez que pour me faire plaisir et que toutes ces choses vous contrarient profondément.

Mathilde s'était imperceptiblement penchée en avant. Son visage, généralement pâle, avait retrouvé quelques lueurs plus vives aux joues. Jansen vit ses chevilles gainées dans ses bas de fil grège se croiser et se recroiser devant elle, puis brutalement ramenées sous son fauteuil. Jansen tendit le bras, cherchant sa main, qu'il saisit fermement. Il la serra. La jeune femme le regardait intensément. Comme l'autre fois, lorsqu'ils s'étaient arrêtés dans l'herbe – devant les croisettes de bois pourri, sous le grand calvaire –, le soufflement de forge de la respiration de Mathilde emplit la pièce. Elle passait en hyperventilation. Ses muscles se tendaient, raidissant son corps. La main qu'il tenait lui semblait être de pierre, comme si une réaction tétanique s'était emparée d'elle.

Jansen se déplaça légèrement en avant et, sans lâcher sa main, lui caressa doucement l'avant-bras. Leur contact dura ainsi plusieurs minutes. Puis d'un coup, Mathilde de Givrais se dégagea de sa prise. Elle regardait quelque chose derrière Jansen. Elle s'efforça de retrouver une position neutre, chercha son livre, n'importe quoi qui eût pu lui donner une contenance. Jansen se retourna. Vasseur était revenu au salon et les regardait du seuil, les yeux vides.

24

Les retournants

— Tiens, vous ne portez plus vos vilaines lunettes qui vous vont si mal ? lui avait glissé Mathilde, un soir ou deux plus tard, juste avant la veillée.

Ils avaient dîné tard, rapidement. Nelly Voyelle leur avait servi une gelée et quelques restes de hachis. Ils avaient bu leur verre de frênette. Puis Jansen avait ouvert son *Madame Gosselin*. Il s'était mis à lire, en oubliant de mettre ses lunettes Morez. La jeune femme l'avait rejoint. Adrien Jansen bredouilla une explication confuse, mêlant des arguments de coquetterie et des raisons pratiques. N'empêche. Il fallait être prudent. Ne jamais rien relâcher. Ce sentiment d'angoisse l'avait repris, cette menace imminente et qui ne venait jamais. L'après-midi, M. de Givrais lui avait ainsi jeté des regards par en dessous qui semblaient en dire long sur ses sentiments réels à l'égard de ses deux invités qui ne voulaient plus partir. Il supposait maintenant que seule la lassitude extrême du vieil homme l'empêchait de les trahir. Et le matin même, puis l'après-midi, il avait été si inquiet que Mathilde avait dû remarquer son trouble. Et voilà qu'il se dénonçait lui-même...

Mathilde et Jansen avaient passé la journée à Rouen, pour des achats. Des indispensables, estimait-il en riant intérieurement. Des épingles de sûreté et du nécessaire à argenter Hix pour le tuyau de poêle de l'office...

Jansen n'avait cessé d'avoir peur d'être reconnu. À chaque carrefour, là où la vue se perdait, dans l'enfilade des rues droites, dans la foule des boutiques, cent fois, il s'était cru trahi. Une voix un peu forte le faisait sursauter. Il s'imaginait à tout instant interpellé sous son vrai nom par un vieux camarade, un ancien voisin, une collègue d'école.

« Tiens, Jansen ? De retour ? Tu n'es pas estropié, au moins ? »

« Mais c'est Jansen ! Adrien Jansen ! Sacré poilu ! Tu es à Rouen et tu ne te fais pas connaître ? »

« Monsieur Jansen. Vous êtes donc rentré ? Vous revenez faire la classe ? »

Chapeau et lunettes lui semblaient des protections ridicules contre l'inquisition spontanée de mouchards innocents. Il se sentait grotesque, sous ses défroques de bouffon de chie-en-lit. Il se tenait tout contre Mathilde, pareil à un aveugle collé à son chien, baissant le museau et restant courbé, regardant tout par en dessous.

Ils avaient été prendre une collation dans une grande brasserie, sous la cathédrale. Ici encore, des hommes en âge de se battre jouaient les dandys sous des feutres clairs, se ciraient la moustache et regardaient les filles. Ils buvaient des blancs limés et des bocks de bière en contemplant le ciel.

— Bon Dieu, que je perds mon temps ici, fit soudain Jansen, dans un brutal élan de sincérité.

— Vous voulez dire, claqua Mathilde, que vous perdez votre temps avec moi ?

— Je veux dire que les hommes n'ont rien à faire à l'arrière pendant que la troupe marche sur nos ennemis. Il y a mieux à faire. Mon rôle à moi est de soigner les blessés, pas de tremper une brioche dans mon sirop d'orgeat...

Mathilde, une fois encore, avait cherché sa main sous le guéridon de marbre. Elle avait regardé Jansen de son air désolé et lui avait murmuré des *Adrien* à l'oreille. Ils rentrèrent vers Abbeville. Dans l'omnibus, elle avait posé sa tête sur son épaule et s'était endormie. Son souffle était lent et calme.

Tout au long du trajet, sur le reflet de son propre visage qu'il fixait dans la vitre noircie par la nuit, Adrien Jansen avait lu une fausseté immense, dont il ignorait tout quelques semaines plus tôt.

— Il m'a ri au nez ! Nelly ! Jamais je n'oserai dire à Mathilde que ce docteur Vally est sans aucun doute une canaille qui...

— Une canaille ? Et qu'a-t-il fait pour que vous lui fassiez cette réputation, monsieur ?

Jansen avait entendu les voix monter depuis la cuisine. Il s'était assis une nouvelle fois à la table, attendant son café matinal. Et la voix de Nelly, incisive et haute, puis celle du vieux, rageuse et plus sourde, l'avaient interpellé. Ils se querellaient dans la cuisine. Jansen se leva et fit quelques pas étouffés vers l'office.

— Vous ne voyez donc rien de ce que moi, je vois ? Ces deux-là sont bien plus jeunes qu'ils ne veulent le dire !

— Et alors ? Qui a encore un âge aujourd'hui ?

— Et leurs « valeurs » ? Du vent ! Quatre-vingts mille francs pour acheter une clinique aux bonnes sœurs de la ville d'Eu, et quoi encore ?

— De Mers !

— Mers ou Eu, c'est du pareil au même. Il n'y a pas plus de clinique là-dessous que d'eau en poudre ! Ces gars sont des soldats en fuite... Ils ont des airs de soldats, des musettes de soldats... Nous abritons deux déserteurs sous notre toit.

— Le docteur Malka a soigné Fanfan ! Je l'ai vu faire. Ce n'est pas un simulateur...

— Alors, ce sont des médecins déserteurs... Il y en a ! Il y en a ! Moi je dis que vous allez aller me dénoncer tout ça aux gendarmes... Aux premiers que vous nous trouverez. Vous avez entendu parler de ces barbets qui cherchent à se faufiler dans l'arrière ? Ces espèces de *retournants* qui viennent s'embusquer loin du front sous des identités de fantaisie ?

— *Retournants* ? Ce que je crois, c'est que vous, vous devriez retourner au lit, avant que la tête ne vous chauffe trop !

— J'irai dans ma chambre et vous, vous irez aux gendarmes.

— Et ce serait pour les cinquante-six francs que vous me payez tous les mois que j'irais les balanstiquer aux gendarmes ?

Jansen reprit sa place, à table. Sa gorge avait séché comme une figue au soleil. Il vit, dans un brouillard, Nelly Voyelle, de son air habituel, déposer café et pain d'orge devant lui. Son sourire, semblait-il, n'était ni plus forcé ni plus aimable que d'habitude.

— Le docteur Vally est allé faire son tour, glissa-t-elle en raffutant quelques miettes.

Elle n'attendait pas de réponse. C'était une information qu'elle délivrait, voilà tout. Elle retournait déjà aux cuisines quand le vieux en sortit. Il ne le regarda pas, filant tout droit vers l'escalier.

Jansen acheva de s'habiller, la tête pleine de doutes. Il était à peine huit heures et demie. Mathilde ne s'était pas montrée et ne descendrait pas avant une bonne heure. La perspective de fuir seul le pétrifiait. Non pas que la présence de Vasseur le rassurât plus que ça, mais – comme il l'avait toujours pensé – le mensonge l'enserrait dans un exil qu'il ne pouvait envisager seul. Il ne serait pas un docteur Malka, fuyard solitaire, errant dans les villes côtières, attendant la fin de la guerre en sursautant au moindre bruit. Il ne se voyait pas rôder encore des jours, des semaines ou des mois avec son sauf-conduit et son modèle 92. L'expérience de Rouen l'avait aiguisé sur la vie qu'on pouvait mener à l'arrière si l'on n'était ni un protégé, ni un permissionnaire. Ou un estropié à la gueule cassée, rafistolée à la greffe ou au mastic chirurgical, condamné à se terrer dans un trou, avec d'autres monstres.

Sans vraiment décider ce qu'il faisait, sans rien emporter de ses affaires – ni plan de route –, vers dix heures du matin, il quitta le domaine d'Ansennes par les pentes de la forêt. Il fut en quelques minutes à l'orée de sapins qui plongeait vers la vallée. Tout en bas, la grande route de la mer fuyait au nord-ouest, blanche comme un trait de craie sur un tableau d'école. Alentour, la campagne était paisible, autant que sur une toile de Sisley ou de Pissarro. La végétation contrastait avec l'ocre des briques, pareilles à des sections fraîches de citrouille. Des clochers perçaient l'horizon, de plus en plus fins, balisant le lointain de l'itinéraire à suivre. Il se mit en route. Il marchait à bonne allure. D'après les renseignements qu'il avait recueillis, la côte se trouvait à un peu moins de vingt kilomètres. En comptant la pente sur le premier tiers du trajet, et en accélérant progressivement son pas, il pouvait y être en trois heures. Peut-être un peu moins. La première heure passa vite ; il était noyé dans ses pensées, et la montée régulière du rythme de ses foulées le plongeait dans une sorte de mélancolie joyeuse dans laquelle l'éloignement de Mathilde et la griserie de l'inconnu se mêlaient. Il traversa bientôt un paysage d'étangs et de marais. Un instant, il se serait cru revenu au cantonnement, à l'est d'Amiens, et à leur nuit de fuite. Il y avait ces roseaux et ces gravières, ces rives boueuses aux odeurs d'eaux stagnantes. Une différence : ici, les bêtes n'avaient pas fui. Sans doute, au contraire, les cheptels avaient-ils été renforcés par des contingents de réfugiés – barges, hérons, canards, courlis, tadornes – terrifiés par les bombes et le feu, et qui venaient trouver ici, plus à l'ouest, un nouvel asile.

Jansen arriva à la ville d'Eu un peu après midi. Il y avait encore du monde dans les rues. Un marché se terminait près de la collégiale. La route de la mer montait en pente douce, se faufilant sous les arcades du chemin de fer. La faim le prit subitement. Il se sentait vidé, aussi creux qu'un tube. Il y avait une grande pâtisserie suisse à main gauche, dont les vitrines semblaient chargées de pains mollets et de brioches. Il crut même voir des darioles ou des flans alignés derrière la vitre, dont les chapeaux de lait doré luisaient comme de l'or. Il en soupçonnait le parfum de vanille et d'amande.

En traversant la rue, un tombereau chargé de betteraves le renversa. Sa tête porta sur le pavé. Jansen perdit immédiatement connaissance.

25

La position de Trendelenburg

Le docteur Comtat était un médecin entre deux âges. Il s'était installé à la ville d'Eu près de dix ans avant la mobilisation, mais sa clientèle n'arrivait pas à croître. Sans doute à cause de ses yeux un peu faux et de son allure maladive. Quelqu'un a dit qu'un patient ne peut pas faire confiance à un médecin incapable de se soigner lui-même, et cette sentence semblait particulièrement juste pour le docteur Comtat. La guerre avait encore compliqué son cas. Honteux de ne pas avoir participé au conflit – il avait cinquante et un ans et n'avait jamais suivi la moindre préparation militaire en raison d'un asthme mal remis –, il était en sus traité d'embusqué par ses patients qui l'avaient pour la plupart quitté.

Il se pencha vers Jansen et murmura :

— Pas de mouvement brutal, mon ami... Ne vous relevez pas trop vite. Je n'ai pas identifié de fractures, mais la prudence s'impose...

Adrien Jansen ouvrit les yeux. Un visage aux yeux globuleux s'agitait près du sien. Il distingua des sourcils, des cheveux, des rouflaquettes, toute une effloraison de poils gris.

— Où suis-je ? demanda-t-il, d'une voix parfaitement claire.

— En *décubitus*, dans mon cabinet, firent les poils gris. Tout va bien. Vous avez été salement culbuté par une charrette de paysan... Mais tout va bien ! – Comtat fit clignoter un œil globuleux et répéta, d'une voix réjouie : – Tout va bien, cher confrère ! Je suis le docteur Auguste Comtat. Très heureux !

Il tapota le bras de Jansen, d'une main fine de jeune fille.

Adrien Jansen sentit un fluide glacé le traverser. *Confrère ?* Qu'est-ce que ce polichinelle avait été fouiller ? Est-ce qu'il avait prévenu du monde ?

— Vous avez prévenu du monde ? lança Jansen, d'une voix blanche.

— Et qui, mon Dieu ? Vous tombez de la lune, cher confrère !

Jansen ne put réprimer un sourire.

— Tant mieux ! Tant mieux ! fit-il. On inquiète toujours les gens quand on leur signale l'accident d'un proche... Vous le savez autant que moi, *cher confrère* !

Comtat grimaça de bonheur. Manifestement, ses relations sociales, en particulier avec ses pairs, devaient être des plus rares. Il était radieux.

— Vous remarquez que je vous ai placé en position de Trendelenburg ! On n'est jamais trop prudent. Mais je peux vous annoncer qu'il n'y a rien : ni fracture ni commotion. Rien !

— Je vous en remercie. Mais il va falloir que...

— Tss ! Tss ! Pas question de filer avant d'avoir bu ensemble un petit remontant. Alors, vous êtes major, docteur Malka ?

« Ce satané crapaud a bien fouillé mes poches et lu mes documents... » Jansen le fixa, la tête toujours renversée en décubitus. Le docteur Comtat semblait absolument émerveillé d'avoir un médecin militaire dans son propre cabinet.

— En congé provisoire. Mission d'exploration, souffla Jansen, sur un ton vaguement confidentiel.

Cela ne voulait rien dire, mais le petit docteur parut s'en contenter. Il répondit, d'un air entendu :

— Parfait ! Absolument parfait... Je suis heureux de vous avoir porté assistance, docteur !

Jansen se redressa.

— Je vais oublier la position de Trendelenburg, avec votre autorisation ! Voilà !

Il s'assit au bord de la banquette d'examen. Aucune douleur, en effet. Même sa terrible sensation de faim s'était estompée.

— Quelle heure est-il, s'il vous plaît, docteur Comtat ?

— Trois heures et pratiquement dix minutes.

— Je suis donc ici depuis plus de deux heures, alors ? J'ai été inconscient si longtemps ?

— On vous a porté chez moi vers midi... Vous avez été renversé à vingt pas d'ici. Nous en étions à ce petit verre d'eau-de-vie ! Ne bougez pas ! Ordre médical.

Comtat cligna encore une fois son monstrueux œil gonflé d'humeur. Il disparut dans un couloir. Ses menus pas de souriceau s'éloignèrent. Jansen examina l'endroit. Des vitrines du siècle dernier, des cuvettes nickelées, des boîtes de pansements aseptiques, des teintures d'iode dans des flacons dont certains avaient fui. Un bureau modeste. Aucune gravure. Adrien Jansen se leva vivement. Il tendit l'oreille. L'autre remuait des verreries au fin fond de sa maison.

Sautant de la banquette, Jansen ouvrit l'armoire vitrée. Sur le rayon supérieur, il balaya du regard une série de fioles : liquide de Wright, chlorure de sodium, acide phénique, chlorhydrate de morphine, Dakin...

Il souleva cinq ou six ampoules de morphine. Les enfouit dans sa musette. Il compta. Il en restait une douzaine. Il en subtilisa deux de plus. Les autres produits lui étaient inconnus. Il referma doucement la porte en verre. Les pas étaient encore loin du cabinet. Il reprit sa position de Trendelenburg, attendant le docteur Comtat.

Ils burent un verre de cordial. Jansen sentit qu'il aurait pu rester là jusqu'au soir sans que l'autre y trouve à redire. Il se leva :

— Vos patients, docteur Comtat ! Je vous remets à eux... Vos visites auront dû sans doute commencer...

— Oh, mes patients... – Il fit un geste dans l'air, celui d'un oiseau qui s'envole. – *Pffuit !*

Un après-midi, un jour ou deux plus tard. Un soleil pâle qui semblait déjà annoncer l'automne entrait dans le salon saisi de froid du vieux bâtiment.

M. de Givrais sommeillait dans le fumoir-bibliothèque, le seul endroit où Nelly Voyelle entretenait un feu. Sa chaleur ne portait pas à plus d'un mètre ou deux autour du foyer. Mais l'odeur de fumée montait jusqu'aux chambres, âcre et minérale.

Jansen laissait glisser le temps, dans une somnolence presque permanente. La morphine, dont il avait songé user pour neutraliser le vieux de Givrais avant qu'il ne se décide tout à fait à les vendre aux gendarmes, il l'avait utilisée pour lui seul. L'opium l'avait plongé dans des rêves touffus, emboîtés les uns aux autres, dont les moments d'éveil semblaient de simples pauses. À son retour, il avait passé près de vingt heures dans sa chambre, sans manger, buvant seulement l'eau de sa carafe.

Depuis qu'il était revenu de sa virée vers la mer et avait manqué une nuit au château, Mathilde n'avait cessé de le scruter. Les rares fois où il était descendu au salon, elle ne l'avait pas quitté des yeux. Comme s'il allait à tout instant s'évaporer dans l'air malsain d'Ansennes, et cette fois ne plus jamais revenir.

Au bout de trois ou quatre jours, Jansen avait abandonné la morphine. Les rêves le terrifiaient et, dès le réveil, il se trouvait pris à tout instant de violentes nausées. Plusieurs fois, au déjeuner ou lors de leur lecture de *Madame Gosselin*, Mathilde lui avait soufflé, d'une voix timide et fiévreuse :

— Adrien... Vous n'allez pas disparaître encore ? N'est-ce pas ?

Il la regardait sans répondre, avec tendresse – quelque chose qui ressemblait à de la tendresse. Cet après-midi-là, encore, elle avait répété, troublant le silence du grand salon :

— Vous n'allez pas partir encore, n'est-ce pas ? Me laisser ici et disparaître ?

Jansen avait souri, cherché à l'apaiser en prenant sa main, avant de glisser :

— Pourtant, nous ne pourrons pas rester chez vous jusqu'à la Saint-Glinglin... Votre père doit se lasser de notre envahissement. Une invitation n'est pas une invasion, Mathilde.

— Papa vous a dit que vous étiez ici chez vous. Jusqu'à ce que votre affaire se fasse... Et puis, vous nous tenez compagnie. Vous nous protégez, en quelque sorte. Il paraît que les campagnes sont pleines d'égorgeurs que les Allemands laissent derrière eux pour semer la panique !

— Encore cette histoire de tueurs camouflés !

— On a retrouvé un autre corps... Mon Dieu ! Un téléphoniste de l'armée. On lui aurait crevé les yeux avant de lui couper la gorge...

— Il n'y a pas que les Allemands qui égorgent des gens !

— Allemands ou barbares des tribus d'Attila, je... je suis tellement rassurée quand vous êtes là, au domaine. Qu'est-ce qui pourrait bien nous arriver ?

26

Zigzags

Le Chien de sang regardait le corps. Ce qu'il en restait. L'homme avait dû rester sous ce tas de branchages depuis des jours. Par endroits, la chair et la peau avaient fusionné avec le tissu du bourgeron miteux qu'il avait enfilé par-dessus sa chemise réglementaire. Ses cuisses aussi s'étaient désagrégées, et la pourriture avait mangé la toile du pantalon dont les genoux étaient renforcés de cuir. Le cadavre était dans cet état intermédiaire, entre décomposition et dispersion, il ne puait même plus.

François Delestre reconnut un type du téléphone, ou du service du télégraphe. Un de ceux qui grimpaient aux poteaux, pour y tendre des câbles. Son visage était celui d'une momie. D'une momie hideuse aux yeux crevés. La peau tendue sur le visage, à la manière d'une voile plaquée par le vent, était fendue aux orbites, par deux trous remplis de vermine. On avait dit à Delestre – en le convoquant au plus vite sur les lieux – que le type s'appelait Abel Grangé. Et qu'il avait vingt-huit ans. Il ne l'aurait pas deviné. Le corps lui paraissait être là depuis la guerre de Cent Ans. On lui avait dit aussi que cet Abel Grangé était un déserteur. Du 3e régiment du génie. Qu'il avait abandonné la 5ᵉ armée devant Soissons, et qu'il avait marché, sans doute principalement de nuit, plus de quatre-vingts kilomètres vers l'ouest. Il avait échappé aux Allemands, mais celui qui l'avait débusqué là ne l'avait pas raté. La tête était quasiment sectionnée. Carotide et jugulaire étaient cisaillées en plusieurs endroits, et les vertèbres présentaient des incisions profondes. Les blessures aux yeux étaient atroces, et sans doute, l'arme – un couteau puissant, ou une baïonnette – avait percé au-delà des globes oculaires, peut-être jusqu'à la masse cervicale. Toujours d'après le légiste de la prévôté, ce gars-là avait été assassiné avant ceux d'Huppy. Peut-être dix ou douze jours plus tôt.

Delestre avait voulu voir. Les déserteurs parfois s'entendent et se rassemblent en sortes de petites meutes, tapies dans les campagnes ou dans les ombres des villes. Il espérait vaguement que ce corps lui donnerait des nouvelles des « siens ».

On lui avait fait remettre une liste de décès « non validés », ce qui signifiait, dans le jargon judiciaire des unités prévôtales, que les victimes « n'avaient pas été tuées à l'ennemi ou par suite d'actions subséquentes aux activités habituelles de la guerre ». En d'autres termes, des assassinats. Avec un commentaire d'accompagnement qu'il lut en ricanant : « Meurtres de Camon / Ramburelles / Huppy – Les circonstances particulières récusent a priori l'acte d'un seul meurtrier. Les maniaques auxquels nous avons affaire sont sans aucun doute issus de parcours indépendants, ou de bandes différentes, pratiquant selon des mobiles distincts. Les crimes multiples affectés au même individu meurtrier sont toujours répétés selon des formes identiques, qui en constituent la signature criminelle. »

Une nouvelle fois, François Delestre évoqua la possibilité que les deux déserteurs se soient séparés. Voilà qui expliquerait sans difficulté les modes opératoires différents, même s'il trouvait, lui, des points d'ancrage et des constantes : les mutilations et violences ultérieures ou associées aux meurtres eux-mêmes. L'incinération brutale du gendarme à Camon. L'énucléation à Ramburelles. Les multiples et inutiles impacts d'arme à feu à Huppy. L'homme ou les hommes qui avaient fait ça étaient des désaxés, incapables de contrôler leur violence et le déchaînement de leur colère. Et quelle que soit la « signature criminelle » qu'ils laissaient derrière eux. Poignard, revolver, braises ardentes : tout était bon pour en finir avec ceux qui se mettaient en travers de leur route.

« Ils tracent une drôle de route en zigzag », estima également Delestre. Filant plein ouest vers la mer, puis se déportant au sud, puis au nord.

« Et s'ils cherchaient à se faire aider par des médecins, abusant de leur fausse identité ? » Il décida de faire recenser les médecins dans un rayon de vingt-cinq kilomètres autour du Vert-Bocage. Et de leur soumettre un questionnaire. Les réponses tarderaient. Cela mettrait du temps, voire, ne reviendrait jamais.

Delestre se tourna vers les territoriaux qui fumaient leur pipe infecte, appuyés sur leurs pliants. Il pensait à cet Abel Grangé. Un *classe 1910*. Mobilisé dès les premiers jours. Sans doute envoyé aux frontières aussitôt la déclaration de guerre. Puis quarante-neuf mois de feu. Plus de quatre années, à se voir mourir à chaque nuit qui tombe.

— Enlevez-moi le corps. Qu'on l'enterre rapidement. Et proprement. Ce garçon a abandonné son unité, mais personne ne mérite ça.

— D'la racaillure de poteau d'exécution, oui, souffla un des territoriaux, en sourdine.

— Qu'est-ce que tu racontes, toi ? grogna Delestre.

— Rien d'bien qu'la vérité ! C'est comme ça qu'les médecins-majors de l'aut'jour ils appelaient les traîtres qui s'en retournent à l'arrière...

— Médecins-majors ? se redressa Delestre. Quels médecins-majors ? Et où ?

« Deux points pour faire une droite... » Des points, il en avait bien plus maintenant.

27

Adieu, Pierre Vally

— Et maintenant, chère demoiselle, vous allez m'ouvrir ce joli corsage et me montrer vos seins…

Vasseur déplaça légèrement la lame de son couteau de tranchée vers le cou du chien. Mathilde vit la frêle encolure de Fanfan, là où le poil roux devenait blanc, et sous lequel battait la jugulaire. Par comparaison, la lame semblait monstrueuse.

Fanfan se recroquevilla, terrifié par la poigne de Vasseur qui lui pressait le râble vers son arme. Mathilde se mit à suffoquer, prise d'une violente dyspnée. Elle haletait, les yeux fixés sur le chien et le couteau.

Les dernières minutes lui remontèrent à la tête, comme un mascaret de terreur. Mathilde faisait quelques pas dans le parc, avec Fanfan. Elle s'était glissée sous les premiers feuillages du bosquet pour en chercher la fraîcheur. Elle approchait du pavillon quand l'autre avait surgi, de nulle part, la poussant à entrer et la menaçant de son couteau. À peine avaient-ils franchi la porte qu'il soulevait Fanfan et lui collait son arme sous le cou.

— Il va falloir faire plus vite que ça, la poule ! Fais voir tes seins, nom de Dieu !

Vasseur était passé au tutoiement. Cela, plus que l'ordre lui-même, aussi abject fût-il, emplissait Mathilde de terreur. Elle n'envisagea même pas de parlementer. La voix et les yeux de l'homme qu'elle avait en face d'elle la dissuadaient de toute négociation. Elle essaya de calmer sa respiration, chercha l'air en aspirant du plus qu'elle put. Elle leva la main et déboutonna les premiers boutons de son chemisier. Deux, puis trois, puis quatre boutons s'ouvrirent. Elle s'était lancée. « Il suffit de continuer, se dit-elle. Ce n'est rien que tout ça. » Ses pensées restaient figées sur Fanfan. Empêcher ce dangereux déséquilibré de lui faire du mal. Obéir. Tout allait bien se passer. Du moins, tout allait passer. Elle se projeta dans un futur tout proche ; ce soir. Cette nuit. Tout serait terminé. Tout se serait *bien* terminé. Mais elle comprit que cela ne pouvait pas bien se terminer : quelque chose qui commence avec ces mots, cette menace, cette terreur-là ne s'achève jamais bien. Il allait tuer Fanfan, et la tuer elle aussi. Après. Elle aurait eu le temps de voir Fanfan mourir. Souffrir et mourir. Une violente convulsion s'empara d'elle. Une nouvelle fois, elle chercha à renouveler l'air qui emplissait ses poumons.

— Ahfeeh... Ahfeeh, rauqua-t-elle.

Vasseur ricana.

— On s'étouffe ? Allons ! Dégrafe-moi tout ça jusqu'en bas, tu vas voir comme on respire mieux avec les seins à l'air !

Mathilde de Givrais fit glisser son chemisier par-dessus ses épaules. Elle le laissa choir sur le lit, derrière elle. Elle était maintenant en corset de coton un peu jauni. Prise dans ses spasmes respiratoires, elle imagina que les baleines surpiquées de rose de son sous-vêtement l'enserraient à la manière d'un tonnelet qui se rétrécissait sur elle. L'image lui coupa le souffle, un peu plus. Elle se laissa aller. Mathilde passa un doigt sous la bretelle et fit glisser celle-ci sur son bras. Elle allait faire de même avec l'autre, abaisser son corset et s'exposer, comme l'autre l'exigeait. Vasseur lança, d'une voix gonflée par l'excitation :

— N'enlève pas ça, la poule ! Sors-moi juste tes mandarines par-dessus...

En même temps, il fit glisser Fanfan sur son bras, et s'assit sur un fauteuil, face à elle.

D'un geste, Mathilde de Givrais tira sur les pressions. Ses seins jaillirent hors du corset. Vasseur commençait à se caresser à travers son pantalon.

— Ne bouge pas, putain ! Surtout, ne bouge pas !

Il accéléra son mouvement et presque aussitôt, poussa un râle répugnant. Il se releva brutalement, lâcha Fanfan qui rebondit sur la descente de lit, et regardant Mathilde bien en face, dit :

— Raconte ça à quelqu'un et j'ouvre ton clébard en deux comme un livre... Et toi après.

Mathilde s'était jetée à genoux sur Fanfan et lui caressait la tête. Elle se mit à tousser, sans pouvoir se reprendre. D'un coup de pied, il chassa le chien qui se faufila dehors en gémissant.

Vasseur s'approcha, en soufflant lui aussi comme une forge.

Nelly Voyelle rentrait du village à bicyclette. Sacrées réquisitions... On ne lui avait vendu que la moitié d'un pain, ce jour-là. Elle allait poser pied à terre, au bout du terre-plein gravillonné, quand elle entendit Fanfan aboyer, de manière insistante. Elle posa son vélo et le panier, et appela :

— Fanfan ? Voyons ! Où es-tu, cabot ?

En réponse, elle reçut les aboiements de plus en plus inquiets du chien. Fanfan se tenait entre l'allée et l'aile droite, bondissant maladroitement sur ses pattes arrière, en demi-cercles nerveux. Il faisait quelques mètres en avant, dans la direction du pavillon, puis revenait se poster à quelques pas de Nelly, l'incitant à le rejoindre.

Nelly Voyelle s'avança. Elle tapa sur sa cuisse pour attirer Fanfan et se mit à le caresser. Le chien continuait à aboyer, insistant, dans la direction du pavillon de garde. La gouvernante regarda le sous-bois. Le pavillon était à quarante mètres, encore baigné de brume, malgré le midi tout proche. Elle marcha dans sa direction, indécise. Arrivée à trois ou quatre mètres de la façade, elle entendit des voix. Vasseur, ronchonnant. Puis des gémissements. Mathilde de Givrais. Elle respirait de son souffle poitrinaire. Non. Elle pleurait, à sanglots heurtés.

Sans hésitation, Nelly Voyelle se précipita sur la porte. La repoussa vers l'intérieur. Vasseur était penché sur le grand lit défait, en bras de chemise. Allongée, Mathilde s'y débattait, la poitrine nue, le chemisier remisé de côté, dégrafé ou arraché. Vasseur se retourna, l'œil noir. Il se recula, un peu. Nelly Voyelle s'était figée, bras croisés. Tout le sang s'était retiré de son visage. Plus livide que jamais, dans son habit sombre, elle siffla :

— Porc ! Dégoûtant !

Contournant Vasseur, elle se jeta sur Mathilde et la consola, l'aidant à se couvrir. Elle avait une vilaine marque au sein, une marque de morsure, sur laquelle le sang commençait à sourdre légèrement.

— Allons, mademoiselle... Tout va bien aller. Allons...

Mathilde était secouée de spasmes. Elle crut qu'elle allait vomir, ou s'évanouir. Vasseur s'écartait, en se rebraillant. Il ricanait, sur un ton crapuleux de canaille.

— Eh bien quoi ! jeta-t-il. Quoi ? Il y a bien de la place pour plusieurs marques de jupons dans mon cœur, ma belle !

Il sortit à pas indolents du pavillon, sans un regard. À peine Vasseur dehors, Fanfan se précipita à l'intérieur, filant se nicher sous les bottines de sa maîtresse.

Mathilde essaya de se calmer. Ses yeux brouillés et son nez coulant lui donnaient les airs d'une enfant souffreteuse.

— Oh Nelly... Pas un mot, je vous en prie. Pas un mot à personne !

Nelly Voyelle hochait la tête, doucement, continuant à bercer la jeune femme dans ses bras, en lui caressant le front.

Le déjeuner fut expédié. De Givrais, à peine sorti de ses rêves, ne leva pas le nez. Il grignota quelques miettes et remonta à sa chambre. Nelly Voyelle, absolument silencieuse, s'était installée en bout de table, à sa place. Elle posa sans le présenter un plat de macaronis devant elle. Jansen fit le service pour eux deux. Mathilde ne parut pas. Vasseur non plus.

Adrien Jansen mangea sans un bruit. Il levait par instants les yeux vers Nelly, mais celle-ci restait courbée sur son gratin, sans y toucher.

Il but plusieurs verres de frênette et se décida enfin :

— Où sont les autres ? Il y a quelque chose aujourd'hui ? Une épidémie ? La grippe américaine est arrivée jusqu'à nous ?

Nelly Voyelle le fixa, les yeux morts. Jansen se leva, abandonnant son assiette à demi pleine, et quitta la table. Il monta à sa chambre, puis, se ravisant, se dirigea vers la porte de Vasseur. Il toqua, Vasseur lui ouvrit.

— Qu'est-ce qui se passe, bon sang ? Il y a du nouveau ?

Vasseur le regarda, sans répondre. Il but au goulot une rasade de son cognac, et s'assit sur le bord de son lit, les mains pendant entre les cuisses :

— J'en ai ma claque, si tu veux savoir, mon petit lieutenant... Je vais foutre le camp pour de bon.

— Encore ? Comme ça ! Tu fous le camp ? Je croyais qu'on était ensemble, Vasseur... C'est ta petite histoire de veuve anglaise qui te reprend ?

— Je les ai assez vus, ceux-là. Les deux innocentes et le vieux chnoque... Et eux aussi, à mon avis, ils nous ont assez vus, Jansen.

— Tu partirais comme ça ? Sans un mot ? Et eux ?

— Eux ? Tu te souviens pas ? On ne laisse personne derrière...

— *Couic* ? fit Jansen.

— *Couic-couic-couic* ! rigola Vasseur en tapant trois fois dans l'air devant lui.

— Je ne te laisserai pas faire n'importe quoi, Vasseur. Tu as déjà assez mis la margaille comme ça...

Jansen lança un méchant coup de pied dans le sommier sur lequel restait Vasseur. Celui-ci resta avachi, atone.

Jansen sortit, en faisant claquer la porte.

Jansen somnolait dans la torpeur de la morphine. Il avait hésité, puis repris. Tout en essayant de réduire la dose des premières fois. Au petit bonheur. Le livre du docteur Heyfelder ne l'aidait pas beaucoup : les indications et dosages qu'il préconisait ne concernaient que l'usage thérapeutique en opération. Lui recherchait le grand tourbillon suivi du calme profond – comme un abîme – dont lui avaient parlé certains intoxiqués avant-guerre, l'incitant à entreprendre son voyage dans l'opium. Un plaisir brutal, empli de vide et d'oubli, une quiétude au-delà des mots et de toute tentative raisonnée de la décrire. La première fois, lors d'une de ses permissions, il avait dormi des heures. Il était sorti du gouffre avec d'atroces douleurs au ventre. Les fois suivantes, Jansen avait plongé plus subtilement dans un demi-sommeil aérien et monocolore. Petit à petit, le songe s'épaississait et c'était bientôt comme s'il voyait le monde à travers les vitraux d'une église. Les sons, d'abord étouffés, lui paraissaient bientôt vibrants, comme perçus à travers une vaste quantité d'eau. Puis s'éteignaient tout à fait. Il voyait passer de magnifiques oiseaux de cristal liquide, volant à des altitudes inouïes. Pourtant, il en percevait chaque détail. Parfois, il était lui-même un de ces oiseaux, fendant l'air glacé des hauteurs. Il survolait des falaises, des cathédrales, des forêts. Les cathédrales étaient des forêts. Tout se muait, tout se changeait à son approche. Pour la première fois depuis août 1914, il se sentait vraiment bien. Il en avait à peine conscience, mais c'était au fond tout ce qu'il souhaitait désormais. Flotter dans ce nulle part coloré et fuyant – inerte mais changeant sans cesse –, à la manière d'un kaléidoscope. Ce silence tamisé par des pulsations ni tout à fait physiques, ni tout à fait sonores.

Il n'entendit pas s'ouvrir et se refermer furtivement la porte de Vasseur. Ni son pas assourdi passer devant chez lui, se dirigeant vers l'appartement de Paul de Givrais.

Vasseur y entra sans cogner. Jansen n'entendit pas non plus le vieil homme menacer, d'une voix de tête :

— Je sais qui vous êtes, monsieur Vally, ou quel que soit votre vrai nom. Un retournant. Un de ces lâches qui ont fui le front et laissé nos braves affronter la mitraille boche.

Vasseur lui lança une monstrueuse taloche qui le coucha aussitôt. Le vieux de Givrais se mit à geindre en bavant, à même le plancher du salon. Vasseur vit sa salive couler contre les lattes. Il plaqua son soulier sur son front, l'empêchant de se relever.

— Tu pourras toujours essayer tes séances de rayons de Béclère, papa ! Mais ça m'étonnerait que ça suffise à te remettre sur pattes...

Le vieux agonisa quelques minutes sous la semelle de Vasseur ; son cœur lâcha après un long frisson.

Il le replaça dans son fauteuil, les bras bien posés sur les accoudoirs. La bouche restait déformée. Il essaya de la lui redresser. Il constata vite qu'il était impossible de la remettre sur une expression apaisée et ne put étouffer un gloussement : le vieux affichait une grimace de gille de carnaval, au teint livide.

On trouva le corps à l'heure du souper. Nelly Voyelle était montée, ne le voyant pas paraître. Elle ne poussa ni cri ni hurlement. Elle redescendit, aussi calme qu'à l'ordinaire. Elle se planta devant Mathilde, les bras devant elle, les doigts enlacés, et, d'une seule traite, de la même voix que pour annoncer le menu, elle dit :

— Mademoiselle... Votre père est mort. Monsieur est mort. Il est sur son fauteuil. Tout à fait mort.

Mathilde de Givrais se leva, aussi vive qu'une vipère qui se détend pour mordre. Elle cria :

— C'est impossible ! Nelly... Mon père... papa n'est pas mort !

— Il est mort, mademoiselle Mathilde. Tout à fait mort. Si M. Malka voulait bien m'accompagner pour le replacer sur son lit, ce serait mieux, avant que vous montiez...

Mathilde de Givrais se laissa retomber sur sa chaise. Jansen, les yeux rouges et les pensées confuses, hésitait à se lever ou à dire quelque chose. La nouvelle n'avait pas encore de consistance pour lui. Elle flottait, immatérielle, dans son monde artificiel qui tardait à se dissoudre. Il avait la langue sèche, le front bouillant. Ses vêtements semblaient avoir soudain rétréci et le gênaient, aux coudes, aux cuisses, à l'entrejambe. Il bredouilla :

— Sans doute... Bien entendu.

Il se leva. Se trouva mieux qu'il ne l'espérait. Il se pencha sur Mathilde et lui souffla quelque banalité à l'oreille, qu'elle n'entendit pas, tout à sa stupeur.

Jansen remonta les escaliers, jusqu'à la chambre du vieux. Nelly Voyelle le suivait, accrochée à ses pas comme une ombre. Paul de Givrais était comme elle l'avait décrit, avachi sur son fauteuil, un rictus effrayant sur le visage. Ses doigts des deux mains s'étaient refermés, telles des serres, sur les pommeaux d'accoudoir.

— C'est une *anévrisse*, n'est-ce pas ? murmura Nelly Voyelle.

— Un anévrisme ? Probablement…, fit Jansen, prudemment. Allons, aidez-moi à le reposer.

Ils allongèrent le corps sur son lit. Jansen revenait lentement à la vie réelle, les poisons de la morphine se dissipaient. Il fit mine de se livrer à quelques constatations, en posant, comme il l'avait vu faire par les médecins militaires, ses doigts sur la base du cou, puis en ouvrant doucement une paupière.

— Oui, conclut-il, d'une voix qu'il jugea immédiatement suspecte : rupture d'anévrisme. Mlle de Givrais devra savoir que son père n'a certainement pas eu le temps de souffrir…

Ils s'apprêtaient à redescendre quand Nelly Voyelle revint à l'intérieur, tira les volets et les rideaux et, sur le chevet, alluma une chandelle de cire torsadée. La bougie des morts. Dans cette lueur rose, elle se tenait figée, regardant Jansen. Celui-ci, sur le seuil, la regardait aussi. Il fit :

— Allons, venez-vous ?

— Docteur Malka… Avez-vous vu M. Vally, ce soir ?

— Eh bien… Non. Je n'ai pas quitté ma chambre depuis… depuis notre déjeuner.

— Alors, il faut que vous sachiez… Je crois que le docteur Vally a quitté Ansennes. Je crois qu'il s'est… qu'il s'est enfui.

— Enfui ? Qu'est-ce que vous voulez dire ?

— Cela. Il est parti. Docteur ! Le docteur Vally est une bête abjecte !

Jansen s'était rapproché, revenant dans la chambre. La bougie projetait son éclat mouvant sur les murs et les voiles, créant une atmosphère de tempête. Jansen fut pris d'un frisson. Il craignait ce qu'allait dire, dans une seconde, Nelly Voyelle.

— Votre Vally ! Il a essayé de forcer mademoiselle... dans le pavillon ! Il a le vice en lui...

— Forcer ? Forcer Mathilde ? Forcer à quoi ? répondit Jansen avec une voix d'idiot.

— La forcer ! Elle ! La forcer à... Abuser d'elle, si vous préférez ! Il lui a mordu à la poitrine. J'ai vu la marque de ses dents ! Il l'avait proprement déshabillée...

— Assez ! Taisez-vous ! Pas devant lui. Pas devant un mort !

Jansen sentait les muscles et les os à ses tempes remuer aussi vite qu'un battant dans une cloche à la volée. Il n'ajouta rien. Tournant les talons il se jeta en courant dans le grand escalier.

Mathilde de Givrais n'avait pas bougé. Ses yeux étaient parfaitement secs.

Il fut inhumé au cimetière forestier, dans le grand caveau blanc des Givrais, cerné de buis. On avait d'abord exposé le corps dans le petit vestibule au sein duquel Mathilde, le mardi, recevait M. Le Hire. Le cercueil de noyer sombre ressemblait à un meuble de salle à manger, grotesque, posé sur ses tréteaux recouverts d'une étole noire piquée d'argent. Jansen imaginait une crédence renversée, chargée de vaisselle et de nappes. Mais il ne s'agissait pas de vaisselle ni de nappes. Il voyait le front et le nez du vieux de Givrais en dépasser légèrement, la tête relevée sur un coussin de soie mauve. « La mort civilisée, pensa-t-il. Pas de sang, pas de boue, pas d'odeur. » Si : ce vague souffle de formol et de violette qui flottait dans le vestibule.

On marcha jusqu'au petit cimetière, en coupant l'allée des ormes et en prenant sous bois. Quelques voisins étaient venus depuis le plateau et le village tout proche. D'autres étaient montés de la vallée. Des gens de la verrerie, sans aucun doute. Jansen compta les présents : ils étaient dix-sept en tout. Vasseur, bien entendu, n'avait pas reparu.

Jansen ne quittait pas des yeux Nelly Voyelle. Elle se tenait raide, dans son habit de deuil modeste, austère et presque terrifiante. Plus mince que jamais, et droite comme un I. Mathilde avait pris le grand deuil. Elle disparaissait sous des couches de crêpe et de soie. Seul son col, d'une soie blanche et mate, bordé d'astrakan, mettait un peu de contraste dans son uniforme. Son visage s'effaçait derrière un voile de mousseline presque opaque. Jansen entendit une grosse femme murmurer à un homme presque nain qui ne cessait de jouer avec ses gants de suède :

— Ces soies blanches sont délicieuses... Cela vient d'Angleterre, sans aucun doute ! C'est bien plus deuil que le noir complet, et bien plus élégant...

Au retour, Jansen avait pris le bras de Mathilde. Ils revenaient en silence vers le château. Nelly Voyelle marchait devant eux, fixant l'allure. Elle avait prévenu l'assistance qu'il n'y aurait ni vin ni repas. En entrant dans le grand hall, Mathilde risqua un regard vers le petit vestibule du mardi. Jansen se demanda si elle croyait que Le Hire pourrait un jour – comme il avait peut-être appris à le faire auprès d'Eusapia Paladino – y produire le fantôme du vieux de Givrais. L'après-midi commençait à glisser vers le soir. Chacun se replia chez lui, sans un mot de trop. Adrien Jansen avait gagné sa chambre, et s'apprêtait à confier à la morphine la suite des opérations. Son esprit refusait de lui prêter des idées sûres.

« Autant, admit-il, m'en retourner aux abîmes et aux couleurs confuses, à cette mort qui ne dit pas son nom. » La mélancolie l'écrasait. Il s'approcha de la fenêtre et se pencha au-dehors pour saisir les volets. Vasseur était sous le grand cèdre, regardant sa fenêtre, faisant tournoyer son index dans une incitation à le rejoindre.

Jansen descendit sur la pointe des pieds. Il fit glisser les deux verrous de la porte en arcade. Les bruits de charnière lui parurent un vacarme dans le silence du soir. Il tendit l'oreille vers l'intérieur de la grande maison. Fanfan n'allait-il pas le trahir, à son tour ? Il resta une minute et marcha vers le cèdre. Vasseur l'attendait, appuyé contre le tronc. Ils filèrent vers les sous-bois.

Ils marchèrent sans parler jusqu'au calvaire. La nuit complète allait venir. Le grand Christ blanc luisait dans l'ombre, effrayant.

— Alors, lieutenant, gloussa Vasseur, comment était la messe ?

Jansen le regardait. Il fanfaronnait encore. Il avait à l'épaule sa musette et tenait à la main un sac de cuir fauve.

— Tu as fait tous tes bagages, Vasseur ? Alors tu fous vraiment le camp ?

— Comme tu vois, camarade... Adieu les tourterelles ! Adieu, veaux, vaches, château et pain d'orge !

— À propos de tourterelle, Vasseur... Tu me parlerais de votre petite dînette au pavillon de garde, l'autre matin ?

Vasseur se tassa. Il toisa Adrien Jansen, en lançant :

— Alors comme ça, la pie-grièche a ouvert son bec... La Voyelle de mes deux !

— On dirait bien, mon con !

Tout en parlant, Jansen avait sorti son couteau de tranchée de son fourreau et, sans préavis, il l'abattit de tout son tranchant sur le front de Vasseur. Le sang jaillit aussitôt. Vasseur chercha à esquiver, puis, à demi aveuglé par le sang qui fusait, fit un pas sur Jansen. Celui-ci avait déjà réarmé son bras. D'estoc, en rapprochant Vasseur de lui avec son autre main, il frappa en plein visage. La lame plongea dans l'œil gauche. Jansen sentit la chair gluante suinter contre son pouce. Il avait enfoncé l'arme jusqu'à la garde. « Sûr qu'elle ressort par-derrière », se dit-il, machinalement.

Vasseur eut à peine un frisson et un murmure déstructuré. Quelque chose qui fit « *Errggh...* » avant de s'épuiser et de laisser le silence les entourer.

« Il n'a pas eu le temps de pousser son *Rhaaa !* aussi ridicule qu'effroyable », songea Jansen. Il relâcha Vasseur. La lame réapparut, rouge malgré le crépuscule. Vasseur bascula en arrière, raide mort. Jansen traîna le corps vers les fourrés et le fit glisser dans un bouquet de ronces.

Le lendemain, Adrien Jansen se leva tôt. Nelly Voyelle lui servit son café. Il sortit du château et marcha vers le calvaire. L'air était vif, sans brume ni rosée. Il prit Vasseur par le collet, fouilla ses poches, récupéra les soixante-dix francs qui restaient de leur butin, et emporta le corps sur le sentier. Il marcha dix minutes ; il entendait derrière lui le crâne racler la terre et le silex. Il quitta son paletot et son pantalon puis, en chemise et caleçon, il se mit à l'ouvrage. Il enterra le corps, sa musette et son bagage dans une fondrière au flanc de la Fontinette, une voyette d'écoulement constamment saturée d'eaux et de mousses qui descendait du bois vers la vallée. Il combla la faille de marne et de boues. Il lava tranquillement ses mains maculées d'argile dans une ornière d'eau noire, s'y reprenant jusqu'à ce que ses ongles soient redevenus à peu près propres. Il se rhabilla, et, face au talus, il lança :

— Voilà, repose en paix, Pierre Vally, soldat déserteur, médecin, assassin ! Dors à jamais dans ta tourbe, sous les grands arbres de Picardie. Personne ne te cherchera ici, personne ne fleurira ta tombe.

Jansen se retourna et rentra au château. Il passa à sa chambre et se débarbouilla avec soin. Mathilde venait de se lever. Il la rejoignit au salon, s'assit à la grande table et redemanda du café.

Mathilde chercha immédiatement sa main à travers le chemin de coton blanc.

28

Rougelette

Au réveil, le matin suivant, Jansen bouillait d'excitation. La nuit lui avait incroyablement porté conseil. Il voyait désormais dans le meurtre de Vasseur non plus une menace supplémentaire qui allait l'obliger à fuir encore, mais une formidable occasion de se maintenir au domaine. Avec plus de prise. Et avec un peu de chance, peut-être pour toujours. Dans un demi-sommeil plein de rêves inachevés et de frissons d'angoisse, il venait, au petit matin, d'inventer tout un monde : récit, chronologie, personnage. De ce dernier, il possédait le profil physique, aussi achevé que s'il l'avait affronté de face, la veille au soir, tout au long d'une partie de cartes. Il avait même établi son nom : *Rougelette*.

Jansen récita mentalement une nouvelle fois la trame de son histoire ; tout était en place. Les fables de Vasseur l'avaient parfaitement instruit sur le mensonge. Phase un : la jalousie, la colère, le meurtre. Phase deux : plein de fièvre, de remords, de panique mêlés, avouer à Mathilde l'assassinat de Vasseur. Phase trois : introduire Rougelette. En témoin de la scène.

— Ce Rougelette m'a vu, Mathilde ! Il m'a vu fracasser le crâne de Vasseur. Il était là, adossé à ce muret qui entoure l'ancien potager. L'épaule posée sur la brique, avec son espèce de cigarillo aux lèvres. J'ai senti l'odeur du tabac avant de le découvrir lui, m'observant, moi, ahuri devant la dépouille de ce salopard. Je suis son esclave, désormais. Il sait !

— Comment est-il, ce Rougelette ? demanda Mathilde.

— Je ne l'avais vu qu'une ou deux fois auparavant… En bas, dans la vallée. Un type étrange. Peut-être le connaissez-vous ? Je crois qu'il habite dans une dépendance de la verrerie, au-dessus de la rivière.

— Et qu'a-t-il dit ? Adrien ! Il n'est tout de même pas resté comme cela, à fumer et à vous regarder ?

— Si. Il est resté comme cela. À fumer et à me regarder tuer Vasseur. Je crois bien qu'il souriait derrière sa fumée de tabac. Comme si cela l'amusait…

Mathilde le regardait, la bouche entrouverte, les lèvres tremblantes, les yeux écarquillés. Elle secoua la tête, autant pour démentir que pour essayer de se persuader que tout cela n'était qu'un mauvais rêve. Vasseur. Le pavillon. La mort de son père. Et maintenant ce Rougelette qui sortait du néant pour les persécuter.

— Et comment est-il ? répéta Mathilde, machinalement.

— Un échalas, poursuivit Jansen. Grand de deux mètres, ou presque. Je l'ai toujours vu vêtu d'une sorte de complet de voyage de velours couleur acajou. Une de ces ceintures d'Espagnol enroulée à la taille, blanche comme de la craie, mais souillée de cambouis. Et une lavallière surdimensionnée de soie parme, aussi vieille que le monde. Les cheveux sales et longs, glissant de la nuque vers les épaules. Un nez de corbin. Son âge est incertain. Il pourrait avoir cinquante ou cinquante-cinq ans. Des airs de forain, mélangés à une assurance de notaire. Et il fume toujours cet infâme cigare noir, qui pue autant qu'un poil de cochon qu'on brûle.

La description imaginaire et précise de Jansen imposait le respect. « Rougelette » était maintenant devenu une menace dans l'esprit de Mathilde de Givrais.

Les jours se mirent à diminuer sur le domaine d'Ansennes. L'été avait passé. Adrien Jansen, Mathilde de Givrais et Nelly Voyelle vivaient dans une promiscuité étrange, leur existence ralentie par les réquisitions, les privations et l'incertitude qui planait sur l'avancée de la guerre. Nelly Voyelle se terrait dans un mutisme plus profond que jamais, feignant de ne pas voir que Jansen gagnait chaque nuit la chambre de Mathilde, regardant le vague quand il adoptait des allures et des tons de maître. Elle voyait aussi que ces deux-là semblaient accablés par des tourments muets, qui les faisaient se tapir jusque tard le soir dans le coin le plus retiré du salon, faisant mine de lire, mais ne lisant qu'à peine, perdant leurs yeux dans les ombres des boiseries. Parfois, leur conversation se suspendait brutalement à son entrée. Ils la regardaient passer, attendant qu'elle ait quitté la pièce pour reprendre, dans un souffle, leur dialogue.

L'automne filait, dans une dégradation brutale des températures. Il fallait faire du feu en permanence pour tenter de chasser l'humidité grise qui se glissait par chaque interstice dans les pièces trop hautes et trop vastes pour les saisons froides. Les journaux reparlèrent de la grippe américaine. On racontait qu'elle tuait et roulait sur le pays. Chemin faisant, d'américaine, elle devint espagnole. Sur le plateau, alentour, elle avait choisi ses victimes parmi les plus jeunes. Adolescents et demoiselles étaient frappés et moururent par brassées. Les petites croix de bois neuf se multiplièrent sous le grand Christ blanc, au chemin des Croisettes. Au château, personne ne fut infecté. Pas un n'eut même un commencement de fièvre. Mathilde, malgré ses poumons vibrants, semblait elle aussi protégée du mal.

Un matin, ils entendirent tonner les cloches. Toutes les cloches du plateau et celles de la vallée, qui montaient vers eux, comme des rafales successives, des rouleaux furieux de bronze et de fer. À midi, on se doutait. À quatre heures de l'après-midi, la nouvelle fut confirmée par des voies officielles. Nelly Voyelle avait vu le maire, et différentes autorités circulant en automobile portaient l'information : un télégramme avait bien été reçu ; l'armistice était signé. La guerre était finie, ce matin-là à onze heures.

Tout avait changé, mais rien n'avait bougé : les soldats, apprit-on, mettraient des semaines à rentrer. Il y aurait des permissions, des nouveaux cantonnements, des missions de transport et de convoiement. Il fallait garder les prisonniers allemands, réorganiser le ravitaillement, raccommoder les routes. Et rechercher toujours les déserteurs et les fuyards. Les hommes – et encore, ceux de première nécessité pour relancer le pays – ne reviendraient vraiment qu'en janvier, voire à la mi-février.

Mathilde avait décidé, pour tenter d'oublier Rougelette, de remettre la verrerie en ordre de marche. Il fallait tout reprendre. Reconstituer les matières premières, trouver des verriers – qui s'en revenaient au compte-gouttes –, reprendre toute la comptabilité, avec les parités nouvelles qui s'organisaient et le cours changé du plomb.

À la troisième semaine de novembre, Adrien Jansen descendit prendre le train pour la ville d'Eu. Là-bas, les hommes semblaient déjà rentrés. Télégraphistes, mouleurs, électriciens, verriers, fondeurs : les effectifs étaient bien plus vastes qu'en bas, dans leur vallée. Il réussit à convaincre un contremaître de réunir dix ou douze machinistes sur presse et deux souffleurs, qui pourraient constituer un premier contingent. Au restaurant, il tomba sur le docteur Comtat qui lui fit une fête, comme un chien à son maître. Il paya du vin et du vrai café, absolument heureux de retrouver un confrère *qui avait vu la guerre*. Comtat était heureux, sans vouloir vraiment l'avouer. Trois des sept médecins de la ville d'Eu ne reviendraient pas du front. Deux étaient tombés, le troisième passerait le restant de sa vie au service des baveux du Val-de-Grâce, avec des lambeaux de cuir chevelu implantés sur le menton et les joues pour tenter de reconstruire un visage disparu du côté de Verdun. Il en espérait une augmentation significative de sa clientèle dès que la population communale serait revenue à un niveau suffisant.

Comtat lui apprit aussi que la prévôté avait lancé une recherche après deux hommes qui se faisaient passer pour médecins. Des déserteurs. Assassins. Un capitaine faisait la tournée des médecins et des cliniques. Comtat avait reçu une lettre-questionnaire, qu'il n'avait pas renvoyée, n'ayant rien à dire.

Lui-même, Malka, l'avait-il reçue ? Et aurait-il par hasard croisé ou été mis en relation avec ces deux fuyards en habits de médecins ?

— Eh non, répondit Jansen, dissimulant mal son inquiétude.

Mais cette lettre, pouvait-il la lire ? En connaître les détails ? Peut-être quelque chose lui reviendrait-il, en lisant l'un ou l'autre élément ?

Comtat le ramena au cabinet où, deux mois plus tôt, il avait été placé en position de Trendelen quelque chose – il avait oublié le nom exact.

Le docteur Comtat lui tendit un document couvert de cachets officiels, à l'encre rouge et menaçante.

Armée française
Désertion en temps de guerre
Désertion à l'ennemi
Demande de renseignements complémentaires

On recherche : deux hommes,
possiblement sous identité falsifiée,
se présentant comme médecins ou infirmiers.
Âge : 36 et 39 ans.
Jansen Adrien, Julien, Joseph : taille 1 m 73,
visage habituellement rasé, cheveux bruns, yeux noirs.
Vasseur Pierre, Louis, Aimé : taille 1 m 70, moustache,
cheveux châtain clair, yeux gris.
Individus dangereux, armés.

Toute information les concernant
doit être transmise au commandant de gendarmerie,
commissaires de police ou tout agent
de la Force publique.

De Victaille, colonel-gouverneur

29

Aveu

Nelly Voyelle ne voulait pas quitter la table. Pour tout repas, elle avait pelé deux ou trois pommes tachées, qu'elle avalait en fines tranches, les yeux dans le vague. Jansen restait face à Mathilde, bouillant de désarroi. Il répondait à côté à toutes les questions et remarques de la jeune femme. Il jetait sans cesse des coups d'œil vers Nelly, qui demeurait de marbre. Si la nouvelle des médecins déserteurs circulait dans le pays, ce serait inévitablement par elle qu'elle arriverait au domaine. Ses rendez-vous quotidiens avec les fournisseurs et les commerçants alimentaient ses actualités et celles de la maisonnée. Depuis la mort de Paul de Givrais, il n'y avait plus de journaux au château.

L'odeur de pomme sure flottait sur la soirée. Par deux fois, Jansen se leva et marcha, sans prétexte, vers la cuisine, dans l'espoir d'attirer la gouvernante dans son sillage et précipiter son départ. En vain. Seul Fanfan le suivait, escomptant quelque douceur tirée des réserves. Mathilde de Givrais se reversait du thé, tasse après tasse. Celui-ci devait être froid depuis longtemps, qu'elle continuait à laper, dans un silence parfait, son infusion de plus en plus sombre.

Enfin, il n'était plus loin de dix heures quand Nelly Voyelle se leva et souhaita le bonsoir en inclinant le menton, dans un vague sourire.

Jansen ne se décidait pas. Plusieurs fois, il regarda vers la porte par laquelle Nelly Voyelle avait disparu. Mathilde le scrutait. Elle avait posé ses deux mains de chaque côté de sa tasse de thé et Jansen remarqua comme elles tremblaient. Elles ressemblaient à celles d'une démente plongée dans la stupeur de l'hypnose crépusculaire.

— Je vais être dénoncé ! D'un instant à l'autre... Dénoncé, puis arrêté. Sans le moindre doute !

Mathilde de Givrais poussa un cri de petite bête mourante. Ses mains se réunirent sur sa poitrine, devant elle.

— Mon Dieu ! Mon Dieu, mon Dieu, couina-t-elle. Qu'est-ce que vous racontez ?

Elle feignait la surprise, mais on voyait bien que tout son être, tout son corps affaibli savait déjà. Elle ne suspectait pas. Non. Elle savait positivement qu'un drame planait sur eux, depuis toujours ou presque, depuis que ces deux hommes avaient franchi le porche du domaine, qu'ils avaient pris leurs aises parmi eux. Et que ce drame se dénouait ce soir-là, sous la lumière rose des abat-jour et le feu tremblotant du pétrole.

— Qu'est-ce que vous me racontez ? répéta-t-elle, d'une voix plus forte qui essayait de retrouver un peu de maîtrise.

— Je vais partir. Pour tout de bon, Mathilde. Je *dois* partir. Je n'ai plus qu'à fuir maintenant. Je tâcherai de gagner la côte. Et ensuite l'Angleterre.

Mathilde de Givrais secouait la tête, de plus en plus vite. À la manière d'une petite fille qui prépare un caprice.

— C'est ce Rougelette, n'est-ce pas, qui vous a menacé ? Ce démon de Rougelette ? Qu'est-ce qu'il veut ?

Elle s'était levée, et sa haute silhouette diaphane se balançait à la manière d'un fantôme.

— Qu'est-ce qu'il veut ? répéta-t-elle. De l'argent ? Allons-nous rendre les armes à ce... cet épouvantail ? Vous n'avez fait que votre devoir !

— J'ai tué un homme, Mathilde ! De sang-froid !

— Un maniaque !

— J'ai rencontré Rougelette, Mathilde. Il était à la gare lorsque je suis descendu à la ville d'Eu. Il joue avec moi ! Il me fait danser comme un pantin de chiffons au bout d'un fil. Il me coupe l'oxygène, tel un gardon brutalement jeté sur l'herbe, avant de me permettre de saisir quelques bouffées d'air. Jusqu'à la prochaine fois.

— C'est de l'argent qu'il veut ? poursuivit Mathilde, tout à son idée de chantage.

« Est-ce que je veux de l'argent ? » se demanda Jansen. Non. Il voulait bien plus. Sa place, sa place avec elle, là, dans le domaine d'Ansennes. Il y avait vu la fin de la guerre. Maintenant il y attendrait la fin du monde. À jamais là.

— Il n'y a pas que Rougelette, souffla Jansen, sans répondre à la question.

— Qui d'autre, alors ?

— Moi ! Moi, Mathilde, moi...

Jansen se laissa retomber à sa place, l'air complètement exténué. Il expliqua d'un trait, sans laisser de pause pour risquer d'être interrompu, qui il était. Un lieutenant en fuite. Qui serait bientôt fusillé pour désertion ou – au choix de ses juges – guillotiné pour meurtre. Il raconta une partie de leur errance depuis Dommartin. Renforçant des détails, en éclipsant d'autres.

— Mon Dieu ! Mon Dieu, mon Dieu !

— Rougelette ne demande rien, continua Jansen. De manière directe, il ne veut rien. Il joue avec moi, Mathilde. Il me promène. Je crois qu'il a trouvé un divertissement, bien plus amusant, je le crains, que de lire les aventures de *Madame Gosselin*. Il affirme… il affirme qu'il vous a vue aussi, cette fois où Vasseur vous a… Il était là. Près du pavillon. Il sait que lui et vous… Il se délecte parce qu'il sait que je ne veux rien entendre de tout ça !

— Taisez-vous !

— Très bien. Mais vous comprenez pourquoi il ne me reste que l'Angleterre.

— Non !

— Non, quoi ?

— Je veux que vous restiez. Je veux, moi, que vous restiez ici…

— Et s'il parle ? Si Rougelette se décide à anéantir son pantin ? S'il me lâche aux fauves ? S'il raconte partout ce qu'il a vu ?

— Mon Dieu ! Mon Dieu, mon Dieu, mon Dieu…

Ils avaient laissé le silence retomber dans le salon. Une des lampes s'était éteinte par manque de pétrole. Puis une autre. Seule demeurait en vie la grosse lampe à pression, tout au bout de la bibliothèque, qui préservait une vague clarté de leur côté.

— Et si j'allais le voir, moi ! jeta Mathilde, tout à coup. J'irai composer avec ce Rougelette. J'irai ! Je lui porterai de l'argent !

Jansen s'affola. Comment allait-il empêcher Mathilde de se rendre à la verrerie et découvrir qu'il n'y avait pas, qu'il n'y avait jamais eu de Rougelette ? Les pensées se précipitaient dans sa cervelle, sans ordre ni bon sens. La panique. Un sentiment comparable à celui qu'il avait éprouvé lors de son premier assaut, face aux mitrailleuses boches, ce bouleversement des sens, cet affolement généralisé qui vous couvre de sueur et de frissons. En suffoquant presque, il lâcha :

— Lui, vous voir ? Poser ses sales yeux sur vous ? Vous salir de son regard empli de corruption et de vice ? Jamais. Et je vous dis que ce n'est pas de l'argent qu'il veut.

— Alors, quoi ? Que faire alors ? Que faire ?

Dieu soit loué, elle renonçait déjà à son idée. Jansen prit sa main, et ils gagnèrent les fauteuils près de la lampe à incandescence. Dans le silence absolu d'Ansennes, ils attendirent que le combustible s'épuise et les plonge dans l'obscurité.

Le lendemain soir, soudain, au beau milieu du souper, il sut comment il allait se débarrasser de Rougelette. Tout à fait simplement.

Il se leva brusquement.

— Il faut... Il faut que je sorte, bégaya-t-il. Je dois sortir, Mathilde. Si tout va bien, je serai de retour avant onze heures ou minuit. Attendez-moi, ou dormez. Et priez.

— Où allez-vous ? Pour l'amour de Dieu, où allez-vous ? Je ne vous laisserai pas sortir à cette heure-là sans savoir où...

— Je sors pour nous. Pour ne plus jamais, peut-être, avoir à vous quitter.

Le ton solennel et affecté qu'il avait employé faillit le faire éclater de rire. Jansen maquilla ce début d'hilarité par une toux ridicule et cafouilleuse.

— Mathilde... Je l'ai tué. J'ai tué Rougelette, lâcha Jansen en la retrouvant, bien plus tard dans la nuit.

Le château avait été illuminé de toute son électricité. Le salon brillait comme pour un bal. Mathilde de Givrais l'attendait, seule, debout en retrait de la porte d'entrée, aussi immobile et droite qu'un sarcophage qu'on eût dressé là pendant son absence.

Il avait parlé d'un ton composé de miséreux. Elle ne demandait aucun détail. Aucune précision. Il poursuivit :

— J'ai lesté son corps dans un de ces trous d'eau qu'il y a dans cette rivière, là-bas...

— La Bresle, murmura Mathilde. Mon Dieu.

« Mon Dieu, mon Dieu, mon Dieu », gloussa intérieurement Jansen.

— Oui, il est au fond de la Bresle, avec un sac de bonnes pierres autour des chevilles. On ne le retrouvera pas. J'espère... Mais je dois partir. Je dois m'éloigner de cet endroit. Peut-être seulement provisoirement.

Son ton de misérable s'accentuait. Il sonnait si faux à ses oreilles qu'il se crut plusieurs fois trahi par sa pitoyable ruse.

Mathilde de Givrais coupa :

— Vous n'irez nulle part. Vous allez rester ici, mon Dieu !

« *Mon Dieu* : avec quelle aisance sa bouche fabriquait ces deux mots ! » songea Jansen.

Elle s'était rapprochée de lui. Jansen gardait les yeux baissés, apitoyés, jouant la culpabilité et la détresse. Il observait – sur le plancher ciré – danser ses fines bottines de cuir vanille, aux plis craqués emplis d'une crasse noire composant un matériau qui lui fit penser à un marbre mortuaire.

Il voyait qu'un tremblement agitait ses jambes sous l'étoffe de sa jupe. Elle était à quelques centimètres de lui ; sa main se posa sur son bras. Il leva les yeux, son visage était livide. Tout le sang s'en était retiré. Ses cheveux ramenés vers l'arrière semblaient eux aussi exsangues, de ce blond pâle qui les faisaient paraître presque blanc. Des fils d'araignée qu'on retrouve au matin, pris entre les ramures des noisetiers et qui barrent les chemins.

Mathilde de Givrais posa brutalement sa tête contre la poitrine d'Adrien Jansen. Il sentit tout son corps de pulmonaire vibrer contre lui. Ses bras nerveux et fins agrippaient ses épaules.

Il éprouva différentes formules dans sa tête, toutes plus navrantes l'une que l'autre. Il valait mieux garder le silence. Tant que ses paumes vibrionnaient contre ses omoplates, et qu'il continuait à voir, à quelques centimètres de ses yeux, les lèvres sans pulpe et sans couleur de la jeune femme frissonner, tout irait bien. Il ne fallait rien précipiter.

Jansen attendit que les vibrations de son corps s'atténuent. L'affaire d'une minute ou deux. Il la maintenait serrée contre lui. Il pensa à ce que Vasseur avait dû ressentir juste avant de se saisir de cette femme et de tenter de la violenter. Cette armure d'étoffe et de nerfs à vif devait être troublante à déchirer. « Il y a un érotisme profond dans la faiblesse et le relâchement d'une femme malade », songea Jansen en sentant monter son excitation. Il voyait tout près des siens les yeux de Mathilde de Givrais qui brûlaient, dans une atmosphère polaire. Les grands lustres électriques, tous allumés, jetaient du plafond leur lumière aveuglante. Des myriades de poussières y volaient. Il fixait, par-dessus l'épaule de Mathilde, au loin, les deux portes qui donnaient sur le vestibule et le hall devant l'escalier. L'instant semblait suspendu. Il y eut une cristallisation des choses qui les fit frémir, presque ensemble. Tout semblait plus vrai, plus réel que d'ordinaire. Adrien Jansen pouvait sentir, à douze mètres d'eux, l'odeur d'encaustique qui recouvrait les deux portes. Sans les toucher, il pouvait en tâter le grain du bois, tous les minuscules reliefs qui couvaient à fleur de surface. Il pouvait entendre le sang qui circulait dans tout le corps de Mathilde de Givrais, bouillonnant des avenues de ses artères jusqu'aux minuscules veines bleutées qui couraient sous la fine pellicule de sa peau, là où le front se perd, aux lisières de sa chevelure.

— Je..., murmura Adrien Jansen.

— Oui ! Moi aussi, moi aussi ! Je vous aime et vous allez rester ici. Vous allez rester ici avec moi.

Et elle lança ses lèvres vers les siennes. Jansen songea à ces décisions fulgurantes qu'il avait constatées au front, ces décisions qui précipitaient les hommes à l'assaut, saturés des vins âpres et des eaux-de-vie qui leur faisaient oublier toute peur.

Il la coucha sur la méridienne, sous les hautes rangées de livres, là même où le grand-père de Givrais aimait disposer ses lectures en double exemplaire. D'une main douce et lente, il la dégrafa. Dans la lumière excessive des grands lustres, il se pencha sur sa poitrine. Non. Il ne restait presque plus rien des marques que Vasseur avait imprimées là quelques semaines auparavant.

30

Les invisibles

— J'aimerais que vous vous sépariez de ce Le Hire, il n'apporte rien de bon. Je trouve qu'il vous rend plus mélancolique. Il vous transporte dans des états qui ne sont pas bons pour votre humeur. Et puis son allure, ce vieux manteau de matamore, ou de fossoyeur... Non. Il ne faut plus qu'il vienne.

Mathilde avait accepté. Comme elle semblait tout admettre désormais. Aux derniers jours de décembre, Adrien Jansen avait épousé Mathilde de Givrais sous le nom d'un homme qu'il n'avait jamais connu et dont il n'avait entrevu le visage que sous une épaisse couche de sang séché.

— Je compte reprendre l'affouage, à présent, jeta Mathilde, un après-midi qu'ils soufflaient sur leur thé, dans un rayon de soleil.

— L'affouage ? fit Jansen, déconcerté.

— Ah, c'est vrai que vous ne venez pas du verre, vous !

Mathilde se mit à rire, rejetant la tête en arrière, comme elle n'avait jamais ri. Jansen la regarda, surpris et un peu agacé. Se moquait-elle ?

— L'affouage est un privilège que l'Ancien Régime attribuait aux grands verriers, cette noblesse de la vallée qui avait fait installer des verreries sur ses terres. Ils avaient droit d'affouage, c'est-à-dire liberté de couper le bois alentour pour alimenter les fours…

Non. Elle ne se moquait pas. Elle sautait du coq à l'âne, voilà tout. Elle semblait avoir vite oublié Le Hire ; de l'occulte, elle versait à présent dans l'industrie.

La vie au domaine s'était organisée sous ce nouveau jour. Personne ne semblait s'intéresser à eux. Personne bien sûr n'était venu demander des comptes quant à Rougelette. Nelly les avait quittés pour tenter sa chance à Paris, dans une maison de confection de la rue de Rivoli.

Une ou deux fois par semaine, souvent l'après-midi, Jansen allait flâner du côté de l'endroit où il avait enfoui Vasseur. La Fontinette ne le rendrait pas. La fondrière se tassait peu à peu, marne et terre noire se coagulaient autour du corps du déserteur. Non, jamais personne ne retrouverait Vasseur, comme il l'avait évoqué à mi-voix lorsqu'il avait enterré son ancien camarade.

La verrerie avait repris, avec les ouvriers que Jansen avait fait embaucher à la ville d'Eu, plus quelques survivants du front. Emmanuel Friès-d'Hondt, l'ancien directeur, subitement revenu lui aussi, avait ramené – de son embuscade inconnue – une douzaine de pierrots qu'il mit immédiatement au travail.

Friès-d'Hondt l'avait lui-même associé à leur sélection, comme si Jansen était le nouveau maître de tout cela. On s'était lancé dans les verres opales et les dépolis pour l'éclairage électrique. Plafonniers, lustres, coupes et suspensions : tout le monde s'équipait. On avait ressorti une vieille méthode à l'antimoine qui donnait des verres blancs translucides que l'industrie réclamait.

Jansen était persuadé que Friès-d'Hondt avait passé toute la guerre dans une clandestinité qui ne devait guère être plus glorieuse que la sienne. Il le sentait à son regard, quand ils se croisaient à la verrerie, ou parfois quand lui-même montait au domaine donner les chiffres de la production et poser son rapport financier. Il était affable et obligeant, doucereux même. Et fuyant, comme l'étaient tous les retournants.

Une fin d'après-midi, alors qu'il s'était présenté à la verrerie avec Mathilde, Friès-d'Hondt l'avait entraîné dans les couloirs administratifs et lui avait ouvert son bureau. Ils avaient bu un minuscule verre de calva, sans échanger un mot. Puis Friès-d'Hondt avait glissé, prudemment, comme lorsqu'on se risque dans une eau froide :

— Vous... vous avez fait la guerre, monsieur Malka ?

Jansen le fixa en plissant les yeux. Sous son air placide, son gilet gris souris et ses yeux sévères, Friès-d'Hondt attendait. Jansen sentit une appréhension chez lui. Il dit :

— La Meuse. La Marne. Pendant quatre ans. Et puis un peu de Somme. J'étais là quand ils ont lancé l'opération Michael. Et vous, monsieur ?

— Sans doute à peu près la même chose. Peut-être pas dans le même ordre... Peut-être un peu moins longtemps que vous. J'ai été... démobilisé. Une histoire de varices remontantes... On n'est jamais très fier d'en parler, n'est-ce pas ?

— Non. Varices, hémorroïdes, gibbosité, tuberculose, et alors ? De malade, on passe vite à l'embusqué, pas vrai ? On n'est jamais tranquille avec tous ces gens qui posent des questions embarrassantes. Je ne vous poserai jamais de questions, monsieur.

Friès-d'Hondt inclina la tête, d'un mouvement ralenti et élégant. Il leva son petit verre de calvados et l'avala d'un trait.

Jansen apprit à éviter le variqueux. Malades, médecins, embusqués... Tout cela chantait un air qui ne lui plaisait pas trop. Ils se croisaient parfois pour de menues affaires techniques, que Mathilde finissait de toute façon par gérer elle seule. Elle maîtrisait la comptabilité. Elle se faisait parfaitement à ce rôle de capitaine d'industrie que la disparition de son père et la dissolution de sa lignée lui imposaient désormais.

Et puis, elle était à présent Mathilde Malka. Tout cela sonnait beaucoup moins vieille aristocratie du verre. Avec un nom pareil, ils pouvaient définitivement oublier toute filiation avec ces nobliaux – exploitant par privilège les verreries forestières de la vallée et les raffineries de sucre des coteaux. Ces bons bourgeois que Louis-Philippe fit entrer dans le grand bal juste avant de fuir en Angleterre. « Sous un faux nom, lui aussi », se souvint Jansen qui avait été maître d'école...

Oui, Mathilde se prenait au jeu. Entre suractivité et mélancolie, elle jouait à la grande verrière. Jansen transmettait ses ordres par écrit à Friès-d'Hondt quand il y avait quelque projet à trancher.

Aux premiers jours de l'hiver, Mathilde se mit à mal aller. Elle devenait plus nerveuse et irritable que jamais. Elle s'emportait à tout instant contre Louise, la jeune bonne qui avait remplacé Nelly Voyelle. À Jansen même, elle se mit à parler avec distance.

« Se pourrait-il qu'elle sache ? » se demandait-il souvent, lorsqu'il observait son épouse immobile et muette, plongée dans un nouveau roman qu'elle lisait seule. Qu'elle devine, plutôt, car elle ne pouvait pas savoir. Et savoir quoi, du reste ? Ne lui avait-il pas déjà tout dit, ou presque ?

Un soir, elle parla de cet homme – une silhouette, tout au plus – qu'elle prétendait avoir vu près du portail de pierre qui bordait l'entrée du domaine, sur le chemin forestier. L'endroit était à deux cents mètres au moins de sa fenêtre. Qu'avait-elle bien pu voir à pareille distance ? Elle s'y reprenait à douze fois avant d'enfiler une soie sur son aiguille, et elle aurait vu un homme là-bas, noyé dans les ombres du sous-bois ? Mathilde affirmait que cet homme la terrifiait. Elle ne le connaissait pas et pourtant il était à ses yeux plein de menace et de mort.

« Ces pulmonaires ont le cerveau rongé, oui ! » trancha Jansen. Mathilde affirma que malgré sa peur, si jamais Jansen ne le faisait pas lui-même, elle marcherait sur la silhouette tout au bout de l'allée. Elle irait jusqu'au porche, et, s'il était toujours là, elle lui parlerait et le chasserait de chez eux.

Voilà à quoi menaient les séances avec des MM. Le Hire ! Jansen avait connu avant-guerre des femmes – des veuves pour la plupart, ou des vieilles filles, couturières, débitantes ou mercières – qui parlaient aux esprits et en faisaient commerce. Leur aspect, leur allure noire et furtive les rapprochaient bien plus des araignées que de l'espèce humaine. Elles étaient presque déjà mortes et se préparaient à l'au-delà en imaginant des dialogues avec leurs futurs complices.

Que racontait Mathilde avec ses histoires de fantômes ? Ces paroles chuchotées et menaçantes qu'elle entendait à toute heure près du vestibule ou lorsqu'elle s'avançait dans le long couloir de l'étage. Des paroles de vengeance, soutenait-elle. Quelqu'un qui a souffert et qui vient demander des comptes. Un homme. Elle sentait un homme, qui rôdait dans l'ombre. Cet homme du porche forestier. Cette silhouette efflanquée, longue et lente, qui semblait hésiter à chaque pas.

— Rougelette ! s'exclama-t-elle un soir, les yeux pleins de terreur. Notre maison est pleine d'assassinés, avait-elle confié, se redressant, droite, défiant les invisibles. C'est Rougelette, j'en suis certaine. Il est tout comme vous me l'avez décrit. Grand et maigre. Avec des cheveux longs qui touchent à ses épaules. J'ai vu sa ceinture espagnole qui luisait dans l'ombre ! Hier au soir, au beau milieu du hall, j'ai senti son affreuse odeur de cigare dont vous m'avez parlé.

Jansen avait ri. Il répondit :

— Allons, ce sont des idées que vous vous faites. Vous savez bien qu'il ne peut pas être là. Ils ne peuvent pas, ni Rougelette ni l'autre.

Elle avait hoché la tête. Mais Jansen voyait qu'elle doutait. Elle resta collée à la fenêtre, plaquant Fanfan contre son sein, plongeant son regard vers les vieux ormes. Soudain, elle jeta, dans un cri :

— Il est là ! Il est revenu ! Voyez ! Vite...

Jansen se colla au carreau. Le soir avait basculé sur les bois ; seule la pelouse gardait un semblant de jour, comme si elle reflétait encore un peu de la lumière enfuie. Il observa les ombres, tout autour du porche forestier.

— Vous le voyez ? Vous voyez comme il se tient ! Je suis sûre qu'il nous voit, à travers nos fenêtres !

Adrien Jansen plissait les yeux pour y voir. Il essaya ses yeux de veilleur, lorsqu'il fallait guetter aux petits postes, dans les brouillards et les nappes de gaz, et discerner dans les nuées les silhouettes ennemies. Il distingua, à force d'insister, les troncs noircis, à peine moins sombres que les ténèbres alentour. Et puis il vit. Il crut voir aussi. Une forme. Un contour, à peine. Une trace. Celle d'un homme. Mais bien sûr, ce n'était pas l'ectoplasme de Rougelette, fantoche soudainement transporté dans le monde physique. Jansen crut deviner, estompé par la nuit et l'émotion, un des morts de La Montée du Camp, à l'écluse de Picquigny. Ce médecin à qui ils avaient volé les papiers et l'identité.

— Mais vous allez me faire perdre complètement la tête avec vos mirages ! Voilà ce que c'est que la suggestion dont nous rebat Le Hire. Votre ridicule conspiration des âmes... Il nous fait voir des choses, tout bonnement ! jura-t-il.

Il se tourna vers Mathilde. Celle-ci murmura :

— Et pourtant, là-bas...

— Il n'y a rien ! Rien. Ce sont des ombres, la fatigue, votre affection, je ne sais pas ! Il n'y a personne là-bas.

Mathilde balayait toujours l'obscurité de mouvements brusques du cou. Elle ressemblait à cet instant à un grand oiseau blanc, apeuré, pris dans la tourmente.

— Oui. Il n'y a plus rien...

Elle se tourna vers Jansen et se courba sur son épaule. Il l'entendit murmurer, tout contre son oreille :

— Empêchez-le... Empêchez-le d'approcher plus près. Je vous en prie !

31

Émile Mirabel

François Delestre avait passé les deux semaines suivant l'armistice avec sa femme et sa fille, dans leur maison de Montrouge. Il avait obtenu une permission de vingt jours et en profita pour ne pas sortir de chez lui, passant son temps entre d'infinies parties de nain jaune et les fourneaux, où il cuisina pour eux trois des volailles confites dans leur jus et des figues au vin cuit, des écrevisses à l'ail et au persil et des pommes de terre frites à l'américaine.

— C'est bon, papa, fit Augustine.
— Oui. Nous avons quatre années à rattraper... quatre années de viandes grises, de lard rance, de tripes molles et sales. Il va falloir que ce soit bon, ma chérie...

Et il se lança aussitôt dans la description d'une recette compliquée de fonds d'artichauts, de noisettes et d'asperges, avant de passer à autre chose.

Au début du mois de février, sous les sommations du gouverneur de Victaille, le Chien de sang reprit la piste. Il retourna là où il l'avait laissée : à Mers-les-Bains. Le témoignage du pépère de la territoriale l'avait convaincu. C'était bien les siens. Les deux fuyards avaient tracé leur chemin vers la mer. Ils s'étaient sans doute tapis dans quelque village ou gros bourg et attendaient le lent retour à la normale. Delestre dormit deux nuits à l'hôtel des Falaises. Le troisième matin, il fut réveillé par l'hôtelier. Un télégraphiste l'attendait en bas. Le Chien de sang ouvrit nerveusement le pli. Un docteur Comtat, de la ville d'Eu, avait parlé. Il croyait avoir reconnu un des fugitifs dont parlait l'avis du colonel de Victaille.

Trois quarts d'heure plus tard, Delestre arrivait à Eu. Il fut reçu par le médecin en robe de chambre et savates. Delestre se présenta et fut immédiatement introduit.

— Je vous dérange, docteur ? Vous n'attendez pas vos patients ?

Comtat avait des yeux énormes, globuleux et traversés de fins vaisseaux sanglants ; des cernes effrayants lui mangeaient les joues. Son poil gris se hérissait dans toutes les directions, lui donnant des allures de porc-épic.

— Mes patients ? Ceux que j'avais conservés se claquemurent dans leur domicile. Ils croient, ces imbéciles, que me consulter va leur porter la grippe espagnole ! Tout le monde se croit infecté de cette peste ! Sauf les morts, bien entendu...

Il partit d'un rire nerveux qui informait sur l'état piteux de ses nerfs.

— Vous ne buvez pas en service, sans doute, capitaine Delestre ? Ou pas de si bon matin ?

— Mais bien sûr que si, docteur ! Si ce que vous me proposez est de bonne qualité.

— Liqueur de genièvre ? Mirabelle ? Vous connaissez la mirabelle ?

— Eh bien figurez-vous que j'ai bien connu... non pas la mirabelle, mais *un* Mirabel. Émile Mirabel, qu'il s'appelait précisément. C'était du côté de Reims, en août 1915. Il avait tellement la frousse qu'il n'arrivait pas à franchir le dernier barreau de l'échelle d'assaut. Nous autres, gendarmes, on était là pour les pousser dehors. Belle mission, hein ! On avait ordre de leur taper sur les jointures en les accablant d'injures. Alors le Mirabel, de peur d'être traité de lâche par ses camarades si jamais il retournait, il est parti d'un coup, plus vite que tout le monde. Il a couru au-devant des nids de mitrailleuse. Et sans s'arrêter de courir, il a vidé deux fois le magasin de son Berthier. Il rechargeait tout en cavalant… Il a fait trente mètres, pas un de plus. C'est moi qui ai fait envoyer l'« avis de mort pour la France » au maire de son patelin, quelque part dans l'Aveyron. Ouais, *Mirabel, Émile. Genre de mort : blessures multiples*. Je crois bien, au fond, que je comprends mieux ceux qui désertent que ceux qui restent, figurez-vous, docteur…

Delestre se tut. L'autre se leva et tira d'un auvent une bouteille de grès et deux verres qu'il posa devant eux.

— Plutôt genièvre, décida Comtat.

Ils burent en silence l'alcool brûlant.

— Alors ? fit brutalement Delestre.

— Eh bien… Cette lettre… J'ai reçu ici l'un de vos échappés. J'en suis terriblement persuadé… Un docteur Moka ou Malika ou Polka ou quelque chose ! Ça me reviendra. Je suis convaincu que c'est un de vos bonshommes. Il était là où vous êtes ! Et il m'a volé de la morphine !

François Delestre produisit les papiers militaires de Jansen et de Vasseur. Immédiatement, le docteur Comtat reconnut le plus jeune.

— C'est lui ! Un médecin-major en congé provisoire, à ce qu'il m'a dit. Le type qui m'a volé des ampoules de morphine ! Et dire que je l'ai soigné pour rien... Comme je l'aurais fait pour un confrère, pour un ami !

François Delestre avait alors foncé à sa manière habituelle. Celle des limiers, des chiens de sang habitués à sentir la bête et ses traces partout où elles s'étaient posées. Il avait fait la tournée des cafés et des bouillons de la ville d'Eu, aussi bien ceux que fréquentaient parfois les soldats que ceux où se retrouvaient les civilots. Encore une fois, la piste s'arrêtait, tout juste après avoir été levée. Aussi franche qu'une coupe forestière. Pas d'odeur, ni d'empreintes. Rien ne pouvait laisser croire que la guerre, ce Vasseur, ce Jansen, leur fuite à travers les marais et tout le reste avaient vraiment existé. Il n'en restait rien, ou presque. Tout juste un écho. Une trace diffuse, à peine lisible, comme ce pas de la baleine, cette empreinte immobile à la surface de l'eau qui témoigne silencieusement que le grand mammifère s'est trouvé là quelques instants plus tôt. Delestre savait pourtant que comme le cétacé, tôt ou tard, il leur faudrait refaire surface. Il avait montré les portraits des fuyards à des dizaines de nez rougis par les grippes d'automne. Aucun n'avait semblé y reconnaître le moindre souvenir. Pour la première fois depuis qu'il avait été affecté à la recherche des deux déserteurs, il se sentit prêt à tout lâcher. S'en retourner, lui aussi, regagner Montrouge, se nicher dans le coton tiède de sa famille et attendre à son tour la vraie fin de la guerre. Celle où tout deviendrait poussière et souvenirs. Elle viendrait toujours assez tôt tant qu'il serait rentré. Il profiterait de l'arrière comme tous les embusqués qu'il avait croisés dans ses périples : il boirait des bocks frais sur les terrasses couvertes, sous les marronniers et les toiles cirées des caboulots. Il porterait son canotier de paille à la mode des civilisés, l'air bonhomme, les joues rosies et la moustache bien taillée. Il préparerait des gâteaux au sucre candy pour Augustine, et il irait avec sa femme flâner sur les boulevards – à la porte d'Orléans ou rue d'Alésia –, pour lui offrir des mouchoirs ou une jolie paire de bas. Sans doute que même alors, on nommerait un autre capitaine de la prévôté pour les traquer. Et puis ? Tout s'épuisait alentour. Tout n'était qu'une question de jours ou de semaines. Parce que oui, la vie allait repartir et tout le reste serait balayé. Déserteurs, gendarmes des prévôtés, civils ou soldats. Rien de tout cela ne subsisterait. On oublierait vite les horreurs, les hécatombes et les fosses communes. Tout cela ne valait rien pour reconstruire un monde. De même que ces valeurs qu'on affichait partout, sur les drapeaux, les affiches et les discours au clairon. Honneur, sacrifice, courage, dévouement : du vent ! De la poudre de perlimpinpin à attraper les mouches. Sitôt la guerre traduite en traités et en accords de réparations, elle serait oubliée, rangée au rang de l'Histoire. Bon poids, bon œil. Il n'y aurait pas de paix ni d'après pour tous les estropiés et pour tous les morts, ces bataillons invisibles et muets à jamais. Juste un long adieu, qui irait en s'atténuant. Les morts n'auraient rien à dire. Seuls les vivants continuaient la route. Survivants, héros, exilés, embusqués ou déserteurs. Tous confondus.

En soufflant, il reprit ses interrogatoires. Bien sûr qu'il n'allait pas lâcher. Il n'y aurait pas de trêve pour le Chien de sang. Mort ou vif, il ramenait toujours son gibier. François Delestre, photos à la main, se retourna vers un nouveau nez rouge qui se faufilait en toussant dans le caboulot :

— Delestre... Prévôté d'Amiens ! Avez-vous vu l'un ou l'autre de ces individus ?

L'homme le toisa, avec un regard inquiet. Il regarda à peine la photo et répliqua, d'une voix rêche :

— Feriez bien mieux de les laisser tranquilles, ces gars-là...

— Ces gars-là ? Des traîtres ! Des lâches qui ont abandonné leurs camarades en plein combat ! coupa Delestre.

— Et vous ? Vous y étiez, dans la boue, là-bas ? Est-ce qu'on a vu des gendarmes prévôtaux dans les tranchées ? Vous étiez juste bons pour les ramener là-bas se faire descendre... À moins que vous ne les descendiez vous-même ? Est-ce que vous avez tué des Français, gendarme ?

François Delestre bafouilla. Il voulut répondre, mais son souvenir personnel du front s'imposa. Oui, il n'avait fait qu'y passer. Il se revit encore ces nuits de l'été 1915, en Champagne. Engoncé dans sa capote, crevant de chaleur et ruisselant sous son casque, avec dans la bouche le goût de la terre que les marmites allemandes leur envoyaient à la gueule et qui retombait, en pluie noire, sur leur position. Oui, il y avait été. Et il avait eu peur à en crever. Et oui, il avait tué des Français. Plusieurs fois. Des gars qui comme lui, sans aucun doute, s'étaient chiés dessus en avalant de la terre et des morceaux d'écorce, le visage enfoncé dans le sol, cherchant à ne plus voir, à ne plus rien entendre. Des gars qui avaient fini par s'en retourner, comme ils disaient parfois, courir en arrière pour simplement ne plus être là. Certains avaient des plans, qu'ils avaient construits patiemment dans les veillées sans fin des petits postes. Gagner l'arrière, disparaître, devenir quelqu'un d'autre, peu importe. Un égoutier, un ouvrier imprimeur, une femme, même. Ou un docteur. D'autres, spontanément, tournaient vivement les talons et s'enfuyaient, droit devant eux. Ceux-là se faisaient prendre les premiers, bien sûr. Ils n'inspiraient aucune pitié aux conseils qui les expédiaient au loin pour dix ans de bagne, ou parfois tout près, au peloton d'exécution, et c'étaient parfois leurs anciens camarades qui devaient leur percer la poitrine...

Delestre regarda l'homme qui lui avait parlé. Il ne bougeait pas. Un type de quarante ans, peut-être. Habillé comme un bourgeois. Pas un anarchiste ou un agitateur pacifiste. Il renonça. L'homme se détourna et quitta le café.

Delestre s'approcha du comptoir :

— C'est qui, ce type-là ? demanda-t-il au patron, qui avait assisté à leur échange – sans un mot. Vous connaissez ce bonhomme ?

— Un régisseur des verreries. Il dirige plusieurs usines dans la vallée. Frièes-d'Hondt, qu'y s'appelle... On raconte que son père était un N'Hollandais. Un Demi-Boche, quoi ! En tout cas, un bel embusqué...

— Un embusqué ? répéta Delestre, l'œil brillant.

32

Folle ?

Jansen observait Mathilde glisser dans les salles sonores du rez-de-chaussée. Les nerfs fragiles de son épouse n'avaient décidément plus le côté pratique qu'il leur trouvait autrefois. Elle se renfermait. Jansen la sentait lentement glisser hors de son emprise, comme le sable glisse entre les doigts, aussi serrés soient-ils. Malgré ses promesses, Mathilde avait fait revenir Le Hire. Ils s'étaient plusieurs fois enfermés dans leur cabinet, au coin du vestibule. Jansen avait bien entendu de nouveau espionné leurs rencontres. Un soir où il avait passé près d'une heure à les écouter parler de *non-matérialité*, de *rituel* et des *esprits imparfaits*, il se découragea. Il se retira en jurant, loin du ridicule cabinet noir que son épouse avait aménagé.

Jansen se vit bientôt seul dans la grande demeure. Tout à la verrerie et à ses séances spirites, Mathilde avait déserté leurs lectures. Ils n'avaient pas achevé *Madame Gosselin*.

Il se confiait de nouveau à la morphine. « Les doses restent stables », se rassurait-il. La drogue lui permettait simplement de verser dans un demi-monde baroque, quelques heures ici ou là, apaisé et presque heureux. Mêmes les « assassinés », comme disait Mathilde, le réjouissaient quand il flottait dans les altitudes de l'opium. Le temps glissait, avec des allures suspendues. Les journées passaient, bleues et vides, à peine perturbées par le trottinement lointain de la jeune Louise, qu'il ne croisait jamais. L'hiver arriva, accompagné du vent glacé venu de la mer qui balaye le plateau de Picardie. Jansen essayait à longueur de journée de réchauffer les vastes pièces, avec l'ardeur d'un damné, à grand renfort de boulets et de bûches. Ce n'étaient pas les fantômes qui produisaient cet air gelé qui coulait sur eux, aux angles des corridors, c'étaient les bois givrés ; c'était la mer du Nord, transie de glace ; c'était l'humidité des coteaux ignorés du soleil en journée et plongés dans la brume dès le milieu de l'après-midi. La maison elle-même paraissait trembler. Jansen imagina en ressentir les frissons lorsqu'elle se contractait. Mathilde voulut y faire installer un de ces systèmes de chauffage à eau bouillante dont les conduites percent les murs, traversent les plafonds et courent le long des lambris.

Des entrepreneurs arrivèrent d'Abbeville. Ils transformèrent le grand hall en chantier et la pelouse en entrepôt. Des mètres de planches de bois blanc et des tubes de cuivre s'y entassèrent, enroulés tels des serpents, que les ouvriers déployaient en les chauffant à la flamme bleue. Adrien Jansen fuyait ces gens. Il ressentait un sentiment permanent de suspicion vis-à-vis des tâcherons en bourgerons qui grouillaient un peu partout. Il croyait sans cesse voir, dans l'un ou l'autre des journaliers qui soudaient et pliaient les tubes, d'anciens camarades de son unité, des survivants du front. Et même, une fois, un soldat de sa propre section, un dénommé *Calvaire* – « Calvaire, ça ne s'invente pas ! » avait gloussé Vasseur à l'époque – qu'il avait vu tomber dans un assaut, les boyaux dégoulinant sur ses genoux. Mais non. Ce n'était pas Calvaire. Tous les hommes se ressemblaient, avec leurs moustaches tombantes, leurs casquettes et leurs culottes tavelées de graisse.

Et n'était-ce pas toute cette eau chaude qui causait ces bruissements et ces murmures que Mathilde prenait pour des voix d'hommes, du côté du vestibule ou dans les couloirs de l'étage ? Ou bien le réveil des boiseries, tétanisées par des décennies d'humidité et de froidures, qui s'étiraient en grinçant ? Jansen fit semblant d'ignorer que les bois qui craquent dans les vieilles demeures ne ressemblent pas – pas du tout – à des voix d'hommes morts venant réclamer des comptes. Il ne croyait toujours pas aux fantômes. Non. En aucun cas. On meurt. Et puis c'est tout. Il se persuadait, pourtant. L'atmosphère lui jouait des tours. Personne ne revenait. Ni Vasseur, ni Rougelette, ni Calvaire.

« Je ne crois pas aux fantômes, moi ! La folle ! J'ai épousé une folle. Nom de Dieu : Vasseur est mort. Il dort depuis cinq mois sous un mètre de terre noire et de silex, les eaux de pluie ont nettoyé son cadavre et ses os se sont mêlés aux racines des grands frênes qui bordent la Fontinette. Ce genre de type ne revient pas frôler les vivants. Et Rougelette ! Pour revenir, il faut au moins avoir été. Ma femme est une folle. Le Hire et ses visions lui ont altéré l'esprit. N'en parlons plus », trancha Jansen.

Un soir, Mathilde refusa de se coucher. Elle prétendit vouloir « monter la garde ».

— Quelle garde ? ricana Jansen. Et contre qui ? Vous allez rester toute la nuit à veiller, à guetter des portes closes et des vieux rideaux ?

En disant ces mots, sur ce ton nasillard et sarcastique, il crut entendre parler Vasseur. Mathilde le regarda. Elle aussi, sans aucun doute, avait fait le rapprochement.

Elle se drapa dans un des manteaux du vieux de Givrais et, s'emparant d'une lampe sourde et d'un pot de thé, elle se planta à l'entrée du grand salon, là où autrefois Nelly Voyelle attendait ses ordres.

Elle patienta là, plusieurs nuits de suite, des heures durant, assise sur les dernières marches, face au vestibule, avalant par instants de courtes gorgées de thé, qui devenait de plus en plus froid au fur et à mesure que le matin approchait.

Une nuit, Jansen la trouva tapie, raide comme un mannequin, la lampe tendue devant elle, à l'endroit même où ils s'étaient tenus lorsqu'elle avait posé ses lèvres glacées sur les siennes. Mais ce n'était pas le sommeil somnambulique qui la tenait ainsi debout. C'était une volonté farouche d'hallucinée. Une fièvre pareille à celle qui animait les combattants, au plus fort des charges et des corps-à-corps. Elle avait déclaré la guerre aux invisibles et aux revenants, et ne lâcherait pas un pouce de terrain.

Jansen la prit dans ses bras.

— Allons, tout cela ne rime à rien... C'est vous ! C'est vous qui vous rendez malade.

— Non. C'est la maison. C'est cet endroit. Tous ces morts ! Tous ces gens que vous avez assassinés...

— Je l'ai fait... je l'ai fait pour nous, pour vous... Vous savez qui était Vasseur !

— Oui. Mais ils reviennent... J'en suis persuadée ! Il revient demander des comptes... Rougelette !

— Voyons ! Vous savez bien que tout cela n'existe pas. Des fantômes, des revenants... Des esprits vengeurs... Ce sont de monstrueuses sottises, que ce Le Hire vous fourre dans la tête. Il n'y a que des paysans crédules pour croire ces choses-là !

— Ils reviennent, je vous dis. Rougelette est quelque part par là !

Elle pointa d'un bras l'espace assombri du salon. Elle pivota, et, désignant l'obscurité du jardin, ajouta :

— Et puis après, Vasseur ?

— Allons ! Bêtises ! J'ai vu des hommes mourir. Par dizaines. Par milliers ! Aucun d'eux n'est revenu. Ils meurent, et puis c'est tout. J'ai vu leurs corps flétrir, pourrir, là-bas. J'en ai vu sécher comme des linges sur les ronces métalliques ou plantés sur les chevaux de frise. Il n'y a rien qui demeure... Il n'y a rien qui s'en retourne...

— Oui ! Enfin... Je ne sais plus. C'est cette maison alors qui me rend folle !

— Voulez-vous que nous partions ? Nous pouvons faire un séjour loin d'ici ? À Paris ? Oui, bien sûr ! Voulez-vous que nous allions quelques jours à Paris ? Rien n'est plus hostile aux fantômes qu'une ville comme Paris ! Vous verrez, les autobus, l'électricité et les grands magasins en ont eu raison depuis longtemps...

— Oui. Je sais. Il n'y aura plus de voix là-bas ! s'écria Mathilde. Dès que nous nous éloignerons, il n'y aura plus de voix.

Mathilde se jeta contre l'épaule de Jansen. Elle pleurait, secouée par une toux profonde. Il caressa sa nuque, là même où sa main la soutenait. Une sueur froide lui poissait les cheveux ; il la sentait, grasse et collante, qui glissait vers ses épaules.

— Je vous en prie, éloignons-nous un peu d'ici, insista Jansen.

— Paris ou bien Tombouctou ! Ça n'a aucune importance... Il y aura toujours quelqu'un qui me regardera, du porche, ou du bas du grand escalier, dès que je reviendrai !

« Ma femme est une folle, voilà, songea une nouvelle fois Jansen. Sa mélancolie s'est transformée en manie, puis aujourd'hui, en démence. »

Il avait lu que certaines tuberculoses entretenaient des sympathies avec l'esprit, et la nécrose des tissus respiratoires contaminait parfois les matières cérébrales.

33

Ce soir, 8 février 1919

Jansen décida de monter un quart de veille derrière la garde de sa femme. Il allait guetter la guetteuse d'ombres. Dès dix heures trente, il se posta sur le palier au-dessus d'elle. Mathilde s'était assise aux bas des marches. Sa lampe à demi occultée jetait une lueur jaune sur ses cheveux relevés et Adrien Jansen voyait distinctement ses mains, longues, posées sur ses cuisses, qui tremblaient. Elle fixait un horizon incertain aux lisières de sa folie et du grand salon. Jansen savait ce qu'elle regardait. Il connaissait chaque détail du paysage nocturne qu'elle fouillait de ses yeux liquides. La nuit avait mangé l'espace qu'ils avaient si souvent arpenté, du temps de M. de Givrais. « Du temps de Vasseur et de Nelly, songea Jansen. Il n'y a rien à voir dans cette nuit d'encre. Aucun de ceux que je viens de citer n'est un spectre qui viendra cette nuit demander un sursis. »

Jansen vit la lumière jaune de la veilleuse de chasse gonfler soudain devant Mathilde, comme un tourmentin par gros temps. La lumière évoquait une grosse bulle de matière vaporeuse qui se cognait aux murs devant elle. Jansen se sentit flotter dans un rêve d'opium, une pure merveille d'épouvante. La bulle de lumière jaune enflait encore, et fit surgir des ténèbres les deux premiers mètres du salon. Mathilde ouvrit le volet d'acier de sa lampe. L'odeur de l'huile chaude monta vers Jansen en même temps que s'étendait toujours la lueur couleur de soufre. Soudain, Mathilde se pétrifia. Elle avait entendu, comme lui venait aussi de l'entendre, un faible grincement du côté de la porte d'entrée. Il plissa les yeux, essayant de deviner quelque chose dans les ombres près du vestibule. Il s'était figé, les nerfs aussi tendus que les cordes d'un piano : quelle était cette atroce odeur qui couvrait désormais celle de l'huile chauffée ? Une odeur de cigare noir, qui flottait entre les vieux meubles. Mathilde s'était approchée. Elle l'avait bien sentie, elle aussi. Elle tendit sa lampe de braconnier au-devant de ses épaules, au bout d'un bras aussi raide qu'un bois de charpente. Quelque chose bougeait là-devant. Quelque chose qui s'avançait dans le noir et allait heurter bientôt la zone de lumière et s'y cristalliser. La forme fit encore un pas et Adrien Jansen ressentit sa présence dans toute son horreur. « Quelqu'un est là », se dit-il, pour mettre des mots, une phrase cohérente dans la spirale de son vertige. Quelqu'un était debout, à moins d'un mètre de Mathilde. Pourtant, elle continuait d'avancer de cette démarche mécanique de machine, de ce pas d'aveugle ou de somnambule. Jansen sentit monter une terreur comme il n'en avait pas connu au front, quelque chose d'immense qui le soulevait, l'emportait, comme une paille dans la tempête.

« Il est là, et ses yeux morts vont s'illuminer bientôt des nuances dorées de la lampe. Oh, je sais, songea Jansen. C'est Le Hire, qui se venge. Le Hire qui convoque les fantômes. Qui nous infeste de ses spectres. Il a fait revenir Rougelette. Il est là, fumant son affreux cigare, le linge ruisselant d'eau de la Bresle, la tête fendue comme celle de Vasseur. »

Impossible ! Impossible. Il ne pouvait pas voir Rougelette. Il n'était pas là. Fatigue, délire opiacé ? Autosuggestion ? C'est cette idiotie, cette absurdité inventée par Le Hire pour investir l'esprit de Mathilde, cette ridicule *conspiration des âmes* qui se mettait en route. Une influence mentale. De l'autosuggestion, voilà. « Elle me fait regarder tout droit dans sa folie », jura Jansen, furieux. Il se jeta dans l'escalier, en courant. Passant de deux marches en deux marches, il descendit vers Mathilde qui s'était mise à rire, d'un rire puissant de folle.

— Tu n'existes pas, cracha Adrien Jansen au fantôme qui continuait d'avancer.

Mathilde hurla, à la manière d'un animal blessé et souffrant.

— Impossible, répéta Jansen pour la troisième fois. Tu n'existes pas... Tu n'es pas ici, ni nulle part ! Retourne-t'en ! Je ne t'ai rien fait, moi, finit-il d'une fluette voix de gamin agonisant.

Le bout de la piste

En entendant ces cris déchirer la nuit, Delestre se mit à courir, perçant la pluie glacée qui s'abattait sur le parc. Il avait retrouvé la piste, et en touchait le bout.

Emmanuel Friès-d'Hondt avait vendu la mèche, malgré ses airs de rentier et ses belles leçons. Cela n'avait pas coûté plus d'une demi-journée au Chien de sang pour retrouver les traces des complaisances du conseil de réforme, et des soudoiements dont le régisseur avait usés pour quitter l'uniforme. Il n'eut aucune peine à le faire parler. Il y a peu d'hommes qui résistent à la perspective de quinze années de Guyane, là où les exilés finissent tous par mourir perclus de fièvres, à soulever des pierres, les pieds nus dans les hautes herbes pleines de matoutous falaises.

Delestre poussa la porte, s'engouffra dans le grand hall. Il avait sorti son revolver, le même que celui de Vasseur et de Jansen, un Manufrance modèle 1892 dont le métal poli jetait des reflets dans l'ombre. Il repéra la lueur assourdie d'une lampe-tempête. Il entendit une femme hurler et rire, d'un rire ondulant de démente. Et s'avançant un peu, prudemment, dans la pénombre du hall, il vit tout à la fois la femme dont les hurlements, ou les rires, montaient maintenant dans les aigus et Jansen, dévalant les marches de l'escalier d'honneur, dans une lumière sale de veilleuse. Le déserteur le regardait, les yeux aussi larges que ceux d'une chouette. Des yeux fixes, qui ne cillaient jamais et qui plongeaient dans les siens, lui transmettant leur terreur.

Jansen se retourna, l'œil fou. Delestre le vit se jeter dans le hall, traçant comme une balle dans la nuit.
— Arrêtez-vous ! hurla le gendarme. Vous n'irez nulle part ! La neige est partout. Vous allez laisser plus de traces qu'un troupeau de broutards... Je vous suivrai jusqu'en enfer, malheureux !
Jansen ricana d'une façon démente. Déjà, il était sur le perron, gagnait les jardins et se lançait à travers la grande pelouse vers les bois gelés.
Le Chien de sang se glissa à son tour dans le jardin. Le froid, qu'il venait à peine d'abandonner, se referma à nouveau sur lui, aussi fermement qu'un piège à loups, rabattant des mâchoires glacées sur ses épaules et son cou. Une énorme lune blanche inondait les perspectives de reflets blafards, renforçant l'éclat du givre qui écrasait les derniers feuillages.
Il vit le déserteur affronter les premiers mètres de l'orée, une nuée de brume devant la bouche, qui gonflait à mesure qu'il accélérait sa foulée.
— Arrêtez donc ! répéta François Delestre, se mettant lui aussi à courir.
L'autre avait déjà atteint le chemin forestier et filait vers le grand Christ livide des Croisettes. Autour d'eux, les taillis semblaient impénétrables, denses comme des murs de brique noire. Jansen arrivait déjà au porche de pierre. Aussi soudainement qu'il s'était élancé tout à l'heure, il se figea. En regardant tout

autour de lui, comme s'il parlait à la nuit même, il lança :

— Viens-y ! Je n'ai pas peur de toi, saloperie ! J'ai bousillé Vasseur, je t'aurai bien pareil, et pour de bon cette fois !

Delestre freina sa course. À qui parlait le fugitif ? Il avait cru tout d'abord que c'était à lui que ces avertissements s'adressaient. Mais il vit Adrien Jansen se tourner sur sa gauche, et il comprit qu'il parlait à quelqu'un que lui ne voyait pas.

— Je n'ai pas peur, pas une seconde ! C'est moi qui t'ai inventé, Rougelette !

Delestre le regardait s'agiter. Jansen bondissait sur place, dégingandé, totalement indifférent désormais à la présence du gendarme. Le Chien de sang voyait danser une sorte d'escogriffe lunaire, tombé des étoiles. Il s'adressait toujours à une présence imaginaire, sur sa gauche. Multipliant les insultes et les menaces. Déjà Jansen avait repris son élan. Il fit à peine quatre ou cinq foulées qu'il sembla comme foudroyé sur place. Il piqua du nez dans la neige, aussi brutalement qu'un poteau qui s'abat, scié à la base.

Delestre leva son revolver, pointant à travers les ténèbres enneigées la tête du fugitif.

— Restez bien calme, ou je vous tue aussi sec ! cria-t-il.

Adrien Jansen tenta de se lever, posant un genou hésitant devant lui. Delestre se pencha sur l'homme qu'il pourchassait depuis six mois. Jansen hurla, le visage tourné vers la lune et le ciel noir d'hiver, à la manière d'un cerf au brame, ou d'un loup à l'agonie :

— Saloperie ! Puisque je te dis que tu ne me fais pas peur...

Il battit des bras, cherchant à agripper l'air autour de lui, et s'étala de tout son long.

Delestre approcha. Adrien Jansen reposait dans un repli de neige, inerte. Se penchant sur lui, le gendarme découvrit un visage tordu de colère, ou de peur. Il palpa la gorge de Jansen. C'était fini. Il était mort.

François Delestre sentit une présence à son côté. Il se releva d'un mouvement brusque. La femme du vestibule. Elle les avait suivis. Elle était là, droite et silencieuse, somnambulique, regardant sans voir ce qui l'entourait. Le corps, la nuit, lui, debout, le revolver à la main.

Il se pencha et se retint de humer à la manière dont le font, dit-on, les chiens de sang qui, lorsqu'ils prennent enfin leur gibier, respirent un peu le liquide rouge jaillissant des cous ou des ventres déchirés. Il se baissa et referma les yeux du mort. Il imagina ce qu'il écrirait dans son rapport de recherche, dès le petit matin. « Jansen, Adrien Julien Joseph, né le 1er juillet 1882, à Rouen. Manquant au 8 août. Abandon de poste / Désertion. Abattu le 8 février 1919, en tentant de s'enfuir à... »

— Où sommes-nous ici exactement, mademoiselle... ou madame ?

Il leva les yeux. Mathilde le regardait comme on regarde un mort.

Elle sembla s'éveiller d'un immense sommeil hypnotique. Elle bégaya :

— Vous... vous me l'avez tué.

Elle paraissait plus étonnée que furieuse ou affligée. Une drôle de grimace commençait à se former sur ses traits. Esquisse d'un rire irrépressible, ou hurlement de colère, impossible à dire vraiment. Delestre crut qu'elle allait faire une crise d'hystérie. Mais non. Déjà, elle se calmait. Elle jeta un dernier regard sur le corps étendu dans la neige et balaya des yeux les alentours, cherchant quelque chose qu'elle ne parvenait pas à localiser.

Delestre leva son revolver réglementaire, désignant vaguement le barillet :

— Je n'ai pas tiré, mademoiselle ! Pas un seul coup. Regardez : mon arme est parfaitement remplie. Il n'en manque pas une cartouche. Et avez-vous entendu un coup de feu ?

Mathilde de Givrais le contemplait, l'air absente.

— Non. Pas un seul coup de feu... – Et elle répéta cette phrase, que Jansen avait dite quelques heures plus tôt : — *Ils meurent, et puis c'est tout.*

— Mais je me fiche que vous ne l'ayez pas tué vous-même, Delestre ! Tout ce que nous voulons, n'est-ce pas, c'est que ce genre de gibiers de potence ne se glisse pas dans des draps frais et qu'il se goberge aux frais de la République, pas vrai ? La paix est une récompense que seuls méritent les braves !

Le colonel de Victaille était enjoué. Il moulinait de ses bras courts l'air autour de lui.

— Le froid, la détresse, l'épuisement d'une trop longue clandestinité, la morphine dont il usait... la peur d'être repris, sa course dans la neige avec vous sur ses basques... tout cela ensemble peut-être... Ça suffit bien pour expédier son homme ! Et vous dites qu'il a affirmé avoir lui-même réglé son affaire à son complice ? Félicitations, capitaine Delestre. En voilà deux de plus à votre tableau !

L'armistice n'avait pas apaisé son appétit de grands mots. « La France ne laisse pas courir ses traîtres », clamerait-il plus tard dans un dîner de têtes galonnées. Sans doute, estima Delestre. Et elle le payait – mal – pour cette mission-là.

Le colonel de Victaille leva un verre de fine et le porta à celui de Delestre. Il but en s'y reprenant à deux fois. De la bonne, songea-t-il. De ces liqueurs que l'état-major se gardait de côté depuis toujours, pour saluer les victoires ou oublier les débâcles.

ÉPILOGUE

Avril 1921 – Le vent tiède des Années folles

— Vous n'avez fait que votre devoir, capitaine Delestre. Croyez-moi. Rien d'autre.

De retour d'une mission sur le littoral, le Chien de sang avait eu l'envie soudaine de faire un détour par Ansennes et le domaine des Givrais. Il avait fait une marche dans le chemin forestier. Rien n'avait changé, à part le temps et, peut-être, une ou deux petites croix de bois en plus, au pied du grand calvaire. Il essaya de retrouver l'endroit où Jansen était tombé. Il n'était plus tout à fait sûr... Il revint vers le domaine, fixant la façade qui s'élargissait dans son champ de vision, tandis qu'il remontait l'allée des ormes.

Il craignait un peu la réaction de Mathilde de Givrais. Elle l'avait immédiatement rassuré.

— Votre devoir. Tout simplement...

Elle avait proposé un thé, qu'il accepta. Ils s'étaient installés à une petite table forgée, à ras de jardin, sous les fenêtres du hall. Mathilde gardait le silence, caressant négligemment Fanfan, les yeux dans le vague.

Avril avait transformé le sinistre paysage de son souvenir en panorama charmant de carte postale. Le petit château paraissait posé comme un joli bijou sur son tapis de feutre vert. Les bois alentour s'énervaient de mille bruits d'oiseaux.

— Vous vivez dans une merveilleuse maison, mademoiselle de Givrais, glissa-t-il courtoisement.

— Je m'appelle madame Le Hire maintenant, capitaine...

— Oh, je vous prie de m'excuser alors...

Le Chien de sang avait rougi comme un gamin pris en faute.

Mathilde esquissa un sourire nébuleux :

— Vous imaginez bien qu'un mariage contracté sous une identité usurpée ne pouvait qu'être annulé... L'État et l'Église ont rayé tout cela d'un trait de plume ! Mon mari...

Disant cela, Mathilde leva bien haut le menton, signifiant sans aucun doute sa fierté de montrer que c'était elle qu'on avait choisie, malgré les milliers de jeunes veuves qui couraient les villes et les trottoirs. Delestre remarqua son long cou de cygne, qui déséquilibrait un peu son port.

— ... Mon mari s'occupe de travaux psychiques.

Delestre fit un effort pour ne pas interroger Mathilde Le Hire sur ce que recouvraient exactement ces travaux psychiques. Il opina, l'air grave et pénétré.

— Oui... Nous allons sans doute quitter la France, pour Londres certainement. Ou Vienne. Je ne vous cache pas que cette maison est terriblement ennuyeuse en matière de sciences psychiques...

Elle porta sa tasse de thé aux odeurs de bergamote et de citron à ses lèvres et, ne regardant nulle part, paupières à demi fermées, elle offrit son joli visage au vent tiède qui balayait le parc.

NOTES DE L'AUTEUR

Les retournants est un récit de fiction. Pourtant, je ne l'ai pas tout à fait inventé. Certains des éléments qu'il contient viennent du fond de mon enfance. Entre l'âge de cinq ou six ans et disons, mes dix ans, mon arrière-grand-père Chéri – c'est son vrai prénom, je n'invente rien là non plus – venait chaque soir ou presque me « raconter une histoire » avant de dormir, dans une chambre ouverte sur la salle à manger et desservie par trois grandes marches de bois. Né à la fin du XIXe siècle, mon arrière-grand-père avait été soldat de la Grande Guerre. Il en avait gardé des souvenirs confus mais extrêmement variés qui, au fil des années, s'étaient transformés en histoires, qu'il appelait ses « contes ». C'est avec eux que je m'endormais, ou tentais de le faire.

Dans ses contes, il mélangeait anecdotes de poilus et souvenirs de ses combats ou de ses permissions, avec les rumeurs et les fables entendues et glanées au passage des escouades, dans les villages de l'Est, où les caboulots attendaient portes grandes ouvertes les militaires et leur solde. Certaines scènes sortaient de couplets des chansons du front, d'autres de lectures faites à voix haute par les plus érudits d'entre eux, ou encore de sources totalement étrangères à la guerre, comme des films du cinéma muet de la décennie suivante.

De ce recueil hirsute, il avait composé des récits, courts pour la plupart, mais qui finissaient par s'emboîter, se répondre et former une sorte de suite, dans laquelle les personnages revenaient sans cesse, portant des noms différents mais désignant sans doute des protagonistes identiques. Les souvenirs sont ainsi faits que leur matière vaporeuse ne retient pas tout avec le même acharnement.

Je me souviens de quelques-uns de ces fantoches, ressuscités vingt fois au gré des contes : Kashpelz, un Franco-Polonais malin et courageux, qui faisait office de chef de section. Toujours Kashpelz commandait ou décidait pour le groupe. Gustave Vally, un paysan éberlué par la guerre, la traversant comme un étranger, échappant mille fois à la mort sans même s'en rendre compte. Dans *Les retournants*, j'ai gardé son patronyme. Mon arrière-grand-père y faisait également vivre un certain Steeg ou Stegh – devenu Jansen dans le roman –, une sorte d'aventurier, écrivain public ou maître d'école dans l'avant-guerre, qui faisait pendant à Kashpelz dans les moments de tension. Steeg-Jansen parlait moins que tous les autres, mais je sentais bien qu'il avait existé tel qu'il était décrit là. Ce n'est pas le Jansen du roman, mais sans aucun doute son esquisse.

Les uhlans – figures crépusculaires et terrifiantes – hantaient eux aussi les contes. Systématiquement, à l'apogée des récits, on les voyait surgir d'une crête ou de l'orée d'un bois, la lance haute, au pas ralenti mais implacable de leurs chevaux. Il n'y avait rien à faire : quand les uhlans arrivaient, il n'y avait plus qu'à fuir. Se cacher ne servait à rien. Ils vous débusquaient en un rien de temps, et l'on entendait alors leurs rires de spectres vous déchirer la peau, juste avant leurs lames.

Le domaine d'Ansennes décrit plus haut a, dans les contes, possédé quatre ou cinq architectures différentes. Parfois maison bourgeoise de notaire au creux d'un jardin frileux, hôtel particulier dans un repli de ville abandonnée ou manoir sylvestre, proche de celui que j'ai posé dans le roman. Mais toutes ces demeures disaient la peur, le froid, le silence et l'obscurité des lieux. Pourtant, mon arrière-grand-père arrivait également à en peindre la dimension rassurante, et sans le dire avec ces mots-là, en affirmait le caractère insolite et singulier, comme situé en dehors de la dimension habituelle des hommes. En dehors du temps et de la guerre. Lors de nos balades dans les bois qui surplombent la vallée de la Bresle, nous avions l'habitude de traverser un domaine, dit « du Bout-du-Bois », que j'avais adopté comme étant celui des contes.

J'y vais encore certains étés et il me semble qu'en effet, rien n'y a changé.

Les « contes » mêlaient au moins trois genres : le récit picaresque, où malice, petites grivèleries et insolences composaient l'ordinaire de soldats habitués à fréquenter la mort et que les convenances des « civilisés » indifféraient. Le rapport militaire, que mon arrière-grand-père Chéri me récitait chaque soir comme une oraison, fait d'assauts, de fuites, de terrain gagné et reperdu, de trous d'obus et de baïonnettes aux canons. Et enfin, les « histoires de fantômes », qui trouvaient dans les nuits d'hiver aux longues gardes, les vieilles auberges éventrées par les obus servant de dortoirs à soldats et les silhouettes des arbres sous la lune, des motifs exemplaires. Les revenants se complaisaient dans ces décors, adressant aux « vivants provisoires » des saluts discrets : les portes grinçaient dans les chambres glacées, les seaux de toilette cliquetaient tout seuls, les gémissements nocturnes couvraient à peine les ronflements des tirailleurs. Parfois, je sentais que mon arrière-grand-père hésitait sur un épisode ou un passage du récit. Présence féminine frivole, amourette furtive ou grivoiserie excessive de soldat ? Je crois plutôt que c'est dans le registre de la peur qu'il éludait. Parfois, d'ailleurs, les contes s'achevaient par l'entrée bruyante de mon arrière-grand-mère Jeanne, qui coupait court à toute conclusion :

« Tu vas me le rendre vert de peur, ce petit-là, avec tes histoires de spect' et de retournants... »

Chéri redescendait les trois marches en bougonnant et se réfugiait dans une sorte de cabine minuscule, qu'il appelait son « cosy ». Je n'entendais pour ainsi dire plus sa voix avant le soir suivant et la nouvelle salve de *contes*.

Les retournants est un hommage et un voyage dans la mémoire d'un autre. Et un petit peu dans la mienne. La littérature n'est peut-être après tout que cela : un amalgame étrange de souvenirs et d'imagination.

10/18, une marque d'Univers Poche,
est un éditeur qui s'engage pour
la préservation de l'environnement
et qui utilise du papier fabriqué à partir
de bois provenant de forêts gérées
de manière responsable.

Imprimé en France par CPI

N° d'impression : 3031813
X07424/01